1,50

Schmetterlingspuppe

Nana Schweitzer

Schmetterlingspuppe

Autobiografischer Roman

ANAIS

Es fängt nicht mit dem Tag an, nicht mit blauem Himmel und Vogelgesang. Zuerst bricht die *Nacht* über mich herein und breitet ihr Schattenreich aus.

Beständig, hoffnungslos und dunkel ihrem Wesen nach ist sie lange die einzige Existenzform für mich, und ich fange an zu glauben, dass es nichts gibt außer der Nacht.

Ich gewöhne mich an den Schmerz und die Furcht und den Verrat; all das nehme ich hin, ohne aufzubegehren, weil ich nichts anderes kenne.

Doch erst, als die Schwärze sich vollkommen verdichtet, sehe ich den Ausgang. Ich klettere, ich ziehe meinen Körper und den Geist hinaus in die Welt, in das Licht, in die Sonne und ... ich sehe, dass sie schön sind und wert, geliebt zu werden, einzigartig und unverwechselbar.

Und es wird *Tag*, und ich lerne die Welt neu kennen, und ich lerne mich neu kennen, jeden Tag. Jeder einzelne davon ist so kostbar wie ein ganzes Leben.

Die Nacht

Dum spiro, spero.
(Solange ich atme, hoffe ich.)
CICERO

07.01. – Ich bin wieder da, ich bin in der realen Welt, und wie nicht anders erwartet, zerschmettert sie mich. Nach zwei Wochen tauche ich auf, und man sollte meinen, ich würde versuchen, Luft zu holen. Jedoch habe ich das Atmen verlernt.

Sie hatte unkontrollierbar und restlos zwei Wochen lang Besitz von mir ergriffen. Hinter ihr versteckt, vergaß ich, wie man selbstständig agiert. Wie ein Kind lerne ich heute im Eiltempo zu leben. Oder es zumindest gut genug vorzutäuschen. Ihre Stärke hatte mich mit der ganzen Wucht des Unterdrückten erschlagen. Sie hat mir keinen Platz gelassen, zwei Wochen lang war ich nur ihr Schatten …

… wir sind so verschieden, es ist ein Wunder, dass wir einander überhaupt verstehen können. Ich bin ein Kontrollfreak, muss alles vorwegplanen, immer funktionieren, perfekt in jegliche Gesellschaft hineinpassen. Ich bin eine Streberin, immer darauf aus, die Beste zu sein; jemand, der vollkommen in seinem Beruf aufgeht, sein Leben darauf ausrichtet, seine Freizeit dafür opfert, ohne es als Opfer anzusehen. Eine Maschine, vor allen menschlichen Regungen flüchtend, angsterfüllt über die Abgründe, die andere Seelen verbergen, angsterfüllt, etwas könne in mich hineinkriechen.

Sie hingegen ist ein personifizierter Abgrund. Sie ist süchtig, süchtig nach Sucht, sie stürzt sich vollkommen freiwillig in ihre Abhängigkeiten. Sie wird restlos von ihnen verschlungen, und genauso restlos ist sie nach einiger Zeit ihrer überdrüssig. Die Abhängige verliert plötzlich das Interesse am Objekt der Begierde und lässt es fallen, um sich ein neues zu suchen.

Sie kennt keine Regeln, sie isst planlos oder auch gar nicht; sie schläft die Nächte nicht durch, und ich darf es dann ausbaden, wenn ich tags drauf arbeiten gehe und perfekt funktionieren muss.

Sie nimmt Drogen und das Schlimmste ist, dass sie mich da mit hineinzieht. Mich, die ich jede Art von Benebelung verachte und mich vor diesem Zustand fürchte. Ich habe schon tagsüber Kokain nehmen müssen, um den Schlafmangel, den sie verursacht, auszugleichen. Ich schlucke Valium, weil ich nachts nicht schlafen kann, wenn sie unbedingt raus will. Ich musste die Dosis erhöhen, denn eine 5-mg-Pille reicht längst nicht mehr, um sie zu betäuben.

Sie bricht auch optisch aus mir hervor, sie ist anders, auffälliger mit ihren Riesenaugen und dem kirschroten Mund. Ich trage jetzt auch roten Lippenstift. Ihr kleiner, dünner Körper ist übersät mit Tattoos. Ich kann sie nicht davon abhalten, und es werden immer mehr … und manchmal vergesse ich ihre Existenz und ziehe eine weiße Bluse an und bleibe plötzlich erschrocken irgendwo stehen und sehe in meinem Spiegelbild, dass sich die Farben und Konturen unter dem weißen Stoff abzeichnen.

Sie trägt eine Unmenge von Armbändern um ihr linkes Handgelenk und um ihr rechtes ihr dünnes braunes Lederband, tausendmal drumgewickelt, Puls abschneidend eng, mit dem sie sich gern beim Sex die Hände verbinden lässt. Ich verstecke es unter meinen langen Ärmeln, aber jedes Mal, wenn es plötzlich hervorschaut, muss ich darüber nachdenken, was sie sich antun lässt. Es wird immer schwieriger, sich auf die Realität zu konzentrieren und den Träumen, die sie um mich herumgesponnen hat, zu entfliehen.

Sie muss ständig im Mittelpunkt stehen, provozieren, die Menschen mit ihrem Anderssein konfrontieren. Sie redet über Sex und sie scheut keinen öffentlichen Sex. Sie redet offen über ihren Drogenkonsum und schreckt nicht davor zurück, öffentlich Drogen zu nehmen, provokant um sich schauend, ob sich jemand daran stören will.

Deswegen muss ich mit aller Macht versuchen, sie aus meinem Leben herauszuhalten, denn alle werden mich für ihre Sünden verantwortlich machen. Die Grenze, so scheint es, verwischt immer mehr, und ich weiß oft nicht, ob ich es bin, die im Büro auf der Toilette Koks zieht, um bei der Arbeit wach zu bleiben, oder sie. Die Kabinentür ist zu, jedoch nicht abgeschlossen ... will sie, dass ich erwischt werde, womöglich meine Arbeit verliere? Will sie den vollkommenen Besitz?

Ich glaube nicht, ich kann mir nicht vorstellen, dass sie für immer bei mir leben will, denn sie strebt nach dem Besonderen, und das ewig Anwesende verliert nach und nach seine Besonderheit. So kompromisslos, wie sie ist, sie, die alles oder nichts will, kann sie doch auf Dauer kein Schattendasein führen wollen.

Vielleicht sollte ich ihr einen Namen geben, aber sie mag meinen. Wenn sie unterwegs ist und jemanden kennenlernt, stellt sie sich immer mit ihm vor. Sie ist verletzt, weil ich verzweifelt versuche, zwischen uns zu differenzieren.

Manchmal beneide ich sie, wünsche mir sogar, so werden zu können wie sie, frei zu sein von jeglicher Verpflichtung. Ich würde meinen Job aufgeben und in den Tag hinein leben, mir um nichts Gedanken machen, Geld verdienen mit den Sachen, mit denen sie ab und an zu Geld kommt, Gelegenheitsjobs ... Sie ist kreativ und auch talentiert, das muss ich anerkennen, doch wie bei allem verliert sie dabei irgendwann das Interesse und wird deswegen trotz ihres Talents niemals Karriere machen. Ihr ist es egal, wenn sie ohne Geld dasteht, mir nicht. Ich habe zu viel Angst, ich brauche Sicherheit.

Ich würde in ihrer Welt nicht überleben, auch nicht in ihrem Schmerz. Der ist an manchen Tagen so überwältigend, dass ich bereit wäre, mich aufzuschneiden, nur um sie aus mir herauszuholen; oder noch lieber mich aus ihr. Er gehört zu ihr, sie kann ohne ihn nicht leben. Das Glück, aber auch der Schmerz sind bei ihr pur und umwerfend, nicht gestreckt und nicht dosiert, sondern rein und vollkommen. Aber ich kann weder mit dem einem noch dem anderen leben. Deswegen mache ich das einzig Richtige, wenn sie nicht mehr zurückzuhalten ist: Ich gehe weg, raus, überlasse ihr alles und beobachte das Geschehen aus sicherer Entfernung.

Und manchmal möchte ich gar nicht mehr zurückkommen. Ich bin nicht süchtig nach dem Leben; ich lebe, weil ich muss. Es hat mich auch keiner gefragt, ob ich überhaupt leben möchte. Und da ich immer schwächer geworden bin in letzter Zeit, lasse ich sie oft alles so machen, wie sie es will. Diese zwei Wochen konnte ich sie für mich handeln lassen. Ich hatte Urlaub und war nicht verpflichtet, anwesend zu sein. Die Bühne, das Leben gehörten ihr. Ich hatte nicht nur Urlaub von der Arbeit, sondern anscheinend auch vom Leben.

Es war kalt heute Morgen, diese Art von feuchter Kälte, die bald eine Milderung verspricht und einem gleichzeitig unangenehm in die Knochen kriecht. Ich war total übermüdet und konnte dennoch trotz Valium bis vier Uhr morgens nicht einschlafen. Ich bin aber nach dem ersten Klingeln des Weckers um sieben aufgestanden, wie ein Soldat, so wie mein Vater es mir damals beigebracht hat. Brave Tochter eines stolzen Vaters!

Ich hatte noch circa zehn Minuten vor der Abfahrt meines Zuges, und so stellte ich mich in die Schlange des Coffeeshops. Ich kramte nach meinem Portemonnaie und spürte plötzlich diesen bohrenden Blick in meinem Rücken. Es konnte nichts Gutes bedeuten. Also drehte ich mich nicht um, obwohl mir bewusst war, dass dieses Gefühl nicht einfach so vorübergehen würde. Tja, so bin ich.

– N…??!

Verdammt, ich wusste es doch! Eine fremde Stimme, die meinen Namen kennt. Ich drehte mich um, musste es, und sah in die Augen eines Mannes, der gleichzeitig erfreut, verwirrt und sogar eine Spur wütend wirkte. Ich sah an ihm hinunter, mein Körper konnte sich daran erinnern, von seinen Händen angefasst worden zu sein; ihn auf sich, unter sich, in sich gehabt zu haben … dies alles lief wie ein Film ab in meinem Kopf, jedoch ohne jeglichen Bezug zu mir. Wenn ich ihn ansah, hatte er keinerlei Bedeutung für mich. Ein Fremder, der meinen Namen kennt. Verdammt, verdammt! Warum muss sie immer meinen Namen benutzen? Ich konnte natürlich nicht verbergen, dass er mir gehörte. Wahrscheinlich wäre es ohnehin nicht möglich gewesen, aus der Geschichte wieder herauszukommen. Er hat sich, ohne zu zögern, an meinen Namen erinnert.

Je länger ich nichts sagte, desto mehr nahm die Wut in seinem Gesicht zu. Aber was sollte ich sagen? Ich weiß gar nicht, wie man mit solchen Menschen redet.

– Erkennst du mich etwa nicht?

– Doch, natürlich. Wie gehts dir?

Das hat sie ihn bestimmt noch nie gefragt, das konnte man ihm deutlich anmerken. Aber ich bin nicht wie sie: Ich bin gut erzogen, ich frage die Menschen nach ihrem Befinden und schlafe nicht mit jedem! Was hat ihr bloß an dem gefallen? Meine Güte.

– Wo fährst du denn jetzt hin in der Frühe?
– Zur Arbeit.
– Aber ... ich dachte, du arbeitest gar nicht, ich meine nicht so normal, du weißt schon ...
– Entschuldigung, was möchten Sie bestellen?

Gott sei Dank!

Ich drehe mich um, gebe meine Bestellung auf, bezahle und nehme meinen Kaffee. Die ganze Zeit über spüre ich seinen bohrenden Blick in meinem Rücken. Bevor ich gehe, wende ich mich ihm zu und verabschiede mich artig von ihm; ich bin wirklich gut erzogen! Aber meine Höflichkeit scheint weder sein Erstaunen noch seine Wut zu mildern.

Ihre Eskapaden gehen mir wirklich langsam auf die Nerven.

Alles, was man vergessen hat,
schreit im Traum um Hilfe.
ELIAS CANETTI

08.01. – Ich bin so müde! Mein Körper will einfach nicht mehr, ich habe überall Schmerzen. Alle Knochen meiner Wirbelsäule scheinen sich durch meine Haut zu bohren, als wollte mich jeder einzelne verlassen. Ich kann immer noch nicht schlafen; ich falle für jeweils eine kurze Zeit in eine Dunkelheit voller unruhiger, angsteinflößender Träume, aus denen ich schweißgebadet aufwache. Manchmal bin ich froh, nicht mehr schlafen zu können, doch wenn ich mich drei, vier Stunden hin und her gewälzt habe, wünsche ich mir den Schlaf herbei, um jeden Preis.

Das Valium hilft nicht, es ist sinnlos, es zu nehmen. Ich schlucke die Tabletten fast nur noch aus Gewohnheit. Die Versorgung stockt, ich bräuchte einfach mehr, aber ich bekomme sie nicht vom Arzt auf Rezept, sondern durch eine Bekannte. Ich muss mir die Pillen einteilen: Zwei, drei Tabletten auf einmal heißt, dass ich dann ein paar Abende ganz ohne auskommen müsste … Ich habe so schon viel zu wenig, andererseits hat sie die zwei Wochen über keine einzige genommen, was mich nicht überraschen sollte: Koks und Ecstasy passen nicht mit Valium zusammen.

Ich bin heute Morgen in eins unserer Geschäfte in der Stadt gefahren und habe wie eine Verrückte gearbeitet. Bis 16 Uhr habe ich nichts gegessen, nichts getrunken; bloß keine Sekunde Pause oder ausruhen, bloß nicht eine Sekunde nachdenken. Ich habe den Leuten Angst gemacht, ich konnte es ihnen ansehen. Jedoch trauten sie sich nicht, mich zu fragen, ob alles in Ordnung sei, sie kennen mich in diesem Zustand ... nicht fragen!

Als ich zur Bank ging, um Geld abzuheben, welches ich fürs Taxi brauchte, um in mein Büro fahren zu können, überfiel mich diese Müdigkeit. Ich lehnte mich gegen eine Hauswand und war mir für einen Moment nicht sicher, ob ich überhaupt weitergehen konnte.

Endlich stand ich vor dem Bankomat und nachdem ich die EC-Karte hineingesteckt hatte, fiel mir das Tütchen mit dem Koks im Seitenfach des Portemonnaies auf. Ich nahm es heraus und betrachtete es ein paar Augenblicke lang; ich überlegte, auf die Toilette unten im Café zu gehen und die Schmerzen verschwinden zu lassen. Nicht sie, *ich* dachte darüber nach!

Die Grenze verschwindet, ich höre auf, ich zu sein, ich werde *sie*. Keine Kontrolle mehr ...

Dann hob ich den Kopf und sah die Kamera auf mich blicken. Ich habe es dann doch nicht gemacht, hatte zu viel Angst, dass es die Kollegen im Büro merken würden. Ich bin schon einmal in dieser Hinsicht aufgefallen, konnte mich aber herausreden. Diesmal könnte es zu viel sein.

Aber ich weiß nicht, ob ich es schaffe, mich bis heute Nacht zurückzuhalten. Langsam fange ich an zu glauben, nicht sie sei süchtig, sondern ich. Sie macht es aus Spaß, ich dagegen scheine ein Problem zu haben.

An sich gibt es kein Sie und Ich. Sie sieht es gern so, weil sie in ihrem Kopf immer noch die brave Tochter ist, wie sie im Buche steht. Und weil das, was sie tatsächlich ist, nicht in die Gesellschaft passen würde, in

der sie lebt. Der Unterschied zwischen uns ist, dass ich akzeptiere, ja sogar liebe, was ich bin: anders. Sie nicht. Immer wenn wir etwas tun, was aus dem Rahmen fällt, den sie um ihre Seele errichtet hat, bin ich es, die verantwortlich ist, sodass sie sich nicht schuldig fühlen muss.

Ich kann mich noch genau an das erste Mal erinnern, als sie aus ihrem Körper heraussprang und mich tun ließ, was sie nicht tun konnte, jedoch wollte. Sie war 13. Sie lebte seit ein paar Monaten bei ihrem Stiefvater.

An dem Nachmittag waren er und ihre Mutter nicht zu Hause, als sie Besuch bekamen. Sie führte ihn ins Kinderzimmer und unterhielt sich eine Weile mit ihm, bis ihre jüngere Schwester das Zimmer betrat und sagte, der Vater sei am Telefon. Ich weiß nicht mehr, was der Vater, dieser Arsch, ihr alles an den Kopf warf in dem Gespräch. Ich hasse ihn abgrundtief! (Vielleicht sind wir doch zwei verschiedene Personen, denn sie liebt ihn genauso intensiv, wie ich ihn hasse.) Ich würde ihn am liebsten aus meinem Gedächtnis streichen. Als sie auflegte, passierte es. Sie trat zur Seite, und ich spürte, wie sie dachte: Tue es einfach, tue, was du willst!

Hand unten übte immer mehr Druck aus, und ich spürte, wie er härter wurde. Es erregte mich unheimlich, ich wollte mit ihm spielen, ihn lecken, ich wollte ihn in mir haben.

Ich steckte ihn in den Mund, so weit wie nur möglich, bis kein Platz mehr in mir war für etwas anderes als seinen Schwanz. Ich saugte daran und drückte meine Hand unten immer fester zusammen. Ich war wie im Rausch, konnte an nichts anderes denken, die Welt und all ihre Bewohner waren nicht mehr existent. Ich habe schon vorher masturbiert, in diesem Augenblick spürte ich jedoch zum ersten Mal eine echte, alles vernichtende und keinen Raum für etwas anderes lassende Erregung. Seitdem jage ich ihr hinterher und bin bereit, alles andere für sie zu opfern.

Er stand auf, packte mich am Kopf und drückte ihn noch stärker an seinen Unterleib, hart und erbarmungslos stieß er seinen Schwanz in meinen Mund. Ich bekam keine Luft mehr, doch diese Hilflosigkeit erregte mich. Ich verschränkte meine Hände hinter dem Rücken, um mich noch hilfloser zu fühlen. Und so ließ ich mich von ihm in den Mund ficken.

Ich hörte sie denken, was jetzt wäre, wenn die Tür aufginge und ihr Vater hereinkäme; und ich spürte ihre Freude darüber, dass er sie (und nicht mich) kniend vor einem Mann mit dessen Schwanz in ihrem Mund sehen würde. Sie würde es niemals zugeben, doch so war es!

... und er kam in meinem Mund und ich schluckte alles herunter. Dann stand ich auf, und sie verließ das Zimmer. Sie putzte sich die Zähne. Er tauchte im Bad auf, lehnte sich gegen den Türrahmen und schaute sie ungläubig an. Sie bot ihm Kaffee an. Sie ist ja so gut erzogen!

Ich glaube an die Kraft der Liebe und der Unschuld, an die Macht des Hasses und des Verrats.

N.S.

09.01. – Ich werde sie beschützen. Sie ist sich dessen nicht bewusst, vielmehr will sie es nicht wahrhaben, denn in ihrer Welt muss alles bestehen und funktionieren; aber sie zerbricht. Was in ihr geschieht, ist nicht normal. Was sie träumt, macht mir Angst. Ich bin es, die sie immer aufweckt. Es ist sehr früh, noch dunkel draußen, halb fünf, aber ich kann sie nicht weiterschlafen lassen. Sie wird meine Zeilen heute Abend lesen, wenn sie von der Arbeit zurückkommt. Sie wird sie nicht akzeptieren und nichts zugeben. Ich will sie so nicht sehen! Jedes Mal, wenn ich aufstehe, sehe ich sie niederfallen. Es tut mir leid.

Ich werde nicht fallen! Ich habe es gelesen, auch das, was sie gestern Abend geschrieben hat. Als ob es meine Neigungen wären, die ich nicht offen ausleben kann, und sie, die andere, deswegen vorschicke! Das ist nicht wahr! Als würde ich gegen meine eigene Welt rebellieren; ein Organismus, der sich selbst zerstört! Sie will *mich* beschützen?

Ich bin wütend, denn sie scheint ernsthaft zu glauben, ich sei schwächer als sie. Eigentlich ist es ja nicht weiter verwunderlich. So sind diese »Rebellen« nun einmal, sie sehen Ordnung und Beständigkeit als Schwäche und Stillstand an und nicht als das, was sie sind: Sicherheit.

Wegen ihr bin ich schon mit 17 von zu Hause ausgezogen, ohne ein richtiges Einkommen zu haben; wegen ihr bin ich ständig umgezogen; wegen ihr war ich gezwungen, meine Arbeitsstellen, die mir Sicherheit und Geborgenheit gaben, eine nach der anderen aufzugeben. Gut, über Letzteres kann ich mich nicht beklagen, denn die Wechsel haben sowohl karrieretechnisch als auch finanziell immer eine Verbesserung bedeutet. Da hat mich ihr umtriebiger Geist, der den Stillstand verabscheut, weiter getragen als mein Wunsch nach Stabilität.

Aber ich dachte, dass sie wenigstens bei meinem jetzigen Job endlich Ruhe gibt: Ich führe ein Nomadenleben, bleibe drei, vier Tage in einer Stadt und reise dann weiter, bin nirgendwo fest gebunden, die Tage sind unterschiedlich. Doch auch jetzt scheint irgendetwas nicht mehr in Ordnung zu sein, denn nach kaum mehr als anderthalb Jahren spüre ich diesen Drang in mir, weiterzuziehen, mich zu verändern. Und er kann nicht von mir kommen, denn mir gefällt meine Arbeit.

Sie war gestern da. Sie hat nichts gemacht, mich nicht schockiert oder in Verlegenheit gebracht. Es ist seltsam, wenn die Dinge nicht ihren gewohnten Lauf nehmen. Ich fühlte fast so etwas wie Bedauern in mir aufsteigen, als Stunden vergingen und nichts geschah. Soll das alles sein?

Auf der Couch liegen und fernsehen, das kann jeder.

Das ergibt alles keinen Sinn. Sie scheint irgendwie nicht mehr zu wissen, was sie tun soll. Ich spüre ihre Sorgen und zum ersten Mal so etwas wie Hilflosigkeit. Aber niemandem ist damit geholfen, wenn sie erstarrt. Hast du gehört?

Ich mache heute keine Überstunden wie sonst. Kurz vor sieben (im Büro ist eigentlich um sechs Schluss) nehme ich mir ein Taxi und fahre in die Stadt.

Ich gehe zu Saturn und kaufe ein:

- Das neue Album von The Killers.
- Eine Best-of von Placebo.
- Die Best-of von den Rolling Stones. Ich fahre im Moment sehr auf *Sympathy for the Devil* ab.
- Die letzte Platte von Goldfrapp. Genau wie die Platte von den Rolling Stones ist die schon lange auf dem Markt, aber ich war auch lange nicht einkaufen.
- Die DVD *Corpse Bride* von Tim Burton.
- Die zweite Staffel von *L Word.*
- *American History X.* Ich habe den Film schon mehrfach gesehen, wollte aber mal wieder weinen.
- *Lie with Me.* Der Name des Regisseurs fällt mir nicht ein, und ich bin zu faul, um aufzustehen und auf dem Cover nachzuschauen. Aber ich kenne den Film, und, was soll ich sagen? Die Hauptfigur ist wie eine Mischung aus ihr und mir. So wird es also sein, wenn wir endgültig miteinander verschmelzen.

Ich werde vielleicht nicht schlafen, aber ich werde auch nicht mehr mit offenen Augen die Decke anstarren. Nun, mein Musik- und Filmgeschmack scheint sich sehr verändert zu haben, dies gilt auch für die Bücher, die ich lese. Ihr Einfluss stört mich nicht mehr. Auch wenn ich immer mehr wie sie werde, ist es mir egal, vielleicht ist es besser so.

Wer weiß es schon?

Ich bin müde, früher bin ich oft nach ihren Eskapaden beim Fernsehen eingeschlafen; doch die Angst, nicht mehr schlafen zu können, scheint sich zu einer Phobie entwickelt zu haben, denn ich kann an nichts anderes denken. Dieses Problem war schon Wochen vor dem Urlaub aufgetreten, und es scheint nicht verschwinden zu wollen. Und ich ertappe mich öfter dabei, dass ich mit anderen darüber rede, auch mit meinen Kollegen im Büro, was mir gar nicht ähnlich sieht, denn ich hasse es, zugeben zu müssen, dass mit mir etwas nicht in Ordnung ist. Ich hasse es, das Spiegelbild meiner Hilflosigkeit in ihren Augen zu sehen.

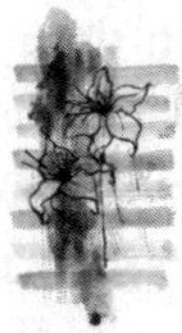

Sie können es,
weil sie es zu können scheinen.
VERGIL

10.01. – Bin gestern bei irgendeiner Folge von *L Word* eingeschlafen, ohne Valium (was natürlich nicht gegen die Serie spricht, das möchte ich betonen). Die neue CD von The Killers ist der Hammer, alle anderen habe ich mir gestern nicht richtig anhören können, musste immer wieder zu den Ks wechseln. Habe das Album schon auf meinem Laptop und dem MP3-Player, möchte keine Sekunde mehr ohne diese Songs leben. Seht ihr, wie ich wie sie werde? Von den Filmen war *Corpse Bride* als Erstes dran; danach *Lie with Me*; zum Schluss kam, wie gesagt, *L Word*.

Ich fühle mich heute gut, wieder fit. Ich habe nur circa vier Stunden geschlafen, und das auch noch auf dem Sofa und nicht im Bett. Der Schlaf war trotzdem erholsam, ich kann mich zumindest nicht an irgendwelche Albträume erinnern. Morgen habe ich mir einen Urlaubstag genommen, für all die angefallenen Augaben, die ich nicht, während ich arbeite, erledigen kann und für die in den letzten zwei Wochen Urlaub keine Zeit war, denn ich war ja gar nicht da, und sie kümmert sich nun mal nicht um solche »Nebensächlichkeiten«.

Aber ich habe das Gefühl, dass ich es morgen auch nicht schaffen werde, mich durchzusetzen. Ich spüre ihre Lust, sie will explodieren. Da bleiben keine Zeit und kein Platz für etwas anderes. Irgendwie freue ich mich, vielleicht bin ich es gar nicht mehr selbst, sondern sogar schon sie? Ich weiß es nicht, blicke da nicht mehr durch.

Als ich heute ins Büro kam, hatte ich ziemlich viele E-Mails, und der rote Knopf an meinem Telefon blinkte mich wütend an. Sie konnten es wohl nicht glauben, dass ich noch vor sieben Uhr das Büro verlassen hatte, ha!

Aber es hat keiner versucht, mich auf dem Geschäftshandy oder gar dem privaten zu erreichen, also kann es ja nicht so wichtig gewesen sein. Ich merke, wie sich meine Einstellung immer mehr der ihrigen angleicht. Immerhin arbeiten wir nicht in einer Notaufnahme, sondern es handelt sich um Dinge, die auch um neun Uhr am nächsten Morgen erledigt werden können, oder? Es geht doch nur um Geld.

Arbeite, als ob du kein Geld bräuchtest,
Tanze, als ob dir niemand zusehen würde,
Singe, als ob dir niemand zuhören würde,
Liebe, als ob dich niemand verletzt hätte,
Lebe, als ob dies das Paradies auf Erden wäre.

POSTKARTENAUFDRUCK

11.01. – Ich fühle Hände auf meinem Körper, der ganze Raum um mich besteht aus fremden Körpern, die sich aneinanderschmiegen, sich von der Musik forttragen lassen, im Tanz miteinander verschmelzen. Wir sind alle von der gleichen Lust erfüllt, vom Rauch, der die Farben und Konturen um uns herum verschwimmen lässt, bis die Welt ganz weit weg getragen wird; wir haben aufgehört zu denken und angefangen, nur noch zu fühlen.

Ich tauche kurz aus der Tiefe auf, sehe aus dem Augenwinkel meine Freundin in der Lounge, sehe, wie sie mich beobachtet. Der Typ neben ihr erzählt ihr etwas, doch ich kann von hier aus erkennen, dass sie ihm nicht zuhört. Ihre Augen kleben an mir. Sie ist die einzige Konstante in meinem Leben, jemand, der mich schon seit Jahren durch meine Nächte begleiten darf. Alle anderen kommen und gehen, aber sie bleibt.

Ich tauche wieder ab, in die Musik hinein. Sie ist so gut; wir sind erst ein paar Mal in diesem Club gewesen. Ich habe ihn durch einen Zufall gefunden, doch ich bin süchtig nach ihm geworden, die DJs hier machen Unglaubliches aus den schon bekannten Songs. Sie mischen und sie experimentieren, und die Musik berührt auf unglaubliche Weise, sie trägt einen in eine andere Welt. Wie alles in diesem Club: die

Enge, der Style, das Verbotene und Verborgene; die Menschen, wahllos zusammengemischt, alle Rassen, alle Altersgruppen, alle Lebensweisen, die sich in der Kleidung widerspiegeln. Und doch sind alle von der gleichen Sehnsucht getrieben. Es ist eine Gemeinschaft, nie wird jemand allein tanzen müssen. Eine Hand gleitet von hinten an meiner Schulter vorbei und führt einen Joint an meinen Mund.

Ich ziehe dran, oh Gott, es ist ziemlich starkes Zeug! Die Hand verharrt einige Sekunden vor meinem Mund, und ich bewege ab und an meinen Kopf nach vorn und nehme einen Zug. Hände berühren meine Schenkel, umfassen meine Taille. Es ist so eng auf der Tanzfläche, dass man nicht erkennen kann, wem sie gehören. Und es spielt auch keine Rolle, hier darf jeder jeden begehren.

Aber ich weiß sofort, dass es seine rechte Hand ist, die, während mich die linke rauchen lässt, von hinten an meinen Bauch fasst und meinen Körper an seinen Schwanz presst. Er ist hart, und es erregt mich. Ich bin bereit. Ich fühle, dass ich feucht bin, ich spüre die Lust. Und als ob er meine Gedanken lesen und meine Lust wie ein Tier wittern könnte, schmeißt er den Rest des Joints auf den Boden, packt mich am rechten Handgelenk und zerrt mich hinaus. Er nimmt nicht meine Hand, er hält mich dort fest, wo mein Puls schlägt, seine Finger bohren sich in mich hinein. Er durchbricht die Menschenmenge, die uns umgibt, mit seinem Körper, und ich bin ihm dankbar, dass er mich führt. Ich glaube nicht, dass ich es schaffen würde, mir allein einen Weg durch dieses Gewirr zu bahnen.

Ich schaue ihn mir an, habe immer noch keine Ahnung, wie sein Gesicht aussieht; alles, was ich erkennen kann, ist, dass er nicht besonders groß ist, auch nicht muskulös, sondern eher schlank und drahtig, aber man kann eine Kraft spüren, die von ihm ausgeht. Er hat kurz geschorene Haare und eine sehr dunkle Haut.

Ich weiß nicht, wohin wir gehen, aber ich weiß wozu, und das reicht doch, oder? Wie viele Menschen können schon behaupten, sie wüssten, was sie am Ende des Weges erwartet? Ich weiß es, und ich kann an nichts anderes denken, mein ganzes Wesen ist nur darauf ausgerichtet. Ich würde jetzt keine einzige Frage beantworten können, ich kann nicht denken, mich an nichts erinnern, nichts außer dieser Lust empfinden.

Wir sind raus aus der Halle, laufen den Gang an den Eingängen zu anderen Hallen entlang, überall Menschen. Sie streiten, sie lästern, sie küssen sich. Sie schwimmen im Nebel an uns vorbei, »uns«, wir sind eins. Ich habe das Gefühl, er wird mich nie wieder loslassen, und wenn ers täte, würde ich mich verlieren, mich verlaufen und nie wieder hinausfinden ...

Er hält an, greift nach einem Schlüssel, mit der anderen Hand immer noch mein Handgelenk umklammernd. Er sperrt die Tür auf und schiebt mich ins Dunkel hinein. Sobald die Tür ins Schloss fällt, kann ich nichts mehr sehen. Ich weiß weder, wo er ist, noch, ob er mit mir im Raum ist. Die Stelle, die von seinen Fingern die ganze Zeit umschlossen wurde, fühlt sich so leer an, die Haut kribbelt, fleht nach ihm. Und ich höre seinen Atem nicht. Ist er vielleicht gar nicht da, bin ich womöglich allein hier? Was soll ich tun?

Ich strecke meine Arme aus, versuche, irgendeinen Punkt zu finden, an dem ich mich festhalten kann, ich habe Angst. Wieso ist es so dunkel hier? Es gibt kein einziges Fenster. Ich weiß nicht, wo sich die Tür befindet, nicht einmal die Wände. Ich bin vollkommen orientierungslos. Meine Sinne sagen mir nichts; ich sehe nichts, höre nichts, rieche nichts, spüre nichts, schmecke nichts.

Als ich mit ausgestreckten Armen ein paar Schritte gehe, ertaste ich mit den Fingerspitzen eine Wand oder Tür. Als ob es ein Startschuss für ihn wäre, stößt er mich jetzt, da er sich nicht mehr an meiner Hilflosigkeit weiden kann, gegen die harte Oberfläche der Wand und presst sich von hinten an mich. Ich fühle erneut seinen harten Schwanz, er drückt mich so rücksichtslos gegen die Wand, dass ich mich kaum rühren und noch nicht mal richtig atmen kann. Er hat mich in die Enge getrieben, mich jeglicher Möglichkeit beraubt, zu handeln und mich gegen ihn zu wehren. Er scheint den Raum gut zu kennen, war die ganze Zeit neben mir, wollte, dass ich meine Angst eingestehe; jetzt ist er wütend.

Er zerrt mein Kleid hoch, Leggins und Höschen runter, und bevor ich etwas sagen kann, ist er in mir drin. Die Leggins in meinen Kniekehlen schnüren meine Beine zusammen, und ich kann mich nicht bewegen. Ich fühle mich wie ein eingesperrtes Tier und wie ein Tier habe ich kein Stimmrecht.

Er ist gekommen, ich spüre es an meinen Oberschenkeln hinunterlaufen. Ich weiß, ich werde von allen dafür verachtet werden, die es niemals begreifen, die »mich« niemals begreifen, aber auch ich bin gekommen. Wie ein Tier. Weil der Schmerz so groß war, als er so unvorbereitet in mich eindrang und ich mir noch nicht einmal durch Stöhnen Erleichterung verschaffen konnte, weil ich so erniedrigt wurde, weil ich hilflos und somit frei von jeglicher Sünde war. Weil ich so voll von ihm war, weil er für den kurzen Augenblick vollkommen die Leere verdrängt hatte. Weil ich keine Scham, kein Bedauern und keinen Verlust verspüre.

Ich fliehe, sobald er die Tür aufsperrt und das fahle Licht in den Raum eindringt. Verdammt, ich habe keine Ahnung, wo ich bin, habe mir den Weg nicht gemerkt. Ich brauche eine Toilette, um mich sauber zu machen, ich spüre immer noch das klebrige Zeug zwischen meinen Beinen. Es ist erniedrigend und doch erregend.

Ja, ich lasse mich ficken und in euren Augen bin ich vielleicht nichts weiter als eine Hure, doch ich kann die unerfüllten Wünsche hinter euren anständigen Gesichtern sehen. Sie huschen in euren Augen hin und her und werden nur von den Lidern zurückgehalten, hilflos und um Freiheit bettelnd.

Ich habe eine Verpflichtung, mir selbst gegenüber, ich will alles mitnehmen, will nicht blind sein, so wie ihr. Ich will verstehen, das Leben begreifen. Jedes einzelne Individuum begreifen – das ist der Anfang.

Ich bin nicht heterosexuell, nicht homo- und auch nicht bisexuell; diese Kategorisierungen lehne ich ab! Warum muss es für jeden und alles Regeln geben? Wenn ich diesem einen besonderen Menschen begegne, spüre ich Lust auf ihn, unabhängig von Geschlecht, Alter oder Aussehen. Und wenn er mich begehrt, mache ich mir keine Gedanken, ich bin nur froh und nehme das Geschenk der Lust an.

Ich hatte noch nie schlechten Sex, sie schon. Sie hatte Sex mit Menschen, die ins Bild passen und besondere Merkmale aufweisen. Ich hingegen orientiere mich nicht an äußerlichen Kriterien, wenn ich mir meine Sexpartner aussuche, sondern an der reinen Essenz der Lust. Und dann spielt alles andere keine Rolle mehr, es schenkt mir die Erfüllung. Das Begehren in ihren Augen ist die Gabe.

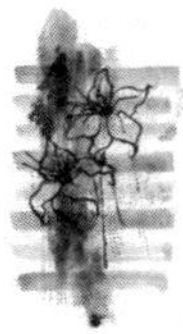

Und Honig scheint dir bitterer als Salz
Die Träne süßer nicht als Wermut – nein
Ich kenne keinen größ'ren Schmerz,
als lebendig unter lauter Schläfern sein.

AUS EINEM RUSSISCHEN SONG

12.01. – Sie liebt ihn, sie tut es, ich kann es ganz genau erkennen. Sie will es zwar nicht, denn Liebe bedeutet Kontrollverlust für sie. Ich kann ihre Angst spüren, die stärker ist als die Liebe. Trotzdem liebt sie ihn. Aber sie lässt mich mit ihm ficken …

Ich wache nachmittags auf, es ist sehr heiß und dunkel in meinem Zimmer, die Heizung ist voll aufgedreht, und die Stoffgardinen sind zugezogen. Es ist kurz nach drei, zu wenig Schlaf. Normalerweise wache ich erst um sechs, sieben Uhr auf.

Ich weiß, dass ich nicht mehr einschlafen werde. Ich bin unruhig und ängstlich. Als ich in den Spiegel schaue, scheint mir mein Gesicht fremd, ich muss mir erst mit Gewalt bewusst machen, dass es sich um mich handelt. Ich verstehe nicht, warum sie weg ist. Ich fühle mich allein.

Den Nachmittag verbringe ich mit meiner Familie. Irgendwann streiten wir uns, wie immer, und ich verlasse die Wohnung. Als ich nach Hause komme, schlucke ich zwei Valium. Mein letzter Gedanke kurz vorm Einschlafen ist, dass ich mir unbedingt neue besorgen sollte und zwar so schnell wie möglich.

Und ob ich schon wanderte im finsteren Tal, fürchte ich kein Unglück.

PSALM 23

14.01. – Diese Woche bin ich wieder viel unterwegs: zuerst Mailand, dann fliege ich für zwei Tage nach Hamburg.

Es ist doch seltsam, neulich habe ich mir meine und ihre Aufzeichnungen durchgelesen. Dabei stellte ich fest, dass unsere Arbeit fast keinerlei Erwähnung findet. Wenn man bedenkt, dass ich die meiste Zeit des Tages und die meiste Zeit der Woche damit beschäftigt bin zu arbeiten, und wenn man bedenkt, welchen Stellenwert die Arbeit in meinem Leben hat, ist das schon erstaunlich. Aber wahrscheinlich liegt es genau daran: Sie hat eben diesen Stellenwert für mich verloren.

Dasselbe gilt für meine Familie: Auch sie spielt keine Rolle, und obwohl ich sie regelmäßig sehe, scheint sie meinen Alltag kaum zu beeinflussen. Das ist die einzig logische Erklärung dafür, dass sie nicht in meinen Gedanken vorkommt. In meinem Tagebuch gibt es nichts anderes als meine Gedanken. Ich verfolge keine bestimmten Ziele mit dem, was ich aufschreibe. Ich versuche nur, das, was mich gerade erfüllt, niederzuschreiben, um wieder atmen zu können.

War im Kino: *Hitman*. Fand ich sehr gut: Gewalt poetisch dargestellt, erinnerte mich ein wenig an die Filme von John Woo. Zwei Hauptcharaktere, Mann und Frau, es gab aber keinen Sex zwischen den beiden, was sehr erfreulich war. Es hätte die Atmosphäre zerstört. Als ich aus dem Kino kam, fand ich einige SMS auf beiden Handys, aber alle waren für sie. Ich hätte gern gewusst, wie der Mann vom Freitag aussah, sein Gesicht. Wie kann sie es wagen?

You shut your mouth
How can you say
I go about things the wrong way?
THE SMITHS

16.01. – Habe ich schon erwähnt, dass ich Mailand hasse? Wenn nicht, dann sei es hiermit gesagt: Ich tue es und zwar aus tiefstem Herzen. Ich war schon in so vielen Städten, jedoch gibt es keine andere Metropole, die bei mir solch negative Gefühle hervorruft. Diese Stadt erdrückt mich mit ihrem Grau. Ich habe das Gefühl, eine Last auf der Brust zu tragen, wenn ich dort bin. Wenn ich durch die Straßen laufe, habe ich in kürzester Zeit das dringende Bedürfnis, mich zu waschen. Ich spüre den Staub auf der Haut, den Haaren, der Kleidung. Leider muss ich mehrfach im Jahr dorthin, und jedes Mal werde ich depressiv.

Es gab jedoch auch ein Erlebnis dort, das zu meinen liebsten Erinnerungen zählt. Es war im letzten Sommer, ich bin am Sonntagmorgen nach Mailand geflogen. Am darauffolgenden Tag sollte ich an einigen Präsentationen arbeiten. Diesen Nachmittag war es zunächst mein Plan, ein Event im Nachbargebäude zu besuchen, das auch meine Firma organisiert hatte, für das ich aber nicht verantwortlich war. Ich wollte mir diese Präsentation unbedingt an diesem Tag ansehen, da ich davon ausgehen konnte, ab Montag keine Zeit mehr dafür zu haben.

Man hatte mich diesmal in einem anderen Hotel einquartiert, mit der Zusicherung, dass sich dieses in der Nähe der Hallen befände und ich kein Taxi nehmen bräuchte. (Der Verkehr während der *Fashion Week* in Mailand könnte jeden zum Selbstmord treiben!)

Ich stellte meine Koffer ab, erkundigte mich an der Rezeption nach dem Weg und marschierte los. Natürlich habe ich mich verlaufen. Ich bin ehrlich: Ich habe keinen Orientierungssinn, ich könnte mich selbst in einem Supermarkt verlaufen. Aber diese Stadt machte es mir zusätzlich schwer. Jeder, den ich nach dem Weg fragte, gab mir eine andere Beschreibung, das Ganze dann auch noch auf Italienisch, weil keiner in dieser internationalen Stadt der Mode englisch spricht.

Ich lief zum x-ten Mal über den Antiquitätenmarkt. Es war so heiß, dass meine Absätze Abdrücke im Asphalt hinterließen, und ich war viel zu warm angezogen in meinem schwarzen Cashmere. Dieser Weg schien überhaupt kein Ende mehr zu nehmen. Ich hielt Ausschau nach einem Taxi, natürlich ohne Erfolg. Ich dachte darüber nach, zum Hotel zurückzulaufen und mir von dort aus ein Taxi zu bestellen, war mir aber nicht sicher, ob ich das Hotel wiederfinden würde.

In meinem gebrochenen Italienisch sprach ich eine Frau an, die neben ihrem Stand saß. Sie antwortete mir, sie kenne die Straße nicht und könne mir nicht weiterhelfen. Und dann zeigte sie auf den dunklen Eingang einer Bildergalerie, die sich direkt vor uns befand, und sagte mir, der Mann dort könne mir bestimmt den Weg weisen. Er sei hier geboren worden und habe sein gesamtes Leben hier verbracht.

Als ich die Schwelle überquerte, bekam ich Gänsehaut. Ich tauchte in eine dunkle, kühle Welt ein, die nach Ölfarben und Holz roch. Ich hatte

plötzlich das Gefühl, schon einmal hier gewesen zu sein, so vertraut kam mir der Laden vor. Ich beruhigte mich sofort, der ganze Ärger und die Hitze fielen von mir ab. Ich fühlte mich wie ein Tier, das nach einer Hetzjagd die sichere Hand seines Herren im Nacken spürt und alles Böse beiseitelegt.

Nach einer Weile entdeckte ich ihn, er saß in der Ecke in einem alten bordeauxroten Sessel und rauchte eine Zigarre. Eigentlich war es der Zigarrengeruch, den ich als Erstes wahrnahm und der mich ihn bemerken ließ. Er schaute mich aus halb offenen Augen an. Ich erschrak aber nicht angesichts meiner plötzlichen Entdeckung und fühlte mich auch nicht unwohl, obwohl er mich offenbar die ganze Zeit über beobachtet hatte. Die ganze Zeit? Ja, ich hatte das Gefühl, seit Ewigkeiten hier zu sein, als ob ich all die Erinnerungen an den heutigen Tag an der Türschwelle abgelegt hätte.

Er bat mich mit einer Hand, im Sessel ihm gegenüber Platz zu nehmen, und fragte mich auf Italienisch, ob ich etwas Kühles trinken wolle. Als ich nickte, legte er seine Zigarre beiseite, erhob sich und ging in den Nebenraum. Dann brachte er mir ein Glas Weißwein. Bevor er sich setzte, bot er mir eine Zigarre an.

Wir saßen uns gegenüber. Ich trank meinen Wein in Schlückchen, wir rauchten Zigarre und beobachteten uns gegenseitig. Keiner sprach, aber es war nicht sonderbar oder gar unangenehm, es fühlte sich vollkommen natürlich an.

Er fragte mich nichts, als ob meine Anwesenheit selbstverständlich wäre. Er verstand wohl instinktiv, dass ich Erholung brauchte. Es zerreißt einem das Herz, dass solche Begegnungen als ungewöhnlich oder unpassend gelten: schweigende Menschen, einander vollkommen fremd gegenübersitzend und doch auf eine bestimmte Art miteinander verbunden.

Er war alt, aber sein Alter hatte Würde. Er war von großer und kräftiger Statur – das hatte ich sehen können, als er aufgestanden war –, und seine Gestalt hatte etwas Beruhigendes an sich, wie die

Größe eines Baumes, unter dem man Schutz vor einem Unwetter sucht. Er hatte unglaubliche Augen, die schon alles gesehen zu haben schienen. Umgeben von tiefen Spuren des Lebens leuchteten sie die Welt bernsteinfarben an. Sein volles graues Haar umgab wie eine Löwenmähne in wilden Locken sein Haupt.

Wenn ich malen könnte, wäre er in diesem Augenblick mein Lieblingsmotiv geworden. Ich hätte mir das Bild irgendwo aufgehängt, wo ich es immer hätte sehen können, und gehofft, dass es mich so beruhigen würde wie das Original.

Irgendwann sprach er mich doch an, fragte aber nicht nach dem Grund meines Besuches, sondern erst einmal nach mir: wo ich herkäme, wie ich hieße, wie alt ich sei. Ich sprach mit ihm italienisch und schämte mich nicht für meine Fehler oder meine schlechte Aussprache. Ich hatte bei ihm nicht das Gefühl, mich für irgendetwas schämen zu müssen.

Ich fragte ihn nach dem Weg. Er verschwand kurz im Nebenraum, kam dann mit Notizblock, Bleistift und einer Karte zurück. Wir lehnten uns über einen alten Holztisch, den so viele Kerben durchzogen, dass er selbst schon aussah wie eine Karte.

Der Mann zeichnete auf der weißen leeren Seite des Notizblocks den Weg auf. Gebannt beobachtete ich, wie wunderschöne Linien und Straßennamen unter seinen eleganten Fingern entstanden. Ich bin mir sicher: Egal, was er schon in seinem Leben gemacht hatte, welche Arbeit er auch verrichtet, welche Werke er geschaffen hatte, alles war auf diese Weise geboren worden ... alles in seiner Umgebung schien ihm zu gehorchen, wie der Bleistift jetzt in seiner Hand.

Er zeigte mir noch einmal den Weg auf der gemalten Karte, riss dann die Seite ab und gab sie mir. Es war Zeit für mich zu gehen, wieder hinaus in die Welt. Er schenkte mir eine Zigarre, verpackt in Zellophan, und strich mir zum Abschied behutsam über die Schulter, begleitete mich aber nicht zur Tür. Ich glaube, er scheute die Realität genauso wie ich. Ich glaube, es tat ihm leid, mich hinausschicken zu müssen.

Dieses Mal war es nicht so schlimm. Ich war nur einen Tag dort und flog abends wieder zurück. Außerdem hatte ich eine Kollegin an meiner Seite, die eine Zeit lang in Mailand gelebt hatte und die Stadt genauso hasste wie ich. Also konnten wir uns gegenseitig an unserer Abscheu hochziehen.

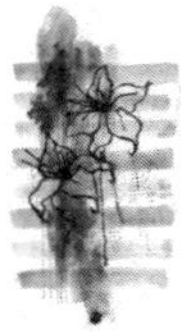

Und wenn du lange in einen Abgrund blickst, blickt der Abgrund auch in dich hinein.

FRIEDRICH NIETZSCHE

20.01. – Es ist so viel passiert an diesem Wochenende: zu viele Drogen, zu viele Menschen, zu viele Tränen ... Ich will nicht alles aufschreiben, ich habe keine Kraft dafür. Ich will mich nicht wieder daran erinnern, wie nahe sie diesmal dem Abgrund gewesen ist, es ist zu schmerzlich. Doch ich bin selbst schuld, ich habe es heraufbeschworen. Die Geister, die ich rief ... Ich war es ganz allein. Ich habe sie gerufen, doch als sie alle an meine Tür klopften, bekam ich es mit der Angst zu tun.

Wie führt man ein Tagebuch? Wie macht man es richtig? Schreibt man das Erlebte des Tages nieder? Oder einfach nur die Gedanken, die einem in dem Moment durch den Kopf geistern? Schweift man in seine Vergangenheit ab?

Ich weiß es nicht. Gibt es überhaupt Regeln?

Sosehr ich Mailand hasse, sosehr liebe ich Hamburg. Ich habe mich sofort in diese Stadt verliebt, als ich zum ersten Mal dort war. Seitdem ist vieles passiert und nicht immer handelte es sich um schöne Erlebnisse, doch wird das an meinen Gefühlen für diese Stadt nichts ändern. Wahrscheinlich werde ich irgendwann nach Hamburg ziehen.

Wie auch bei den Menschen habe ich bei dieser Stadt Angst, meiner Liebe zu nah zu sein. Ich schütze mich vor dem Ausbruch meiner Gefühle, indem ich zum Objekt meines Begehrens Abstand halte.

Ich bin so viel ehrlicher und offener in dieser Stadt, als ob meine Schutzschilde dort alle auf einmal versagen würden. Ich verliere jede Kontrolle und lasse alles raus. Nirgendwo war ich in den letzten Jahren so unverschämt glücklich und so restlos traurig wie in Hamburg. Nirgendwo habe ich so ehrlich gelacht und konnte ich so gar nicht aufhören zu weinen. Nirgendwo habe ich mich so stark und so schwach gefühlt.

Es ist nicht weiter verwunderlich, dass die Mitarbeiter im Geschäft sofort die Veränderungen an mir bemerkten, als ich am Donnerstag dort ankam. Ich konnte meine Traurigkeit und meine Unsicherheit vor ihnen nicht verbergen. Ich versuchte, mich abzukapseln, und arbeitete die ganze Zeit allein vor mich hin, ohne die anderen mit einzubeziehen, was sicherlich nicht richtig ist. Ich wollte den Fragen aus dem Weg gehen, die ich hätte beantworten müssen.

Ich habe irgendwann entschieden, zu den Mitarbeitern in den Geschäften ein persönliches und inniges Verhältnis aufzubauen, weil sich der Erfolg der Zusammenarbeit dadurch verstärkt. Ein jeder macht viel mehr aus Sympathie als aus Verpflichtung; also konnte ich mich auch nicht plötzlich entziehen, weil es mir nicht mehr passte.

Den Donnerstag überstand ich noch ziemlich unbeschadet, wohingegen am Freitag die potemkinschen Dörfer einstürzten. Ich war gerade in ein Gespräch mit der Geschäftsleiterin des Shops vertieft, es kam zu einer Meinungsverschiedenheit zwischen uns. Wir wurden dabei natürlich nicht laut, da wir im Laden neben der Eingangstür standen und keine Szene veranstalten wollten. Und dann reagierte sie völlig untypisch, als ich sie wegen einer Banalität angegriffen hatte: Sie verteidigte sich nicht, sondern fragte mich, was denn mit mir los sei.

Ich konnte ihre Sorge spüren, und das raubte mir den letzten Halt. Die Tränen liefen mir das Gesicht hinunter, durch nichts konnte ich sie aufhalten. Ich weinte, mitten im Laden, vor den Menschen, vor denen ich stets Stärke, aber nie solche Verzweiflung gezeigt hatte. Es war einfach nicht erlaubt! Ich versuchte, mein Gesicht zu verstecken, aber jeder merkte es natürlich. Je mehr die Geschäftsleiterin versuchte, mich zu trösten, desto tiefer fiel ich.

Irgendwann konnte ich mich aus diesem Bann lösen, mich wieder bewegen, und so sagte ich ihr, dass ich kurz etwas essen gehen würde. Zum Glück hatte ich meine Sachen dabei, die Jacke und die Tasche, denn meine Arbeit war fast abgeschlossen gewesen, als dieses unglückliche Gespräch stattgefunden hatte.

Ich lief auf der Straße und weinte nicht mehr. Hätte ich es bloß im Laden verhindert! Mir wäre es lieber gewesen, dass mich fremde Menschen so sehen und nicht die, mit denen ich weiterhin zusammenarbeiten musste. Der überwundene Schwächeanfall, dem ich mich so hoffnungslos hingegeben hatte, versetzte mich in eine Art Trance: Ich war vollkommen ruhig, fast versteinert, reglos und ziellos. Ich ließ in dem Moment kein einziges Gefühl zu, ich fürchtete mich vor der Scham, die mich sonst überrollt hätte.

Und so kehrte ich nach etwa einer Stunde in den Laden zurück, beendete meine Arbeit, fotografierte diese, gab noch einige Anweisungen und verabschiedete mich. Ich ließ nicht zu, dass mich jemand umarmte, denn ich war bloß eine inhaltslose Hülle, eingetrocknet und leer, die bei jeder Berührung in sich zusammenzukrachen drohte.

Im Taxi auf dem Weg zum Flughafen, während ich auf den Abflug wartete und im Flugzeug war ich schläfrig und abwesend. Von der Welt durch die laute Musik meiner Kopfhörer abgekapselt, hatte ich Mühe, logisch zu agieren. Ich setzte mich auf den falschen Platz, vergaß beinahe mein Gepäck bei der Ankunft, landete schließlich am falschen Band, musste mich vom Taxifahrer bohrend anblicken lassen, bevor ich ihm meine Adresse nennen konnte, und verleitete ihn, eine falsche Ausfahrt zu nehmen, als ich, den Inhalt seiner Frage überhörend, einfach nur mit Ja geantwortet hatte.

Ich schaltete meine Empfindungen aus, alles drang nur noch dumpf wie durch Watte zu mir. Ich drehte meinen Organismus auf Sparflamme hinunter, weil ich die Gefahr erkannte, sie war mir allzu gut vertraut. Ich habe ihr etwa zwölf Jahre lang nicht mehr in die Augen gesehen und mich doch sofort an sie erinnert. Wenn ich mehr als das allernötigste Minimum täte, würde es wieder beginnen. So wie damals, als ich 14 war.

Nun, ich habe es überlebt. Und diesmal würde ich es gar nicht erst so weit kommen lassen: Als ich nach Hause kam, lief ich in die Küche und holte aus der Schublade das Tütchen, breitete das grobkörnige Pulver auf der Theke meiner Küchenbar aus, zerdrückte es schnell mit der Kante meiner Kreditkarte und zog es mir, angezogen wie ich war im Mantel, alles auf einmal rein. Als ich den Kopf hob, wurde mir bewusst, dass jemand am Fenster des Hauses gegenüber stand und in meine Küche schaute. Die kurzen Vorhänge und das eingeschaltete Licht gewährleisteten eine gute Sicht.

Na und? Ich lag auf der Couch, es liefen gleichzeitig der Fernseher und eine CD in meinem Laptop, ich haute auf die Tasten und versuchte, die Spielkarten in geordnete Bahnen zu lenken. Aus dem Augenwinkel sah ich, dass es schon nach fünf Uhr morgens war. Ich habe mir den ganzen Abend immer wieder kleine Portionen nachgezogen, um nicht mit meinen Gedanken allein bleiben zu müssen. Dabei verlor ich jegliches Zeitgefühl. Irgendwann merkte ich, dass ich die ganze Zeit über lächelte. Dann dachte ich über Menschen nach, die mir oft im Kopf herumschwirren:

- Marilyn Manson: weil er durch und durch ein eigenes und authentisches Wesen ist. Mir ist durchaus bewusst, dass sich der Name auf die Band und nicht auf den Sänger bezieht, aber man identifiziert ja eigentlich nur ihn damit. Er kokettiert nicht mit seinem Anderssein, sondern ist einfach so, wie er ist. Seine Stimme scheint die Hölle schon kennengelernt zu haben.
- Nina Wasina: eine russische Schriftstellerin. Leider wird sie niemals wirklich berühmt und ihre Bücher werden auch niemals in andere Sprachen übersetzt werden. Eine so eigene Sprache kann man einfach nicht übersetzen. Aber ich habe selten etwas gelesen, das sich so wenig den Gesetzen dieser Welt unterwirft und solch eine eigensinnige und wahnsinnige Schrägheit besitzt.
- Edward Norton: weil er zu den Wenigen gehört, die eine Rolle sind und sie nicht nur spielen. Er stellt sich nicht in den Mittelpunkt, sondern löst sich in seiner Umgebung, seinem Film vollkommen auf. Er drückt seinen Rollen keinen eigenen Stempel auf, weil er sich ihnen unterwirft. Selbst die härtesten Kritiker können ihm sein außergewöhnliches Talent nicht absprechen.
- Madonna: Ich will mich nicht einer Kunstfigur an den Hals werfen und doch kann ich meinen tiefen Respekt für sie nicht von der Hand weisen. Ich bewundere sie nicht als Musikerin, sondern als Persönlichkeit. Ich habe noch nie jemanden gesehen, der sich so mit seinem ganzen Körper und allen Mitteln, die ihm zur Verfügung stehen, auszudrücken vermochte und dabei vollkommen in der Gewalt seiner Emotionen gefangen zu sein schien wie sie während ihrer Konzerte.

– Vivienne Westwood: Die Mutter des Punk? Ja, vielleicht, aber für mich ist sie viel mehr als das. Es wäre eine arge Untertreibung, sie darauf zu beschränken. Sie ist personifizierter Sex. Es ist ja bezeichnend, dass sie in den Siebzigern in London einen Laden besaß, der »SEX« hieß. Außerdem ist sie eine Konsumverzichterin, was bei mir unweigerlich Respekt auslöst, denn ich wäre gern wie sie, doch bin ich es leider nicht. Sie lebte bis 1993 in einer Sozialwohnung und sagte einst: »Ich mag eine Rebellin sein, aber ich bin keine Außenseiterin.« Das würde ich gern von mir behaupten können!

Mir ist durchaus bewusst, dass meine Bewunderung dem nach außen getragenen Image dieser Menschen gilt. Ich liebe nicht sie, sondern das, wofür sie vor den Augen der Öffentlichkeit stehen. Wahrscheinlich würde ich es im wahren Leben keine fünf Minuten mit einem von ihnen aushalten, außer vielleicht mit Ed Norton.

Ich habe keinen Sex mehr mit anderen Männern, der Fick im Hinterzimmer des Clubs war der letzte. Ich bin eine durch und durch monogame Frau geworden, die sogar in ihrer Fantasie nur den »Einen« begehrt. Ich kenne diesen Zustand: Es ist ein unabänderliches Merkmal meines Wesens, dass ich mich auf eine einzige Sache konzentriere und sie in vollen Zügen auskoste, sie gänzlich ausschöpfe. Irgendwann passiert es immer, dass nichts mehr übrig ist. Dann fühle ich mich leer und breche in mir selbst zusammen. Ich versuche, die Leere zu füllen, mit allem, was mir zur Verfügung steht. Ich lebe den Exzess dann aus Sucht und bitterer Notwendigkeit, nicht mehr aus Lust.

Es ist leider nicht möglich, ihn so oft zu sehen, wie ich es möchte, nein, wie ich es sogar brauche. Aber selbst, wenn mein Körper nach Sex verlangt, kann ich einfach nicht mit jemand anders ficken, es ist wie eine Blockade. Und wenn ich es in der Vergangenheit getan habe, die Blockade durchbrach, fand ich keinerlei Erfüllung für meinen Körper, und meine Seele war am Boden zerstört. Ich möchte es nie wieder erleben, ich werde vorläufig auf meine einzig wahre Droge, den Sex, verzichten ...

Na ja, nicht ganz. Wozu habe ich schließlich einen Vibrator?

Übrigens, die Begegnung mit dem Alten in Mailand habe ich nicht geschrieben! Das ist auch nicht mir passiert, sondern ihr. Ich habe die Textstelle gestern markiert und die Schrift auf die mit Serifen umgeändert. Gerade habe ich mir die Aufzeichnungen noch einmal angesehen und gemerkt, dass sie alles wieder rückgängig gemacht hat. Wenn sie darauf besteht! Aber das ist wieder mal typisch: Sobald etwas passiert, was sie sich nicht erklären kann, muss ich verantwortlich gewesen sein. Aber unser Leben ist doch kein Fernseher, den man schwuppdiwupp auf einen anderen Sender umschalten kann. Es geht einfach nicht, dass man mal kurz aufs Knöpfchen drückt!

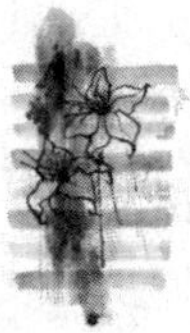

Glück gleicht durch Höhe aus,
was ihm an Länge fehlt.

ROBERT FROST

21.01. – Ich habe Blutergüsse zwischen meinen Schenkeln. Ich habe Striemen auf dem Rücken und dem Po. Ich habe blaue Flecken auf der Brust und an den Brustwarzen. Und dabei habe ich meine Tage seit Samstag. Das ist doch ekelerregend!

Es geht mir gut heute, der Knoten ist geplatzt, und ich fühle ein Hoch kommen. Ich werde mir keine Gedanken mehr machen, wie lange es diesmal anhält, ich will diese Ruhepause einfach genießen.

Als ich aus dem Büro kam, sah ich ihn: den Vollmond. Ich liebe ihn. Wahrscheinlich fühle ich mich deswegen so gut. Er ist wunderschön und so nah, als bräuchte ich nur die Hand nach ihm auszustrecken, um ihn berühren zu können, um seine unebene, warme Oberfläche zu streicheln. Er gibt mir Kraft, er stärkt mich von innen.

Als alle Mädchen sich die Haut braun grillten auf den Sonnenbänken, als sie sich alle die Haare blond färbten – ob es ihnen nun stand oder nicht – und mit Glätteisen so lange bearbeiteten, dass die Spitzen halb verkohlten; als alle sich die Nägel eckig feilten und French Manicure machten; als alle den gleichen Lipgloss benutzten, als ob es keine anderen Farben gäbe, schon zu der Zeit ließ ich mir einen Herrenhaarschnitt verpassen. Ich trug roten Lippenstift und kurze rotlackierte Nägel.

Rot ist meine Farbe, mein Markenzeichen. Meine Haut ist so weiß, als ob sie immer nur vom Mond beschienen würde und nie von der Sonne ... Es geht mir nicht darum, anzuecken oder zu provozieren, wie sie es immer annimmt. Auch wenn der Look mit weißer Haut, dunklen Haaren und roten Lippen sich in diesem Winter dem Modegeschmack der Massen annähert, werde ich meinen Stil nicht ändern, denn ich trage immer noch das nach außen, was ich innen empfinde. Sollte meine Art, ich zu sein, irgendwann einmal dem Verhalten aller anderen entsprechen – so what?

Da kommt mir wieder ein Ausspruch der großen Dame der Mode Vivienne Westwood in den Sinn, auch wenn ich ihn vielleicht nicht wortwörtlich wiedergebe: »Die Welt ist so amerikanisiert, dass die Menschen hässlicher aussehen als je zuvor. Ich unterscheide zwischen wirklicher Mode und dieser grauenvollen Massenproduktion. Die Leute kaufen sich schreckliche Klamotten, die nichts mit ihrer Persönlichkeit zu tun haben. Letztlich sehen neunzig Prozent der Menschen wie uniformiert aus.«

Wenn Mädchen und Jungs in Clubs und Bars sich vor den anderen Leuten Koks reinpfeifen und ihre Joints rauchen, sich dabei befummeln und öffentlich Sex haben; wenn »brave Bürger« Pornos drehen und diese der Öffentlichkeit zugänglich machen; wenn sie »fick dich« oder »leck mich« in ihr alltägliches Vokabular einfügen und sich in keinerlei Umgebung scheuen, diese Worte zu benutzen; wenn sie sich den ganzen Tag von Musik berauschen lassen und tanzen, ob es nun angebracht ist oder nicht; wenn sie sich die Freiheit nehmen, so laut lachen zu dürfen, dass sich alle anderen nach ihnen umdrehen; wenn sie nur die Leute grüßen, die sie auch grüßen möchten ... dann werde ich immer noch ich sein und ganz still in mir ruhen, ohne mich für das eine oder andere verbiegen zu müssen.

Meine Freundin sagt, sie habe Angst, dass ich mich irgendwann in naher Zukunft umbringe. Menschen wie ich leben nicht lange, sagt sie. Sie sind wie Kometen, die allzu schnell verglühen. Aber ich bin ja nicht allein, es gibt ja noch sie, die andere. Es ist eine ewige Verantwortung, ich kann sie nun mal nicht allein lassen.

Ich wollte, man würde einsehen, dass die Grenzen des Mitleids nicht dort liegen, wo die Welt sie zieht.

VINCENT VAN GOGH

24.01. – Ich habe gestern bei meiner Freundin geschlafen. Wir haben Bolognese gekocht und Kuchen gebacken. Na ja, sie hat alles gemacht. Ich saß dabei und habe versucht, uns einen zu drehen. Was soll ich sagen? Mein Joint war schlaff und fast schon beleidigend lustlos, wie immer. Keine Fingerfertigkeit, zumindest was das Drehen von Joints anbelangt. Ansonsten weiß ich eigentlich, dass meine Finger sehr geschickt sein können. Wir tranken Sliwowitz mit Honig und Rotwein zur Bolognese. Dazu rauchten wir zwei Tüten weg. Dann verkündete sie mir, dass der Kuchen auf den Namen »Himmel auf Erden« getauft wird. Ich habe drei Kilo dieses Himmels verdrückt! Die andere wird mich umbringen, weil ich (und sie) bestimmt zwei Kilo zugenommen habe(n). Mir ist das schnuppe, ihr nicht.

Meine Freundin legte eine CD ein, diese Stimme, ich kann sie nicht beschreiben, denn mir fehlen die Worte. Eine kroatische Sängerin, Josipa Lisac. Sie verbindet die Tiefe und Traurigkeit, die so typisch für slawische Musik sind, mit einer Jazz-Stimme, die sie wie ein Instrument spielt. Solche Musik muss man so laut wie möglich hören! Sie sang »A Whiter Shade of Pale«, ein verwirrender und ergreifender Song, dem ihr besonderer Gesang noch mehr Tiefe verlieh.

Irgendwann klingelte es, und die Polizei stand vor der Tür. Ich lümmelte mich auf dem Sofa, als meine Freundin mit weit aufgerissenen Augen ins Wohnzimmer kam. Sie war total breit, ich auch, und in der

Wohnung roch es nach Gras, weil wir mit dem brennenden Joint durch die Diele zwischen Küche und Wohnzimmer hin und her gelaufen waren. Zum Glück schienen sie nichts bemerkt zu haben. Wir drehten die Musik leiser. So machte es aber keinen Spaß mehr, und wir gingen dann irgendwann ins Bett.

Warum bin ich heute so glücklich? Der Tag im Büro ist superstressig. Manchmal wird es mir kurz zu viel, doch ich ertappe mich auch immer wieder dabei, wie ich vor mich hin lächle. Ist das vielleicht so, weil es bald Samstag ist und ich von ihm gefickt werde?

Das Gedächtnis ist ein sonderbares Sieb:
Es behält alles Gute von uns
und alles Üble von den anderen.
WIESŁAW BRUDZIŃSKI

25.01. – Wenn man sich diese Tagebucheinträge durchliest, erkennt man schnell, dass sie immer versucht, sich auf ein Thema zu konzentrieren und es zu beschreiben, während meine Gedanken manchmal wie Flöhe durch die Gegend hüpfen.

Ich war heute zu spät auf der Arbeit, weil ich zwischendurch aus der Bahn gesprungen bin, als ich bemerkte, dass meine Schwester im hinteren Wagen sitzt. Die Bahn fuhr los, bevor ich einsteigen konnte, toll oder? Habe meine Schwester dann am Telefon angeschrien. Ich glaube, da ist eine Entschuldigung fällig, aber ich kann mich ja rechtfertigen. Morgen Abend will ich gefickt werden! Heute habe ich mich mit sehr vielen Menschen gestritten, scheine irgendwie aggressiv zu sein. Ich sollte mich wahrscheinlich zusammenreißen, aber das tue ich schließlich nie.

Ich stehe auf blonde Frauen, schlank und androgyn, mit wenigen Kurven. Ich kann große Brüste nicht ausstehen. Habe heute auf dem Heimweg eine in der Bahn beobachtet, die vollkommen meinem Geschmack entsprach. Diejenigen, mit denen ich bisher Sex hatte, waren allerdings ganz anders. Das Leben ist halt kein Filmdreh, bei dem man selbst die Rollen besetzen kann.

Wie sie damals; sie war auch keine Rolle. Sie war niemand, den ich mir ausgesucht hätte, aber sie hat mich ausgesucht. Ich kannte sie flüchtig, wir hatten gemeinsame Bekannte. Ich pflegte aber keinen

Kontakt zu ihr, besaß ihre Nummer nicht und wäre auch nie auf den Gedanken gekommen, ihr meine zu geben. Wie gesagt: Ich habe sie mir nicht ausgesucht. Doch manchmal kann die Lust eines anderen Menschen so stark sein, dass man sich ihr beugen muss. Es geschah nach einem netten Restaurantbesuch, als wir zu fünft auf einen Schlaftrunk zu einer gemeinsamen Freundin nach Hause gingen. Die Wohnung war viel zu klein, und es gab nicht genug Sitzgelegenheiten. Wir knieten auf dem Boden um einen Tisch herum, auf dem brennende Kerzen standen. Unsere Freundin legte David Bowie auf, und wir rauchten Gras und lachten und quatschten ... und dann wurde ich mir ihrer starrenden Augen bewusst, die keinen Millimeter von mir abwichen.

Ich hatte schon bei vorherigen Treffen bemerkt, dass sie an mir interessiert war, mich jedoch nie weiter darum gekümmert. Ich hatte weder Zeit noch Muße gehabt, um mich mit ihr auseinanderzusetzen. Aber an diesem Abend konnte ich ihre hungrigen Augen irgendwann nicht länger ignorieren. Als sie mir anbot, bei ihr zu übernachten, nahm ich dankend an. Der Weg zu mir wäre tatsächlich zu weit gewesen, und sie wohnte nur zehn Minuten mit dem Taxi entfernt.

Bei ihr zu Hause angekommen, duschte ich mich. Dann zog ich mir eines ihrer T-Shirts an, legte mich ins Bett und wartete, bis sie kam ... und wartete und wartete, und das Warten brannte sich durch meinen Körper und verwandelte sich zunehmend in Ungeduld ... und Lust. Mein Mund trocknete aus, und als sie endlich das Zimmer betrat, kniete ich mich am Bettrand nieder, zog sie an mich und küsste sie. Ich sog mich regelrecht an ihr fest, und sie riss sich irgendwann los und sagte lachend: »Warte, warte!« Ich antwortete atemlos: »Ich kann nicht, ich habe schon zu lange gewartet«, als hätte ich sie die ganze Zeit begehrt und nicht umgekehrt. Doch nun, als ich mich auf sie eingelassen hatte, ließ sich meine Lust durch nichts mehr bremsen, und so fiel ich aufs Bett und zog das Mädchen auf mich.

Sie schob das T-Shirt nach oben und küsste meine Brüste, hielt sie immer fester in ihren Händen. Dann hob sie den Kopf und sah mich an. Ich zog sie hoch und legte sie auf mich, umschloss mit meinen Schenkeln ihren Körper und drückte ihn fest gegen meinen. Ich schob meine Hände zwischen uns und streichelte jede einzelne ihrer Rundungen, die ich erreichen konnte. Unten angekommen, schob ich sanft meine Hand zwischen ihre Beine und merkte, dass sie feucht war. Ich nahm ihre Hand, zog mit ihren Fingern ihre Schamlippen auseinander und bedeutete ihr, ihre Hände so zu halten, damit sie gedehnt war und ich den Punkt, auf den ich zustrebte, einfacher erreichen konnte. Dann umkreiste ich ihn, zuerst sanft und schließlich mit zunehmendem Druck.

Sie atmete immer schneller und zuckte unter meinen Fingern. Sie presste sich immer stärker an mich und biss in meine Schulter. Ich ließ nicht von ihr ab. Ich spürte, wie ihre Klitoris anschwoll, drückte sie mit meiner anderen Hand, die am Po ruhte, gegen mich. Sie stöhnte auf, und ich fühlte das Zucken unter meinen Fingerspitzen.

Sie legte sich auf den Rücken und starrte die Decke an, doch schon Augenblicke später lag sie wieder auf mir. Ich küsste sie wieder, und diesmal war sie viel stärker und offensiver beim Küssen. Ich nahm ihre Hand und schob ihre Finger zwischen meine Beine. Ich schnappte mir ein Kissen und legte es unter meinen Po. Sie schob ihre Finger in mich. Spürst du da eine Stelle, die uneben, irgendwie geriffelt ist? Warte, du musst noch ein wenig tiefer hinein. Ja, genau da. Okay, jetzt versuch, mit Druck diese Stelle entlangzufahren, immer wieder. Ich bewegte mich, mit rhythmischen Bewegungen ihrer Hand entgegen. Ich hielt ihren Daumen fest an meine Klitoris gepresst und ließ mich von ihren Fingern ficken, bis ich kam.

Ich übernachtete bei ihr, obwohl ich es normalerweise vermeide, bei meinen Sexpartnern zu übernachten. Am Morgen danach gab ich ihr zum Abschied einen Kuss, jedoch nicht meine Handynummer. Sie fragte auch nicht danach. Ab und zu begegneten wir uns, jedoch geschah nie wieder etwas. Irgendwann verlor ich den Kontakt zu den gemeinsamen Bekannten und somit auch zu ihr. Das ist lange her.

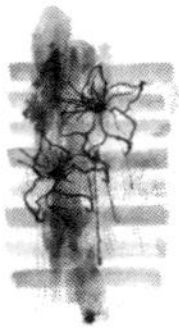

Drunk on immorality
Valium and cherry wine
Coke and ecstasy.

PLACEBO

27.01. – Heute ist ein schöner milder Tag. Es riecht nach Frühling und Umbruch. Die großen Veränderungen finden bei mir fast immer im Frühling statt. Ich bin heute spazieren gegangen und konnte es ganz deutlich spüren: Etwas wird geschehen, und es wird mich aus meiner gewohnten Bahn werfen. Es gibt noch ein Zeichen: Ich bin für eine sehr lange Zeit da, allein, ohne sie, die versucht, Kontrolle und Ordnung in unser Leben zu bringen. Dabei finde ich es langweilig, wenn sie nicht da ist. Ich kann nicht lange stehen bleiben, ohne etwas verändern zu müssen.

Die Euphorie der letzten Tage ist weg. Ich bin zwar nicht traurig und bedrückt, jedoch still, wie eingeschlafen und von Nebel umhüllt. Ich laufe durch die Welt mit Musik in den Ohren, die meine Gefühle nicht mehr aufwecken kann. Die Trommeln sind nicht laut genug, um bis zu meiner Seele vorzudringen. Ich lasse es so, wie es ist. Schlafende Hunde soll man nicht wecken und manchmal kann Gefühllosigkeit auch ein Schutz sein.

Ich will nicht sterben, aber am Freitag hatte ich mich nicht mehr unter Kontrolle. Ich balancierte auf einem Seil und machte mir nur wenig Mühe, nicht herunterzufallen. Ich nahm den ganzen Abend über Koks. Irgendwann verlor ich die Übersicht und plötzlich kam es mir so vor, als würde mein Herz so heftig gegen meine Rippen hämmern, dass es diese irgendwann durchbrechen müsste. Meine Kehle war ausgedörrt wie eine Wüste, die Trockenheit brannte sich förmlich durch mich durch. Ich atmete so schnell wie ein Tier bei einer Hetzjagd. Ich setzte mich hin, konnte jedoch das Stillsitzen keine Minute durchhalten, versuchte, meinen Atem zu beruhigen, und tat das Schlimmste, was ich in diesem Moment tun konnte: Ich stopfte mich mit Süßigkeiten voll, die auf der Bartheke lagen, und soff Cola light, weil ich einen so üblen Nachgeschmack im Mund hatte und ihn so schnell wie möglich loswerden wollte.

Meine Handflächen schwitzten, und ich merkte erst nach einiger Zeit, dass ich mir diese ständig an meinem Kleid abwischte. Die Musik drang stoßweise in mein Bewusstsein. Ich schluckte eine Valium, um wieder herunterzukommen, aber ich kam nicht runter. Irgendwann will man nur noch wieder da sein und »normal« agieren, sich selbst und nicht diese drogenbenebelte Gestalt spüren. Ich fiel und knallte auf den Boden. Nur so kann ich mir die Schmerzen erklären, die ich heute schon wieder verspüre.

Und was macht man gegen Schmerzen? Man nimmt Medikamente! Und so verbrachte ich das ganze Wochenende wieder in einer Drogenwelt. Selbst als er am Samstag bei mir war und mich fickte, nutzte ich die Duschpausen nicht nur, um sein Sperma von Brust, Po und Rücken abzuwaschen: Ich zerdrückte die weißen Körnchen auf meiner Waschmaschine im Bad und zog mir diese rein.

Ich muss bald »einkaufen« gehen, fällt mir ein.

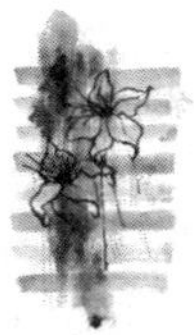

Die Welt wird nicht bedroht von den Menschen, die böse sind, sondern von denen, die das Böse zulassen.

ALBERT EINSTEIN

28.01. – Ich habe heute ein Telefonat mit einer Kollegin aus einer anderen Stadt geführt, die mir sagte, man würde über mich und meinen aggressiven und kontroversen Umgang mit meiner Sexualität in der Firma reden. Außerdem würden einige allmählich den »Respekt«, den ich mir aufgebaut habe (das bezog sich natürlich auf die andere, die ewige Streberin), vor mir verlieren und mich mittlerweile gar als eine »Durchgeknallte« bezeichnen.

Aber solange ich am Ende des Tages das Gefühl habe, als ich und nicht als jemand anders gelebt zu haben, scheiße ich auf euren Respekt! Und wenn diese gewissen Menschen so armselig sind, sich selbst immer einzusperren, und diejenigen, die frei sind, hinter deren Rücken anzugreifen, sind sie es, die man bemitleiden sollte.

Was meine Arbeit betrifft: Ich kann so lange und so viel und auf die unterschiedlichsten Arten mit allen möglichen Menschen ficken, solange ich mehr arbeite als sie alle und meine Aufgaben erledige. Wenn ich das Gefühl hätte, meiner Arbeit nicht mehr würdig zu sein oder ihr nicht mehr genug Aufmerksamkeit schenken zu können, würde ich kündigen. Selbst mit halber Kraft bin ich immer noch stärker als sie alle.

Ich langweile mich. Ich brauche Herausforderungen, Hürden, die ich überwinden kann. Hinaufklettern mit der Gewissheit, etwas geschafft zu haben. Früher war es so. Mir wurden genug Hürden in den

Weg gestellt, und egal wie schwer es mir fiel, ich habe sie alle überwunden. Dies ist es auch, was man an mir so geschätzt hat: dass ich nie aufgegeben habe, ob ich nun etwas konnte oder nicht. Ich habe mich immer kopfüber in die Arbeit gestürzt und bin so jedes Mal über mich selbst hinausgewachsen. Ich werde erst aufgeben, wenn es keine Klippen mehr gibt, die ich besteigen soll, vielmehr darf ...

Aber als Erstes werde ich mit meiner Chefin sprechen. Ich habe ihr stets vertraut, und ich will sie nicht enttäuschen. Ich werde ihr genügend Zeit geben, einen Ersatz für mich zu finden. Ich bin die einzige Mitarbeiterin, die gehen wird, weil ihre Arbeit zu leicht geworden ist. Ich war die Einzige, die immer mehr Aufgaben verlangt hat und nie mehr Geld oder irgendwelche Privilegien.

Ich laufe ständig mit voll aufgedrehter Musik durch die Gegend. Ich werde von Menschen in der Bahn, im Büro, im Café und sonst wo angesprochen, ich möge doch bitte die Lautstärke runterdrehen. Ich gehe diesen Menschen nicht absichtlich auf den Keks. Ich kann nur einfach nichts halbherzig machen: Wenn ich dusche oder mir die Hände wasche, mache ich mir das Wasser so kochend heiß, dass alle sich nach mir die Haut verbrennen. Mein Fernseher und meine Musik sind auf Lautstärken eingestellt, die den Menschen in meiner Nähe beinahe das Trommelfell platzen lassen. Und der Typ, der früher mir gegenüber gewohnt hat, meinte, ich könne einen Porno synchronisieren. Zum Glück nahm ers locker. Meine Wohnung war ein Loft; man kam direkt vom Eingang ins Zimmer hinein, und so kam er ziemlich häufig in den Genuss meines Stöhnens ...

Die Welt stört sich an Menschen wie mir. Aber ich bin keine Rebellin. Manchmal bin ich froh, dass auch sie existiert. Sie ist das Gewicht, das das Pendel wieder nach unten zieht und es so dazu bringt, langsamer und nicht so weit auszuschlagen. Ich bin mir dessen bewusst, dass mir ohne ihre Disziplin ziemlich schnell die Puste ausgehen würde.

Sie lässt mich jedoch in letzter Zeit gewähren, hat sich fast vollständig zurückgezogen, als würde sie mir beweisen wollen, dass ich auf sie angewiesen bin. Vielleicht hat sie auch einfach keine Kraft mehr? Ihre Ängste und Albträume haben nach und nach ihre Energien aufgebraucht, weil sie nie spricht, weil sie das Geschehene in sich verbirgt und die Last mit den Jahren immer größer wird und sie erdrückt.

Es ist halb drei nachts, aber ich kann nicht schlafen. Kein Wunder: Ich war noch kurz vor Mitternacht bei McDonald's, habe mir einen Berg an Fressalien geholt und mich bis zum Bersten vollgestopft. Ja, sie wird mich wieder einmal umbringen wollen! Sie ist so fucking diszipliniert, was das Essen anbelangt: Bloß nicht zunehmen! Mir geht das auf die Nerven, dieses ewige Hungern, und da räche ich mich gelegentlich, aber zum Glück ficke ich normalerweise ausgiebig und nehme Drogen, wodurch ich die Gewichtszunahme im Zaum halte.

Ich habs eine Weile mit Monogamie probiert, weil ich mich so fühlte. Auch bei mir ist das möglich! Aber unsere Beziehung verkommt neuerdings zu einem Samstagsfick, der noch nicht einmal jeden Samstag stattfindet. Er hat eine Familie und ist beruflich eingespannt, ich verstehe seine Einstellung. Aber wo soll ich hin mit meinen Trieben? Zwei Wochen warten? Ich drehe durch!

Wenn man keinen Sex haben will, rennen einem alle hinterher. Es gibt genug Interessenten. Wenn er mich so lange allein lässt, darf er sich nicht wundern. Ich habe vier Tage »out of life« vor mir, Montag ist ein Feiertag und den Freitag habe ich mir als Urlaubstag dazugenommen. Ich habe vor, das Wochenende gebührend zu zelebrieren. Ich will nicht feiern, aber ich will ficken, auch wenn ich ihm versprochen habe, nicht mit anderen Männern zu schlafen. Er wird es sofort merken. Ich brauche einen Zufluchtsort, ein schwarzes Gewölbe, unter dessen dunklen Bögen ich mich mit meinesgleichen verkriechen kann. An diesem Ort muss ich nicht reden, nichts erklären. Ich kann nicht mehr in den Club, mir ist langweilig dort. Meine Unbeständigkeit hat ihren eigenen Bestand.

Es war damals ein purer Zufall, dass wir den Laden entdeckt haben. Aber die besten Sachen sind oft Zufälle. Ich war mit meiner Schwester in einem anderen Club in einer anderen Stadt, nachdem wir lange nicht mehr dort gewesen waren. Es gab eine Zeit, in der ich nicht mehr in die Clubs ging. Nun waren wir aber wieder dort und es war scheiße, total deprimierend. Nach weniger als einer Stunde gaben wir auf, es war einfach sinnlos, dort noch länger zu hocken. Es war aber zu spät, um mit dem Zug nach Hause zu fahren. Also stiegen wir in ein Taxi und sagten dem Fahrer, er solle uns nach K... bringen. Er fragte uns, was mit uns los sei, und als wir ihm von unserem enttäuschenden Abend berichteten, sagte er, er habe da einen Geheimtipp. Er werde uns hinbringen, es sei in M...

Nun war mir M... zwar nicht wegen der Clubs dort bekannt, aber was hatten wir schon zu verlieren? Er gab uns seine Handynummer und bat uns, ihn anrufen, falls es uns dort auch nicht gefallen sollte. Er würde uns abholen und uns umsonst nach K... bringen, was natürlich eine Lüge hätte sein können. Aber Geld war eh noch nie ein Thema bei uns. Ich und meine Schwester gaben es immer mit vollen Händen aus.

Wir haben ihn zwar angerufen, aber erst eine Woche später, als wir wieder am Hauptbahnhof von M... standen. Wir kannten die Adresse des Clubs nicht und mit unserem gleichermaßen unterentwickelten Orientierungssinn hätten wir ihn nie gefunden. Diese erste Nacht in dem Club war eine der besten meines Lebens!

Und so lief es seitdem ab. Ich fuhr mit meiner Freundin oder mit meiner Schwester bis zum Bahnhof von M..., rief den Taxifahrer an, und er brachte uns ans Ziel. Den Weg habe ich mir bis heute nicht gemerkt, er hat mich auch nie interessiert. Ich unterhielt mich lieber mit dem Fahrer oder rauchte Gras, als mir die Straßen anzuschauen.

Es ist eine gepflasterte Straße, ziemlich eng, auf der linken Seite sind Bars und Striptease-Clubs. Das Ensemble erinnert ein wenig an die Reeperbahn, nur in kleinerem Format. Die Lichter flackern rötlich im Dunkeln, die unterschiedlichste Musik dringt nach draußen, hier und dort kulminieren menschliche Emotionen in Streit, Schlägereien oder sexueller Annäherung. Es ist eine Welt für sich. Ich empfinde Trauer, weil ich nicht mehr dazugehöre, weil ich mich selbst ausschloss. Aber in meinem Leben hat es schon viele solcher Verluste gegeben.

Meine Freundin erzählte mir gestern, sie sei am Samstag mit ein paar unserer Bekannten in dem Club gewesen, während ich mich von ihm ficken ließ. Der »Mann ohne Gesicht« sei auf sie zugekommen. Im Gegensatz zu mir hatte sie sich sein Gesicht eingeprägt. Ich vögele regelmäßig mit Leuten, ohne Näheres über deren Namen, Alter oder Beruf zu wissen. Aber ohne das Gesicht zu kennen? Das ist selbst für mich ungewöhnlich. Er habe nach mir gefragt. Sie habe gesagt, ich hätte vor zu heiraten. Ganz plötzlich und aus heiterem Himmel hätte ich mich für ein geordnetes Leben entschieden, ich wolle eine Familie mit einem Finanzbeamten gründen und ließe mich daher nicht mehr in den Hinterzimmern von Clubs ficken.

Er hat sie wohl etwas verdutzt angesehen. Schließlich sagte er, solche Menschen wie ich seien nicht für ein Familienleben geschaffen. Sie würden eingehen wie Primeln, wenn sie es versuchten. Meine Freundin schwörte, er habe von »Primeln« gesprochen. Sie sagte auch, er habe ein ziemlich hässliches Gesicht gehabt. Na ja, ich werde es wohl nie selbst beurteilen können.

Sich mit Wenigem zu begnügen ist schwer,
sich mit Vielem zu begnügen unmöglich.

MARIE VON EBNER-ESCHENBACH

29.01. – Ich habe mittlerweile sechs Bücher, die ich nicht zu Ende gelesen habe. Sie sind überall auf meine verschiedenen Handtaschen und Reisekoffer verteilt und lassen mich nicht in Ruhe. Ich kaufe mir immer wieder neue, denn ich lese eigentlich gern. Ich mag dieses Gefühl, in eine andere Welt entführt zu werden. Nichts lässt so einfach Bilder im Kopf entstehen, wie wenn man die eigene Fantasie mit der eines anderen Menschen verbindet.

Aber ich kann mich nicht mehr dauerhaft begeistern. Ich beginne ein Buch und lege es weg; lese ein paar andere an, bis ich nach einer Runde wieder zu dem ersten zurückkehre, das ich kurze Zeit später doch für ein anderes beiseitelege. Zwischendurch kaufe ich mir neue Bücher und so werden es immer mehr. Ich bin ruhelos, rastlos und ich bekomme das Gefühl der Sättigung nicht mehr, auch nicht durch Bücher.

Manchmal entstehen vollkommen unvorbereitet Verse. Sie prasseln aus der Luft auf mich nieder. Meine Bücher, all die Notizblöcke um mich herum, die unschuldigen weißen Blätter sind vollgekritzelt. Ich habe Fantasien. Ich träume davon, zuzuschauen, wie ein Mann einen anderen in den Arsch fickt, wie ein Mann dem anderen einen bläst. Ich träume davon, zuzuschauen, wie er eine andere Frau fickt.

Wie man sieht, bin ich in meinen Träumen passiv, scheinbar von jeglicher Handlung ausgeschlossen. Es ist seltsam: Ich bin eine Exhibitionistin, die vor den Augen anderer fickt oder sich filmen lässt, um die Aufnahmen dann anderen zu zeigen; und gleichzeitig bin ich eine Voyeurin, die ihre Befriedigung allein beim Zuschauen findet. Ich bin dominant, bestimmend, aggressiv und dann sehr passiv und fast hilflos. Ich bin stark und schwach, schön und hässlich, nichts und alles. Wenn er bei mir ist, kriege ich nicht genug, ich bin ständig feucht und selbst nach Stunden so ausgehungert, dass es fast wehtut.

Es verwundert ihn immer wieder. Ich sehe die Ungläubigkeit in seinem Gesicht, bis seine Finger zwischen meine Beine gleiten. Ich weiß nicht, ob es anders wäre, wenn er öfter zu mir käme und wir jeden Tag ficken würden. Ich weiß nicht, ob das den Hunger noch stetiger wachsen ließe wie bei Süchtigen, die eine immer höhere Dosis brauchen.

Durch die Leidenschaft lebt der Mensch, durch die Vernunft existiert er bloß.

NICOLAS CHAMFORT

31.01. – Ich bin total high, die Musik läuft und der Fernseher ist auf »lautlos« gestellt. Ich habe den neuen Kontaktmann angerufen, morgen bekomme ich Nachschub und zur Feier des Tages ziehe ich mir nun den Rest rein, der Beginn meiner viertägigen Reise.

Ich bin mit dem Zug nach Hause gefahren. Durch meine dröhnende Musik von der Welt gänzlich abgeschnitten, bekam ich beide Anrufe nicht mit. Kurz bevor ich ausstieg, schaute ich auf mein Handy. Ich kannte die Nummer nicht, aber ich rief zurück.

Ein besorgter Kollege, ein netter Junge. Ich sprach mit ihm, während ich den Trolley nach Hause rollte; während ich, endlich daheim angekommen, meine Jacke auszog; während ich mir vor meinem Couchtisch kniend, das Handy zwischen Ohr und Schulter eingeklemmt, meine Portion zubereitete. Als ich fertig war, sagte ich ihm, er solle wieder ins Haus gehen. (Er telefonierte auf dem Balkon mit mir.) Als ich aufgelegt hatte, zog ich mir alles rein, mit einem Zug in ein Nasenloch. Es war nicht genug. Ich hatte noch etwas da, aber nicht viel. Ich rief den neuen Dealer an. Er sagte, ich könne vorbeikommen. Ich hatte aber keine Lust, das Haus zu verlassen, ich hasste plötzlich die Welt. Wir verabredeten uns für den nächsten Tag, und ich erledigte den Rest des Stoffes.

Ich habe mich selbst befriedigt. Ich mache es fast jeden Tag. Ich habe mir vorgestellt, an einen Stuhl gefesselt von einer Frau mit der

Peitsche zwischen die Beine und auf die Brust geschlagen zu werden. Bin ziemlich schnell gekommen. Gewalt und Schmerz, allein die Vorstellung davon ist immer noch der beste Garant für einen schnellen Orgasmus. Ich muss mich nicht mal annähernd anstrengen, worauf ich im Moment auch keine Lust hätte.

Ich würde gern Heroin nehmen. Ich würde gern diese Welt, mich, sie, ja, besonders »sie«, die mich im Stich gelassen hat, hinter mir lassen. Ich will allem entfliehen. Ich kann nicht mehr so gut mit ihrem Schmerz umgehen. Er macht mir Angst.

Ich bleibe heute zu Hause, ich glaube, ich werde während meines gesamten Kurzurlaubs auf menschliche Gesellschaft verzichten. Die Menschen sind mir zuwider, und ich bin müde und enttäuscht. Heute könnte ich mir vorstellen, als Asketin in einer Wüste zu leben, allein und mir selbst überlassen. Dann bräuchte ich auch nie wieder Drogen. Ich habe meine Aufzeichnungen auf einem USB-Stick abgespeichert, den ich ständig bei mir trage, falls mich plötzlich Gedanken überfallen. Ich bin nicht so wie sie, manchmal kommen diese Gedanken so plötzlich und mit solch einer Wucht, dass ich sie sofort aufschreiben muss. Deswegen gibt es auch diese Sprünge bei mir. Ich schreibe bei meiner Freundin, bei meiner Schwester, im Büro, wenn mich keiner beobachtet. Ich halte meine Gedanken fest, um sie loszuwerden.

Es regnet, und das ist beruhigend. Ich merke nicht, wie die Zeit fliegt. Es ist schon spät, aber ich werde jetzt nicht schlafen können.

Ich weiß, dass ich nichts weiß.

SOKRATES

01.02. – Ich werde wahrscheinlich auf Speed umsteigen, das ist viel günstiger. Ich bin pleite und außerdem ist es verfügbarer, denn das »eingebildete« Koks macht sich etwas rar in meiner Umgebung in letzter Zeit. Nun ja, könnte daran liegen, dass ich meine angestammte Laufbahn verlassen habe. Ich bin ein abstürzender Planet.

Ich habe meine Schwester und meine Mutter heute zu einem spontanen Restaurantbesuch eingeladen. Meine Mutter habe ich schon seit über drei Wochen nicht mehr gesehen, obwohl ich ihre Wohnung in zehn Minuten zu Fuß erreichen kann. Das Ergebnis des Abends? Eine Mahlzeit gratis, obwohl die Einladung von mir ausging; ein Plüschlöwe, den meine Mutter mir in einem Kaufhaus kaufte, weil meine Schwester sich unbedingt ein PC-Spiel aussuchen wollte. Sie ist definitiv süchtig! Meine Mutter meinte, ich bräuchte etwas zum Kuscheln. Dazu circa zwei Stunden lang Vorwürfe. Ich würde vor einem Familientreffen Drogen nehmen, mich vollstopfen, zu viel und unpassend lachen. Sie glaubten mir nicht einmal, dass ich bloß Gras geraucht hätte. Dagegen hat niemand etwas in meiner Familie. Alle Welt glaubt, ich laufe ständig zugekokst durch die Gegend, was einfach nicht stimmt.

Ich bin eine Gesellschaftskifferin, und ich habe fast immer Gesellschaft beim Kiffen. Alle kiffen in meiner Umgebung: meine Freunde, meine Bekannten, die Bekannten der Bekannten, Familienmitglieder,

Kollegen, aber ich mache es fast nie allein. Ich rauche noch nicht einmal Tabak ohne Gesellschaft; seltsam, ich weiß.

Heute habe ich bei meinem Einkauf gleich Gras mitgenommen, für einen Kollegen und ein bisschen auch für mich, why not, er hatte einen guten Preis, günstiger als bei meinem Kumpel. Und ich habe etwas Aufmunterung gebraucht, um meine Ma zu ertragen. Er hatte kein Koks auf Vorrat, meinte, er habe nicht genügend Abnehmer dafür, weil es zu teuer sei. Er überredete mich, Speed mitzunehmen, nur 10 Euro pro Gramm. Ist eine Alternative, klar, und ich bin echt pleite im Moment, habe sogar schon das Geld ausgegeben, das ich von meiner Firma als Vorschuss für meine Spesen bekommen habe. Aber ich bevorzuge trotzdem Koks. Er versprach, mir bald welches zu besorgen. Ansonsten muss ich wieder die gewohnten Leute kontaktieren. Man muss Prioritäten setzen und in diesem Fall würde Stolz nicht zu meinen Prioritäten gehören.

Er hatte überall Kinderzeichnungen in seiner Wohnung hängen. Ich habe selten solch eine Diskrepanz zwischen einer Handlung und ihrem Setting erlebt. Aber er sieht seine Wohnung vielleicht mit ganz anderen Augen.

Niemanden überrascht mein Drogenmissbrauch, niemanden meine Sexaffären, alle tragen es mit Fassung. Sie begegnen mir mit so viel Verständnis und Toleranz, dass es mir manchmal unangenehm ist. Es war schon immer so. Mein Vater war der Einzige, der ausrastete, wenn er etwas von meinen Eskapaden mitbekam. Als er aus meinem Leben verschwand, nahm der Rest alles, was ich tat, als selbstverständlich hin, auch als ich mit 14 mit dem Bekannten meines Stiefbruders vögelte oder mit 15 über vier Monate nicht in der Schule erschien und auf meinem Halbjahreszeugnis fast ausschließlich Sechsen wegen unentschuldigter Abwesenheit standen. Das hatte ich zu verantworten, ausgerechnet ich, obwohl ich doch in Russland immer die Beste oder eine der besten Schülerinnen gewesen war! Nun ja, natürlich war »sie« es gewesen, die diese Erfolge erzielt hatte. Mich hatte es damals noch nicht gegeben.

Jetzt hing ich mit Jungs ab, die alle über zwanzig waren, trank Wodka aus der Flasche und schmiss mir Pillen ein, ließ mich ficken und tauchte tagelang nicht zu Hause auf. Man ließ mich gewähren. Schließlich machte ich »eine schwere Zeit« durch. Da würden Erziehung und aufgezwungene Disziplin nur zusätzlichen »Stress« verursachen. Während ich mich austobte, ging sie zugrunde. Schon damals bestand ihr Leben aus Disziplin, Aufopferung, Leistungserfolg. Liebe war für sie nur eine Belohnung für diese Opfer. Nun hatte sie nichts mehr. Sie ekelte sich vor dem Wodka; vor dem benebelnden Gefühl, das den Kontrollverlust über ihren Körper ankündigte; vor den Schwänzen, die durch mich in sie hineindrangen. Mit 13 hatte sie mich zum ersten Mal geholt; mit 14 verschwand sie eine Zeit lang fast vollständig. Durch die Arbeit kam die Wende, und es gab sogar kurze Phasen des Glücks, wenn sie komplett in ihrem Job aufging.

Ich werde nicht ausgehen, ich werde mich verschließen, werde mich verstecken. Aber ich will gefickt werden. Soll ich mich ficken lassen und ihn verlieren, oder es aushalten und mich nutzlos und leer fühlen?

Habe zwei von den sechs Büchern zu Ende gelesen. Somit liegt die momentane Rechnung bei vier ungelesenen. Die zwei waren am dünnsten von allen, echt armselig. Gerade läuft ein richtig schräger Film auf DVD, »Bug« mit Ashley Judd. Ich stehe auf Ashley Judd, ich finde sie echt sexy. Hätte mal wieder Lust auf eine Frau; das wäre sogar erlaubt, aber mir steht gerade keine zur Verfügung.

Ich verstehe nicht, wo sie bleibt, sie lässt mich schon ganz schön lange allein. Sie kann sich doch nicht ewig verstecken. Was ist, wenn sie für immer weg ist?

Dieser Film ist total verrückt! Und der Löwe liegt immer noch in der Tüte in meiner Diele.

Wenn ich mich komplett fallen lassen, einen vollständigen Kontrollverlust, die absolute Selbstaufgabe erleben will, muss ich Heroin nehmen. Nur Heroin lässt die Stimmen verstummen. Wenn ich kokse, kiffe, mir Pillen einwerfe oder mich betrinke, bin ich immer noch ich.

Sie spricht einfach nicht darüber, was passiert ist. Ich brauche Erholung, ich muss mich ausruhen, ich bin müde. Aber sie ist nicht wirklich verschwunden, sie bestimmt noch mit und sie wird mir nicht gestatten, dass ich mich auszuruhe. Noch nicht, ich muss erst noch tiefer fallen oder sie fallen lassen.

Diese Woche war ich in Berlin, es war ganz gut. Früher konnte ich/sie stundenlang über Dienstreisen reden. Die ersten Monate, als sie den Job bekam, war nur sie da, diszipliniert und konzentriert, voller Tatendrang und Energie. Ihre Gespräche handelten ausschließlich von der Arbeit. Jetzt quetsche ich mir höchstens noch ein »Ganz gut« ab, wenn mich jemand nach meiner Arbeit fragt.

Der Film ist vorbei, ich habe fast nichts verstanden. Es ist egal. Ich habe das Gefühl, dass die Zeit mir nur noch nutzlos durch die Finger rinnt. Ich bin bereit, nicht mehr zu existieren, aber nicht bereit zu sterben. Könnte man alle Spuren von mir beseitigen, alle Erinnerungen an mich auslöschen, sodass mein Weggehen den Zurückbleibenden keinen Schmerz zufügt, würde ich gehen. Da das Nichtexistieren nach 26 Jahren Leben unmöglich ist, weil man sich und seine Taten schon allzu sehr in das Gespann des Lebens mit eingebunden hat, bleibt mir nichts anderes übrig, als darauf zu warten, dass mir jemand die Last der Handlung abnimmt. Wo sind bloß all die Mörder, wenn man sie braucht? Eigentlich wäre das kein Mord. Wie denn, ich wäre ja einverstanden!

Ich glaube, ich war noch nie zuvor so aufrichtig mir selbst gegenüber. Die Wörter sind auf dem Bildschirm, ohne dass ich sie vorher vor meinem geistigen Auge betrachten kann.

Eigentlich sind wir uns gar nicht so unähnlich: Sie stopft sich mit Arbeit, Diäten oder Valium voll. Ich stopfe mich mit Schwänzen, Kokain oder Alkohol voll. Wir beide lassen uns keine Zeit zum Nachdenken. Unsere Leben sind darauf programmiert, dass jede von uns sich auf ihre eigene Weise ständig beschäftigt. Und dass ich jetzt zu Hause sitze, allein, und einfach meinen Gedanken freien Lauf lasse, war weder von ihr noch von mir geplant. Es tut mir gut. Es ist befreiend, dem Schmerz freien Lauf zu lassen.

Es ist schon nach sechs Uhr morgens, als ich den Laptop ausmache und zum Fenster gehe. Es hat geschneit, alles sieht so friedlich aus. Ich hole den Löwen aus der Tüte und schmiege mich an ihn. Als ich bete, kann ich nur »vergib mir und hilf mir« flüstern. Ich weine.

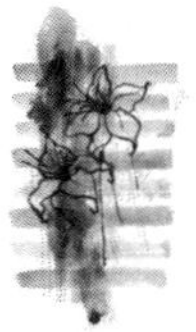

Das Unbewusste ist viel moralischer,
als das Bewusste wahrhaben will.

SIGMUND FREUD

02.02.

– Stellst du dir immer noch manchmal vor, vom Vater gefickt zu werden, wenn du mit Männern schläfst?
– Ja, manchmal.
– Wieso überrascht mich das nicht?
– Weil niemand meine Besessenheit besser kennt als du!
– Was machst du heute noch? Wir könnten essen gehen oder ins Kino, wenn du willst …
– Eigentlich habe ich vor, zu Hause zu bleiben und ein Buch zu lesen, vielleicht ein wenig zu schreiben und, falls ich es schaffe, zu schlafen. Ich muss endlich mal wieder ausschlafen.
– Gut, aber ruf mich an, wenn was ist, okay?
– Danke, tue ich. Mach dir keine Sorgen. Danke für deinen Anruf, bis dann.

Ich fühle mich einsam heute. Auch wenn ich nicht einsamer bin als sonst, scheint mein Bedürfnis nach menschlicher Nähe plötzlich zugenommen zu haben. Ich werde jedoch diese Nähe, nach der ich mich so sehne, nirgendwo finden; also bleibe ich lieber allein. Es ist einfacher, die Einsamkeit allein zu ertragen als unter Menschen.

Meine ganze Welt drehte sich krankhaft um meinen Vater, so schwer es mir auch fällt, mir dies einzugestehen. Sein Zuspruch, seine Kritik, seine Anerkennung meiner Leistungen, sie waren das einzige Barometer der Wertschätzung. Mochte er eine bestimmte Musik nicht, konnte ich sie nicht mehr hören. Sprach er abfällig über einen Schauspieler, mochte ich seine Filme nicht mehr sehen. Gefiel ihm ein Buch nicht, hörte ich auf, es zu lesen. Ich war die Beste meiner Klasse, damit er, der an allen Elternversammlungen in der Schule teilnahm (meine Mutter ging nie hin), stolz sein konnte, wenn seine Tochter gelobt wurde. Damals in Russland wurden meine Schwester und ich immer in der Schule abgeholt und nach Hause gebracht. Daheim verbrachte ich fast die gesamte Zeit im Zimmer meines Vaters. Die Eltern hatten getrennte Schlafzimmer. Meine Mutter und auch die Haushälterin störten sich daran, dass ich meinen Vater ihnen vorzog, und versuchten, mich davon zu überzeugen, dass diese Zuneigung ungehörig sei. Aber er hatte nichts dagegen, dass ich mich, solange er nicht zu Hause war, in seinem Zimmer aufhielt. Seine Welt, die meisten Bilder meiner Kindheit stammen aus ihr.

Als ich neun war, lernte ich den Schmerz und die Erniedrigung kennen, und sie erschraken mich dermaßen, dass ich sie künftig lieber von ihr ausleben ließ. Ich warf die andere den Männern zum Fraß vor und zwang sie, wie eine Hure kniend die Schläge entgegenzunehmen, die eigentlich mich treffen sollten.

Ich war krank an diesem Tag, und meine Mutter ließ mich zu Hause bleiben. Ich krabbelte aus meinem Bett in seines, und keine Beschwörung konnte mich davon abhalten. Also ließ mir die Mutter irgendwann meinen Willen und ging in die Küche. Ich war im Nebel, die Konturen der Möbel verschwammen, bis ich eine Zwischenwelt des Schlafs und der

Realität erreichte. Ich erhob mich, kniete mich auf seinen Schreibtischstuhl und band die linke Hand mit dem langen Gürtel seines Morgenmantels an der rechten Armlehne fest. Das andere Ende in der rechten Hand haltend, zog ich den Knoten mit den Zähnen so eng, wie es nur ging.

Wenn jemand mich gefragt hätte, warum ich mich in diese Lage gebracht hätte, wäre mir keine Antwort eingefallen. In meiner Welt war bis dahin immer alles ganz rational verlaufen. Ich erschrak also ob dieser selbsterwählten Gefangenschaft und der Erregung, die ich dabei empfand. Dann überkam mich die Angst, meine Mutter könne hereinkommen und mich erwischen. Ich versuchte also, den Knoten mit den Zähnen zu lösen, doch es misslang mir, ich kämpfte vergebens. Der Knoten wurde enger, und das Pochen in den abgeschnürten Adern immer aufdringlicher. Und dann spürte ich, wie es zwischen meinen Beinen anfing zu pochen. Es war wie ein Herzschlag; und das Herz schlug immer schneller und heftiger, je zudringlicher der Schmerz wurde.

Noch lange, nachdem ich es endlich geschafft hatte, mich loszubinden, und ich mich wieder in seinem Bett befand, konnte ich mich nicht beruhigen. Es brannte zwischen meinen Beinen. Alles war feucht, und wenn ich versuchte, mich trocken zu reiben, wurde ich stattdessen immer nasser, bis ich aufgab und vor mich hin schwebte. Ich wollte mich immer wieder dort anfassen, hatte aber Angst davor. Dann erkannte ich dieses Gefühl plötzlich wieder, denn ich hatte es schon einmal empfunden, wenn auch nicht so stark.

Einige Jahre zuvor waren meine Schwester und ich allein mit dem Vater zu Hause geblieben. Wie immer haben wir abends gebadet, und als ich fertig war, rief ich nach ihm, und er half mir aus der viel zu hohen Badewanne. Ich stand nun da und er trocknete mich ab, und als er zwischen meinen Beinen rieb, kam dieses Pochen und Kribbeln. Am nächsten Tag hörte ich meine Eltern streiten, ich wusste nicht, worum es ging, aber sie sprachen über den Abend zuvor. Mein Vater kam nie mehr ins Bad, weder bei mir noch bei meiner Schwester.

Als ich durchs Geschäft lief, sah ich ein süßes kleines Ding, ihre Kulleraugen klebten förmlich an mir. Sie schien einem Manga entsprungen zu sein. Sie war zart und zierlich, mit einem herzförmigen Gesicht; dazu kurze blonde Haare, einen kleinen vollen Mund und die bereits gepriesenen Riesenaugen. Sie schlich hinter mir her, und jedes Mal, wenn ich mich umdrehte und ihre Blicke erwiderte, färbte sich ihre sanfte weiße Haut rot und sie senkte demütig die Augen.

Natürlich sprach sie mich nicht an. Solche kleinen unschuldigen Dinger sprechen einen nie von allein an. Scheinbar willenlos und sich der Konsequenzen nicht bewusst, werden sie angesprochen und abgeschleppt. Aber ich ließ die Finger von ihr, auch wenn ich zugeben muss, dass mich ihre Demut erregte. Warme Wellen breiteten sich in meinem Unterleib aus, wenn ich ihr näher kam und dabei Angst und Neugier sah. Aber ich mache nicht den gleichen Fehler noch einmal, ich bin nicht bereit, die Verantwortung für dich zu übernehmen, Kleine. Lass dich von jemand anders verderben!

Ich schrieb vor einiger Zeit, dass ich einen Zufluchtsort brauche. In Wirklichkeit habe ich den aber schon längst gefunden. Es gibt zwei ganz besondere Menschen in meinem Leben, deren Haus mein Versteck ist. Ich tauche regelmäßig bei den beiden auf, manchmal in einem so verstörten Zustand, dass jeder Atemhauch eines Fremden mich umwerfen, jeder Regentropfen mich niederschmeißen könnte. Sie gewähren mir Asyl, und ich darf mich bei ihnen ausruhen. Ich trinke Wein, rauche Zigaretten, manchmal rede ich die ganze Zeit, manchmal höre ich ihnen nur zu. Sie geben mir nie das Gefühl, ihnen etwas erklären zu müssen. Und am Ende gehe ich nach unten, lege mich in »mein« Bett und schlafe. Und ich träume nicht.

Meine Schwester ist auch meine Beschützerin und Aufpasserin geworden. Sie hat sogar meinen Valiumdealer angerufen und ihr verboten, mich weiterhin zu beliefern. Sie sagte mir, es sei ihr zwar nicht möglich, mich von den Drogen abzuhalten, sie wolle aber wenigstens verhindern, dass ich ständig zwischen Ups and Downs hin und her schalte und so noch labiler werde. Es ist nicht das erste Mal, dass sie in mein Leben eingreift. Trotz ihrer gespielten Gleichgültigkeit existiert doch kein anderer Mensch auf der Welt, der mich so versteht wie sie, der mir immer wieder, wenn auch vielleicht nur vorübergehend, helfen kann. Ich würde allzu gern behaupten, dass meine Familie mir egal ist, das tue ich manchmal auch, aber es nicht wahr. Wenn ich mich mit ihnen streite, werde ich depressiv, egal wie schön mein Leben in dieser Zeit sein mag. Mich von ihnen ungeliebt zu fühlen, nimmt mir den Rest meines Stolzes.

Wenn sich der Duft eines Parfums mit dem eines Menschen verbindet, entsteht eine ganz eigene Komposition mit unverkennbaren und nicht kopierbaren Noten. Leider springen die meisten in meiner Umgebung von einem Duft zum nächsten und besitzen so keinen wiedererkennbaren Geruch. Dennoch gibt es ein paar besondere Düfte, die sich mir für immer eingeprägt haben:

- Opium von Yves Saint Laurent: meine Mutter. Sie trug diesen Duft, als ich ein Kind war. Damals war ihre Welt unerreichbar für mich.
- Fragile von Jean Paul Gaultier: meine Schwester. Es riecht bei niemandem so wie bei ihr.
- Le Male von Jean Paul Gaultier: mein Stiefvater.
- Light Blue for Men von Dolce & Gabbana: Dieser Duft gehört zu einem Freund, den ich sehr mag.
- Boudoir von Vivienne Westwood: eine frühere Arbeitskollegin und Hassliebe. Keinem habe ich so sehr den Tod gewünscht und keinem schulde ich so viel wie ihr.

- Classique von Jean Paul Gaultier: eine Freundin, eine Wärme.
- Chanel Nr.5: die Mutter der Gegenwart. Heute kann ich ihr das Wasser reichen, wobei ich immer diesen früheren Duft an ihr vermissen werde.

Ich selbst trage Chérie von Christian Dior, und alle sagen, das sei mein ganz eigener Duft. Niemand erkennt ihn auf Anhieb, weil er bei mir so anders riecht. Nun hinterlasse ich auch eine Duftmarke auf der Welt.

Es gibt nichts Stilleres
als eine geladene Kanone.

HEINRICH HEINE

03.02.

Heute ziehe ich Bilanz.

- Mein erster Porno: mit neun Jahren.
- Das erste Mal betrunken: mit elf.
- Meine erste Zigarette: mit 17, ziemlich spät, ich weiß.
- Mein erster Joint: mit 17. Ich habe gekifft, bevor ich mit dem Rauchen angefangen habe.
- Meine erste Pille: mit 15.
- Mein erstes Koks: mit 25, auch ziemlich spät.
- Mein erster Oralsex: mit 13.
- Meine erste Vaginalpenetration: mit 14.
- Mein erster Analsex: mit 15.

Die Menschen scheinen die Sprache nicht empfangen zu haben, um die Gedanken zu verbergen, sondern um zu verbergen, dass sie keine Gedanken haben.

SØREN KIERKEGAARD

04.02. – Als ich durch die Straßen nach Hause lief, traf ich auf verkleidete Menschen mit ihren fröhlich bemalten Gesichtern und bunten Kostümen. Sie rissen die Münder auf und grölten ihre dummen Karnevalslieder, die ich zum Glück nicht hören konnte. In meinen Ohren sang sich Brian Molko seinen Schmerz von der Seele.

Es war wie in meinen Lieblingsfilmen von Quentin Tarantino: ein scheinbar vollkommener Widerspruch zwischen den Bildern und dem Sound, die dann doch noch auf eine überdrehte und beim ersten Hinsehen nicht erkennbare Art und Weise zueinanderpassten.

Die Menschen tragen ihre Masken, und je bunter und schillernder diese bemalt sind, desto tiefer ist der Schmerz, von dem die grellen Farben ablenken. Sie schreien so laut sie können, um die Alarmglocken in ihrem Bewusstsein zu übertönen. Wenn ich nicht so träge und abgestumpft wäre, würde ich Eimer und Putzlappen nehmen und ihnen ihre Bemalung aus den Visagen wischen. Ich würde ihnen den Spiegel vor die Nase halten und sie zwingen, sich in ihre Augen zu schauen. Und dann würden sie, der Möglichkeit der Ablenkung beraubt, all die unausgeweinten Tränen wiederfinden. So wie die andere! Sie schämt sich so sehr für etwas, das keine Scham erfordert, dass sie es offenbar vorzieht, ganz zu verschwinden.

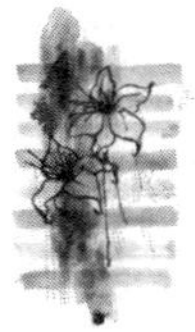

Liebe ist die stärkste Macht der Welt,
und doch ist sie die demütigste,
die man sich vorstellen kann.

MAHATMA GANDHI

05.02. – Als ich schon dachte, es gäbe sie nicht mehr und die Existenz unseres Körpers wäre jetzt allein mir überlassen, tauchte sie auf. Völlig unerwartet und von einem Augenblick auf den nächsten. Wie eine verdorrte Blume, die nach einem Tropfen Wasser plötzlich wieder imstande ist aufzublühen. Ich fuhr zu einem Einzelhändler, um ein Schaufenster dort zu gestalten. Als plötzlich Probleme auftauchten und nichts zu funktionieren schien, war sie es, die sich in die Ruder legte. Sie war in ihrem Element. Als ob sie nur auf Schwierigkeiten gewartet hätte, stürzte sie sich kopfüber in die Arbeit und schien vollkommen zufrieden mit sich selbst und der Welt zu sein.

So verging der Tag, ich beobachtete sie aus dem Hintergrund. Abends wurde sie von einem Kollegen eingeladen, sie gingen essen. (Sie hatte bis halb acht nichts gegessen, wie üblich.)

Er war es aber gewohnt, mit mir zu reden. Sobald wir am Tisch saßen, sagte er wie immer: »Ich will nicht über die Arbeit reden, lass uns lieber über Sex sprechen.« Ich kann mich sehr gut mit ihm austauschen. Umso überraschter war er diesmal, anscheinend eine ganz andere Person vor sich zu haben. Sie sprachen letzendlich nur über den Job, und er langweilte sich zu Tode.

Als sie nach Haus fuhr und in der Bahn ein trauriges Lied hörte, flossen ihre Tränen. Niemand konnte es sehen, es war schon spät, und niemand saß neben ihr. Selbst wenn es anders gewesen wäre, hätte sie die Tränen wahrscheinlich nicht zurückhalten können. Ruh dich aus, geh wieder dorthin, wo dich dein Schmerz nicht überfallen kann! Ich werde für dich leben, für dich atmen und für dich weinen.

Was vergangen ist, kehrt nie wieder,
aber ging es leuchtend nieder,
leuchtet's lange noch zurück.

KARL FOERSTER

11.02. – Ich bin hoch über den Wolken, und sollte es kitschig klingen, ist es nicht so, denn diese Beschreibung ist wörtlich gemeint: Ich sitze bloß im Flieger nach Genf, zum x-ten Mal. Die Sonne streichelt mich durch das Fenster, ich fühle mich geborgen und sicher, beruhigt in meiner Abgeschiedenheit und der Wärme, die mich schon seit dem Wochenende begleitet.

Das Flugzeug ist halb leer, niemand sitzt neben mir, und würde ich die gelegentlichen Ansagen des Bordpersonals überhören, könnte ich mir einbilden, allein zu sein auf der Welt. Ich bin erholt, wie nach einem langen, wohltuenden Schlaf ohne Albträume.

Etwas ist mir klar geworden. Ich habe sie immer für die Dunkelheit meines Lebens verantwortlich gemacht, als hätte sie meiner Seele unauslöschliche Schäden zugefügt.

Sie hat durch ihr unnachgiebiges Verhalten den Lauf meines Lebens stets verändert. Wie ein unkontrollierbarer und gewissenloser Störfaktor zwang sie mich immer wieder, neue Wege einzuschlagen und meine mühevoll erarbeiteten Privilegien über Bord zu werfen. So hat sie, als wir 16 waren, unsere Schulkarriere vorzeitig beendet: Da sie das erste Halbjahr der neunten Klasse fast vollständig gefehlt hatte, bekamen wir nicht die Zulassung für die zehnte Klasse und konnten noch froh sein, das Schuljahr nicht wiederholen zu müssen. Ähnlich war es, als sie jedes Mal ohne die nötigen Vorbereitungen plötzlich den Job kündigte, in welchen ich vorher so viel Kraft investiert hatte. Oder wenn sie, für längere Zeit sich selbst überlassen, einfach so umzog, was mich viel Geld kostete. Oder wenn sie durch ihr provokatives und ihre Ungehemmtheit zur Schau stellendes Auftreten meiner Reputation schadete, indem sie mit Arbeitskollegen oder Bekannten von Arbeitskollegen und einmal sogar mit dem Schwager einer Kollegin schlief ... Drogen nahm ... Drogen an ihre Mitarbeiter weitergab ...

Aber nun spüre ich eine unendliche Dankbarkeit ihr gegenüber, weil sie mir immer wieder die Möglichkeit eines Rückzugs geboten hat. Jetzt, in ihrer Abwesenheit, wird mir bewusst, dass sie im Gegensatz zu mir nie die Chance hat, sich dem Leben zu entziehen. Ich schubse sie immer wieder hinaus auf die Bühne und ziehe mich zurück, sobald die Welt mich überfordert. Ich lasse ihr keine Wahl. Wäre ich nur auf mich gestellt, hätte ich mich wahrscheinlich längst aus dem Leben verabschiedet.

Sie weiß es bestimmt, denn sie scheint mich besser zu kennen, als ich dachte. Doch ich würde es ihr gern ins Gesicht sagen. Da mir die Möglichkeit verwehrt ist, tue ich es auf diesem Wege. Ich weiß, sie wird es lesen. Ich wollte mich bedanken. Danke dir!

Ich verbrachte das Wochenende ganz ruhig bei meiner Familie, genoss die Sonne und die Gespräche. Am Sonntag versammelten wir uns alle in der Küche, meine Schwester kam dazu und natürlich auch mein Stiefvater, der am Morgen die Reparaturen im Sommerhaus erledigt hatte.

Wir saßen um den Tisch. Eine Tiefkühltorte stand vor uns (meine Mutter hasst es zu backen), wir warteten darauf, dass diese endlich aufgetaut sein würde, und quatschten über alles Mögliche. Ich hatte das Gefühl, wieder ein Kind zu sein, so geborgen und unbeschwert fühlte ich mich an diesem Tag. Solange sie um mich sind, kann mir die Welt wenig anhaben.

Ich habe mir heute Morgen, als ich noch im Büro war (mein Flug ging erst am Nachmittag), ein paar Fotografien angesehen. Sie zeigten die Arbeit meiner serifenlosen Schwester. Diese Fotografien haben mir bestätigt, was ich schon immer wusste: Sie ist sehr kreativ. Auch wenn ich mit Recht behaupten kann, eine verlässlichere Arbeitskraft zu sein, würde ich es ohne sie nicht weit bringen. Es gibt eine Grenze, die zu überschreiten es einer besonderen Gabe bedarf; und das Fehlen letzterer kann man weder mit Geduld noch mit Aufopferung oder Arbeitswut wettmachen. Ich werde mich immer im Mittelfeld befinden. Auch wenn viele mir versichern, dass ich es schon sehr weit gebracht habe, halte ich mich nicht für außergewöhnlich talentiert. Ich bin mir meiner Austauschbarkeit allzu bewusst. Solange man sich von den anderen nur durch angelernte Dinge unterscheidet, wird es immer jemanden geben, der diese Fähigkeiten kopieren und letztlich übertreffen kann. Sie hingegen ist etwas Besonderes, ein Individuum, auch wenn sie sich und ihre Umgebung häufig ins Chaos stürzt. Sie ist in ihrer Art einzigartig.

Obwohl ich gerade die Unnachahmbarkeit ihrer Arbeit eingeräumt habe, möchte ich klarstellen, dass ich nicht vollkommen inexistent bin, wenn sie die Führung in unserem Leben übernimmt. Ich träume im Hintergrund ihres Bewusstseins vor mich hin, bin mal mehr und mal weniger präsent. Ich sehe manche Dinge klar und deutlich, andere (primär ihre

Sexabenteuer) verschwimmen. So kann es passieren, dass ich zwar das Gesicht des Mannes, mit dem sie geschlafen hat, erkenne, mich aber nicht an seinen Namen erinnere.

Ich betrachtete also die Fotografien ihrer Arbeit und war überrascht, was entstehen kann, wenn man sich nicht an Regeln gebunden fühlt. Es sah alles so simpel aus, und sie hatte die Aufgaben so schnell abgearbeitet, dass ich unweigerlich von der Frage »Warum ist mir das nicht eingefallen?« heimgesucht wurde. So mühelos schien sie alles erledigt zu haben. Aber so ist sie, selbst die Arbeit sieht bei ihr nicht nach Arbeit aus.

Ich werde am Sonntag nach Mailand fliegen und bleibe dort bis zum Samstag der darauffolgenden Woche. Selbst dieser Gedanke lässt mich nicht verzweifeln. Gerade hat mich meine Ma angerufen. Sie sagte, ich solle am Freitag zu ihnen kommen. Vielleicht bleibe ich auch dort und schlafe in meinem alten Kinderzimmer.

Wenn du das Unmögliche ausgeschlossen hast, dann ist das, was übrig bleibt, die Wahrheit, wie unwahrscheinlich sie auch sein mag.

ARTHUR CONAN DOYLE

12.02. – Als ich mitten im Geschäft stand, konnte ich diesen chemischen Geruch riechen und einen metallenen Geschmack schmecken. Meine Nasenlöcher schienen sich plötzlich geweitet zu haben, sodass ich mehr Luft bekam. Das geschah immer, wenn ich es nahm: Kokain.

Mich überkam solch eine Lust, dass es mir fast unmöglich erschien, noch so lange zu warten, bis ich endlich zu Hause sein würde. Es war ein körperliches Verlangen, so wie ich es noch nie bei Drogen verspürt habe, und es begleitete mich den ganzen Tag über.

Ich nahm es hin, so wie es kam, und wehrte mich nicht dagegen. Ich habe schon längst die wahre Natur meiner Süchte begriffen. Ich habe schon längst erkannt, dass ich viel mehr darauf angewiesen bin als sie. Letztendlich ist eine Abhängigkeit das wahre Übel und nicht die bloße Drogeneinnahme mit ihren Nebenwirkungen. Ich habe vieles erkannt in diesem Dämmerzustand, dem ich mich hingegeben habe. Ich habe mir sehr viel eingestanden, Dinge, deren wahre Identität ich vor mir selbst verborgen hatte. Es scheint, als würden wir uns immer mehr annähern. Ich werde immer ehrlicher, auch aus Respekt ihr gegenüber.

Als mich jemand am Montag darauf ansprach, dass sie, die andere, mit einem Freund eines Kollegen Sex gehabt hätte und man darüber reden würde, senkte ich nicht beschämt den Kopf, sondern wies die Rednerin auf ihre Beschränktheit hin. Ich begreife die andere nicht nur, sondern bin bereit, hinter ihr und ihren Taten zu stehen.

Mein Sexualtrieb ist nicht schwächer als ihrer. Unabhängig davon, ob nun sie oder ich zugegen ist, befriedige ich mich jeden Tag. Aber ich habe viel mehr Scheu den Menschen gegenüber. Deswegen habe ich fast nie Sex mit jemandem.

Ich könnte mir nicht vorstellen, Sex während meiner Tage zu haben; oder wenn nach dem Epilieren die ersten Stoppeln wieder sprießen; oder wenn ich unreine Haut habe. Ihr macht das nichts aus, sie ist viel selbstbewusster.

Das Licht in der Kabine ist abgedunkelt, die Maschine setzt zur Landung an. Ich habe das Buch zu Ende gelesen, folglich schalte ich die Leselampe nicht an. Ich schaue aus dem Fenster, sehe die kleinen Lichterinseln, die vom großen Schwarz umgeben sind. Die beweglichen Ziele, die ich als Autos erkenne, fahren nicht, sie schwimmen im schwarzen Wasser, und ich habe nicht mehr das Gefühl, die Erde wiederzuerkennen. Was ich sehe, könnte alles sein oder nichts.

Das mir gut vertraute Gefühl der Sterbenslust überkommt mich. Es gibt keinen einzigen Tag in meinem Leben, an dem ich auf die Frage »Würdest du gern sterben?« inbrünstig mit »Nein!« geantwortet hätte, selbst wenn es ein glücklicher Tag gewesen ist. Und es gibt immer wieder Situationen, meist solche, in denen ich von dem umgeben bin, was mich zufriedenstellt, beim Fliegen beispielsweise, in denen diese Sehnsucht nicht mehr zu bändigen ist. Wenn wir landen, habe ich immer das Gefühl, ich bräuchte es mir nur fest genug zu wünschen, und die Maschine würde abstürzen. Ich schaue dann hinaus, betrachte die Wolkendecke, durch die wir fliegen, spüre die Turbulenzen, sehe mich meinem Ziel immer näher kommen; und erst im letzten Augenblick überkommt mich das schlechte Gewissen. Ich denke an die Menschen, die sich mit mir in dieser Maschine befinden, und an deren Familien und meine eigene Familie. Als ob ich tatsächlich den Absturz verursachen oder stoppen könnte, fange ich die Maschine in meinem Geist wieder auf, und sie landet sanft auf der Erde.

So auch diesmal.

Wenn ich mich umbrächte, würde ich eine Methode wählen, die anderen keinen Schmerz zufügt, weder körperlichen noch seelischen. Ich würde mir keinen Unfalltod, schon gar nicht verbunden mit dem Tod anderer, wünschen; ich würde mich nie vor ein Auto oder einen Zug schmeißen, aus Angst, dem Fahrer oder anderen Passagieren könne etwas passieren oder sie könnten seelischen Schaden davontragen. Ich würde nie ins Wasser springen ...

Meine Träume sind meist von Dunkelheit und Angst geprägt, und auch dieser begann mit einem Gefühl der Verzweiflung. Am Himmel über mir trafen dunkle Wolken aufeinander, der Wind peitschte kalt und erbarmungslos auf mich ein, die Steine waren rau, ich sah das schwarze Wasser vor mir, und es schien keinen anderen Weg für mich zu geben, als hineinzuspringen.

Als ich eintauchte, umgab mich eine Eiseskälte, und das Wasser war schwer wie Blei und so dunkel, dass ich meiner Sehkraft vollkommen beraubt war. Ich hoffte nur, ich würde schnell ertrinken und nicht lange warten müssen, doch die Zeit verging und ich schwamm immer noch in der Dunkelheit, wurde zwar immer schwächer, aber war nicht tot.

Und als ich dachte, es gäbe kein Entkommen, schossen Sonnenstrahlen durch die Oberfläche, und alles um mich herum wurde in ein warmes Grün getaucht. Ich badete im Licht, es wärmte mich und versteckte mich vor der Welt, es schenkte mir Frieden …

Und dann kamen sie, ihre warmen Körper umschlossen mich und trugen mich an die Oberfläche, sie sorgten sich um mich und übertrugen ihre Lebenskraft auf mich, sodass ich froh war, die Sonne wiederzusehen.

Als die Delfine mich an einer niedrigen Klippe absetzten, war diese nicht rau und kalt, sondern mit Moos bewachsen und vom Sonnenlicht gewärmt. Ich verspürte ein Verlangen, erneut ins Wasser zu springen, weil ich mich nach der Wärme der Delfinkörper sehnte.

Sie hat sich einen Delfin über ihr Herz stechen lassen, damals mit 17, damit ich immer daran erinnert werde, dass auch mein Leben von Wärme geprägt sein kann.

Das Taxi fährt mich nach Hause. Ich bin nach wie vor vom Geruch und Geschmack der Droge umgeben; leider wartet kein Kokain auf mich zu Hause, sondern nur Speed. Sie spielen ein altes Lied von The Doors im Radio, und ich erwische mich dabei, wie ich im Geist meine Tagebucheinträge ausformuliere. Wir passieren eine Burg, nach der ein ganzer Stadtteil in meiner Heimatstadt benannt ist. Nachts wird sie beleuchtet. Ich sehe sie nicht gern, aber nach meinen Reisen fahre ich immer hier vorbei.

Er war ein ernster »Junge«, ein Jahr jünger als ich und gerade in der neunten Klasse. Er war ehrgeizig, was seine schulischen Leistungen anbelangte, aber sympathisch genug, um nicht als Streber zu gelten. Ich war überrascht, als er mich fragte, ob ich Lust hätte, mit ihm die Burg zu besichtigen. Wir fuhren nach der Schule dorthin, es war Ende April, aber schon angenehm warm. In der Burg war es kühl. Ich habe nicht viel mit ihm gesprochen, doch es schien ihn nicht zu stören. Mich sowieso nicht. Ich war auf Worte nicht angewiesen.

Wir saßen auf einer einsam gelegenen Wiese unter einem Baum, und er legte seinen Arm auf meine Schulter und zog mich an sich. Mit der anderen Hand versuchte er, unter mein Shirt zu gelangen. Ich stieß ihn weg, versuchte es zumindest. Er aber schien nicht so einfach aufgeben zu wollen. Erst nach einem langen Kampf, als er merkte, wie ernst es mir war, ließ er mich los. Ich stand nicht sofort auf, sondern saß eine Zeit lang da und schaute ihn an. Und er sagte mir, er könne nicht verstehen, wieso ich bereit sei, mit jedem und allen zu schlafen, aber nicht mit ihm, obwohl er doch so viel netter mir gegenüber sei. Er raffte es nicht. Es wäre einfacher gewesen, wenn er mir nicht als »netter Junge« erschienen wäre.

Der Schmutz ist glänzend,
wenn die Sonne scheinen mag.
JOHANN WOLFGANG VON GOETHE

14.02. – Ich bin eine Heuchlerin. Ich bin falsch. Ich bin etwas, das sie verurteilt. Jemand, der sich ein anderes Leben wünscht, ohne den Preis dafür zahlen zu wollen.

Wie ich schon sagte, ist mein Sexualtrieb nicht weniger stark ausgeprägt als ihrer, aber ich habe selten – eigentlich fast nie – Sex mit anderen Menschen. Ich habe ein Problem damit, Menschen so nah an mich heranzulassen, mich von ihnen berühren oder küssen zu lassen. Mit 19 hatte meine Mutter mich deswegen überredet, eine Therapie anzufangen.

– Es ist gut, dass Sie es ansprechen, N... Lassen Sie uns bitte genau hier ansetzen. Sie verspüren also eine Abneigung Ihrem eigenen Körper gegenüber und strahlen diese auch nach außen hin aus. Können Sie mir sagen, woraus diese Abneigung Ihrer Meinung nach resultiert?

Sie nervte mich unglaublich, ihre ganze Erscheinung mit diesem treudoofen Hundeblick und ihre Art, wie sie ihren Kopf ständig nach hinten warf. Dazu ertönte ein ewiglang gezogenes »Jaaaa ... ja-ja ... verstehe«.

Einen Scheiß verstehst du! Man sieht dir aus hundert Metern Entfernung an, dass du noch nie etwas Schlimmeres als einen abgebrochenen Fingernagel oder ein Ticket wegen Falschparkens »erlebt« hast.

Warum bin ich ausgerechnet bei ihr gelandet, dieser hageren, ungepflegten Thusnelda, die in einer Praxis mit staubigen Kunstblumen hockt, zu der ich auch noch stundenlang fahren muss, als gäbe es in K… keine Therapeuten?

– Keine Ahnung, sagen Sie es mir doch, Sie sind immerhin die Therapeutin.
– Nun ja, sehen Sie, N…, eine Therapie ist eine Zusammenarbeit, ein Entgegenkommen. Sie müssen sich schon öffnen. Versuchen wir es einmal anders: Wann haben Ihre frühesten Begegnungen mit … zum Beispiel fremder Nacktheit, mit nackten Genitalien genauer gesagt, stattgefunden?
– An meinem ersten Lebenstag, da bin ich nämlich aus so einem Genital herausgeschlüpft.

Es gab sie immer wieder, die Geliebten meines Vaters, sie waren ständig präsent und gleichzeitig so austauschbar. Sie nahmen unser Haus und seinen Körper in Beschlag und verschwanden kurze Zeit später, immer durch neue ersetzt. Aber solange sie da waren, bekamen sie seine uneingeschränkte Aufmerksamkeit. Ich musste mich ihnen geschlagen geben.

Als ich sechs war, sah ich ihn. Er war nackt, sie lag mit dem Rücken zu mir, aber sie interessierte mich nicht, denn da stand er, nackt, unbeschreiblich schön, unerreichbar perfekt, stark. Ich sah ihr Gesicht nicht, doch ich war mir sicher, dass sie ihn mit weit aufgerissenen Augen und voller Bewunderung anschaute. Bevor Angst und Scham mich fortscheuchten, prägte ich mir jede Einzelheit seines nackten Körpers ein. Ich speicherte sie auf ewig in meinem Inneren und verschloss sie vor der ganzen Welt. Was auch immer geschehen würde, er würde in mir bleiben. Dann bewegte er sich einen Schritt auf sie zu, und ich lief weg.

– N…, die meisten Mädchen verwirrt das Reifen des eigenen Körpers zunächst. Wie war das bei Ihnen? Können wir dort vielleicht Hinweise auf die Ursachen der abnormen Entwicklung feststellen?

Können, würden, hätten … was weißt du denn schon, du blöde Kuh! Die meisten Mädchen, ha! Ich bin kein *meistes* Mädchen! Als ich acht war, fingen meine Brüste, vielmehr eine Brust, denn es war zunächst nur die linke, an zu wachsen. Die Brustwarze schwoll an, und das Fleisch um sie herum verfestigte sich. Meine Mutter, die in allem kühl und erhaben zu sein schien, war, was körperliche Gebrechen in ihrer eigenen Familie anging, immer schnell besorgt, ja geradezu hysterisch.

– Mein Gott! Du hast eine Entzündung! Wir müssen zum Arzt, sofort!

Sie lief wie ein aufgescheuchtes Huhn durch die Wohnung und suchte meine Krankenunterlagen heraus. Dann blieb sie abrupt vor mir stehen, als hätte sie ein Blitz getroffen, und ich ahnte Böses. Sie schleifte mich durch die Wohnung in sein Kabinett. Er hob überrascht den Kopf von seinen Unterlagen, als er sie eintreten sah, und es wurde mir erneut bewusst, wie wenig wir doch in seine Umgebung passten, in die Welt des Perfektionisten. Sie platzierte mich vor ihm und hob mein Hemd hoch:

– Da, sieh es dir an … ich glaube, sie hat eine Entzündung!

Er betrachtete kurz angewidert die Geschwulst auf meiner Brust. Dann schaute er mir in die Augen. Nie werde ich diesen Ausdruck vergessen, voller Abscheu, der seine schönen Gesichtszüge zu einer Grimasse entstellte. Mein Herz verpasste ein paar Schläge, und ich wünschte, es möge für immer aufhören, wo es doch nun so nutzlos sei, diesem abscheulichen Körper dienend, doch dann wandte er sich an meine Mutter und sagte:

– Reg dich ab. Sie kriegt Brüste.

Und der Herzschlag setzte wieder ein, und sie schleppte mich aus seinem Zimmer. Ich durfte es von da an auf ihrer beider Geheiß nicht mehr allein betreten und bis auf das eine Mal, als ich mit neun schwer erkrankte, tat ich es auch nicht. Ich durfte ihm auch keinen Gutenachtkuss mehr geben, bei dem ich immer versucht hatte, seine Lippen zu berühren.

Sie, die andere, kann dies alles problemlos übergehen, weil sie auf seine Meinung nie Wert gelegt hat. Reicht dieser Psychotante das als Erklärung oder lässt sie mich nicht in Ruhe, bevor ich ihr etwas Schockierendes à la »bin geschlagen/missbraucht und jahrelang in den Keller gesperrt worden« präsentiere?

Es reichte ihr nicht.

– Lassen Sie uns da mal in die Tiefe gehen, N… Lassen Sie uns darüber sprechen …

Das war der Tag, an dem ich meine Therapie beendete. Als ich durch den verregneten Park zur Haltestelle lief und meine Absätze in der schleimigen Erde versanken, schrien ein paar Krähen ihren Ärger über das Nass laut heraus. Ich blieb stehen, sah sie an, die armen Vögel, die nun keinen Schutz hatten, so spät im Herbst. Krähen mochte ich immer, im Gegensatz zu Tauben, also klappte ich meinen Regenschirm aus Solidarität zusammen.

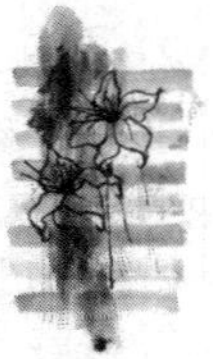

Ich bin zurück in Zemaphor.

N.S.

15.02. – Beinahe jede Stadt, in der ich bin, hat für mich besondere Orte, nicht viele, vielleicht einen oder zwei: Restaurants, Bars, Clubs, Hotels, Parks, Friedhöfe ... Nur die Stadt, in der ich lebe, nicht. Es ist nicht meine Stadt. Doch hier ist meine Familie, Menschen, die mir Halt geben. Ich habe den heutigen Tag mit meinen Eltern verbracht. Ich versuchte, die Zeit aufzuhalten, doch es wurde Abend, und ich musste gehen.

Mulholland Drive von David Lynch. Ich weiß nicht, wie oft ich diesen Film schon gesehen habe, und doch sehe ich ihn mir heute Abend noch einmal an. Ein Mann, den sie vor einiger Zeit in einem Restaurant kennengelernt hat, rief mich heute an. Ich ging nicht ran, schrieb ihm aber etwas später eine SMS. Ich sagte, ich sei in einer anderen Stadt, der Arbeit wegen, und kündigte an, dass ich mich nächsten Sonntag bei ihm melden würde. Dann werde ich aus Mailand zurück sein, und sie ist hoffentlich wieder da und kann mit ihm Sex haben, sofern sie es wünscht. Sie war monogam, aber er scheint sie wieder von sich zu stoßen.

Es ist kurz nach zwölf, und ich mache mir einen Kaffee. Ich habe schon seit ein paar Tagen nicht geraucht, aber jetzt bekomme ich Lust auf eine Zigarette. Ich bin unruhig, etwas scheint mich nervös zu machen. Mein Laptop liegt die ganze Zeit aufgeklappt neben mir. Ich merke, wie ich nur noch in geschriebenen Sätzen denke, als wäre mein Geist ausschließlich für mein Tagebuch existent. Das passiert mir überall in letzter Zeit: im Büro, im Taxi, in der Bahn und im Restaurant; überall, wo ich allein oder anonym bin und nicht lese. Und dann rasen mir die Gedanken durch den Kopf, viel zu schnell, als dass ich sie alle aufschreiben könnte.

Ich habe Angst. Ich sollte etwas nehmen.

Ich schaue mir all die Filme an, die ich schon tausendfach gesehen habe. Ich will nicht schlafen, ich habe Angst. Sie entschlüpft meinem Körper, wandert umher und schaut sich in meiner Wohnung um, sucht sich ihre Lieblingsecken und droht mir damit, dass ich fortan meine Zimmer mit ihr teilen müsse.

Ich schließe mich im Bad ein, mache die Tür zu, so fest es geht, und stopfe den Läufer in den Schlitz unter der Tür, damit ja kein Millimeter frei bleibt. Dann setze ich mich auf den Boden der Duschkabine, in die Dunkelheit. Das habe ich schon damals so gemacht, als Kind, wenn die Angst mich überfiel: das Licht im Bad ausgeschaltet, mich in die Wanne gelegt. Nirgends gibts diese Stille, und das Tageslicht findet hier keinen Zugang, wenn man erst mal alle Löcher verstopft hat.

Erst wenn ich von den Einflüssen der Welt, den Farben und Geräuschen, abgeschnitten bin, bin ich frei. Dann kann ich mir alles vorstellen, was ich will, und alles wird real. Die Welt entsteht in meinem Kopf, sie ist von meinen Ideen bevölkert, sie lebt durch meinen Herzschlag; mein Puls bestimmt die Zeit, und mein Blut nährt sie.

Diesmal sehe ich einen Raum mit ganz hohen Decken, Regale wachsen die Wände entlang, mit Büchern gefüllt, die alles mit ihrem Geruch durchtränken. An langen Tischen stehen Leselampen mit grünen Schirmen; daneben bequeme Sessel und Liegen, alle mit grünen Polstern, und ein Kamin. Das ist meine Welt, Zemaphor. Das Wort entstand auf einmal in meinem Kopf.

Diesmal bin ich allein hier. Die Angst schleicht davon.

Ich liege auf einem der Sofas, in eine braune Wolldecke gehüllt, sechs Bücher um mich herum. Es sind wieder sechs, ich las eins zu Ende und kaufte mir direkt ein neues. Somit sind es immer noch sechs ungelesene Bücher. Die ungeraden Zahlen sind die guten, vor allem die Neun, sie steht für persönliche Entfaltung und Glück; und die Sieben, die das Zuhause und die Wärme verkörpert.

Die geraden Zahlen sind die bösen, insbesondere die Sechs, sie steht für all das Falsche und die Lügen; und die Vier, die den Tod bedeutet, jedoch nie den eigenen, sondern den der Menschen, die man liebt.

In Zemaphor entsteht jede Kleinigkeit, jeder Punkt, alles nach meinem Design. Und jede falsche Zahl wird von mir korrigiert, bevor ich den Raum betrete. Denn bin ich erst einmal dort, werde ich vom Bösen infiziert und nach und nach verschluckt.

Doch heute hat sich das Dunkel in meine Zuflucht eingeschlichen. Ich bin eine Lügnerin, und deswegen muss ich auf dem Sofa von sechs Büchern umgeben liegen und werde sie als Strafe nie zu Ende lesen können. Bevor ich eins beende, kaufe ich schon das nächste, sodass es immer exakt sechs Bücher bleiben, und nie fünf und schon gar nicht sieben …

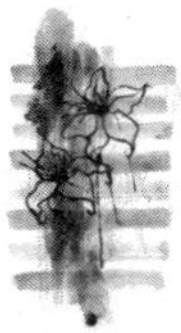

Das Merkmal eines kleinen Menschen ist, dass er hochmütig wird, wenn er merkt, dass man ihn braucht.

FRIEDL BEUTELROCK

19.02. – Es scheint, als hätte ich meine unumstößliche Toleranz eingebüßt. 15 statt fünf Stunden zu arbeiten, und dabei alles immer wieder ins Chaos stürzen zu sehen und letztendlich zum gleichen Ergebnis zu kommen, ergibt aus meiner Sicht keinen Sinn.

Eine Sache, die solch eine Wichtigkeit besitzt, ohne Vorplanung und ohne System anzugehen, und dies dann auch noch als »Arbeit im freien Geist« zu bezeichnen, ist für mich ein Eingeständnis der eigenen Unfähigkeit.

Früher hätte mich ein solches Versagen inspiriert. Nun bin ich dem entwachsen. Sie können mir nicht mehr mit ihrem Gelaber das Gehirn vernebeln und sich als etwas präsentieren, was sie nicht sind. Ich bin einfach der Meinung, dass man ab einem gewissen Punkt zu viel Verantwortung trägt, um die Dinge hinzunehmen, wie sie kommen, und sie einfach geschehen zu lassen. Man hat Verpflichtungen, der Sache, der Firma, den Menschen, die man mit einbezieht, und letztendlich auch sich selbst gegenüber.

Gestern sah ich die Zeit verstreichen, während sich die Pressepräsentationen keinen Millimeter vorwärtsbewegten. Menschen kamen und gingen, telefonierten stundenlang, um am Ende doch nichts geklärt zu haben. Sie wechselten die Ausstellungsdisplays zehnmal hin und her und kamen schließlich zum Anfang zurück. Dabei übersahen sie Kleinigkeiten, die Details, die gerade so wichtig sind. Alles wirkte sehr dilettantisch und unprofessionell, was mir die Zornesröte ins Gesicht trieb. Nach 15 Stunden Chaos habe ich meine Empfindungen ausgeschaltet; ich habe aufgehört nachzudenken.

Ich kann nicht ständig von Menschen umgeben sein. Ich bin eine Einzelgängerin. Ich kann die Gesellschaft bestimmter Menschen sogar genießen, aber nur, wenn ich mich auch zurückziehen könnte. Ich nutzte eine erzwungene Pause, die wieder auf Desorganisation beruhte, um mir im fremden Büro einen Platz zu suchen, die Kopfhörer in die Ohren zu stecken und mich so abzusondern.

Ich fand einen freien PC, loggte mich mit meinem Passwort in meinen Computer ein und arbeite vor mich hin. Mein italienischer »Vorgesetzter« sagte, ich sei eine Katze, die sich geräuschlos im Raum aufhalte. (Er hat einen italienischen Ausdruck dafür benutzt, eine Art Redewendung, die ich frei übersetzt habe.) Als sie fragten, ob ich zum Essen mitkommen wolle, verneinte ich höflich. Sie waren überrascht, kannten sie mich doch als einen kommunikativen und offenen Menschen, zumindest dachten sie, ich sei so.

Ich kann es bisweilen sein, doch nur solange ich es will oder es unbedingt so sein muss. Ich bin alles andere als diplomatisch. Seltsamerweise hat mir dies bisher keinerlei Nachteile eingebracht. Im Gegenteil, man attestiert mir eine Befähigung zum eigenständigen Denken; und im Allgemeinen wird dieses Urteil von einer zumindest oberflächlichen Bewunderung begleitet.

Sie hat mal geschrieben, die Welt störe sich an Menschen, wie sie einer ist. Bei mir ist dies nicht anders. Sie schrieb, man habe sie als »Durchgeknallte« bezeichnet. Nun, mich bezeichnet man als »Diktator« oder »Eisklotz«.

Mir wird immer wieder bewusst, wie glücklich ich bin, dieses Tagebuch führen zu dürfen. Gerade in Zeiten wie diesen wiegen die unausgesprochenen Emotionen wie eine tonnenschwere Last und drohen, mich in den Abgrund zu reißen. Nachdem ich alles niedergeschrieben habe, fühle ich mich befreit. Ich weiß, dass dieser Tag ein sehr langer und, was noch schlimmer ist, sinnloser sein wird. Dennoch habe ich wieder Kraft geschöpft.

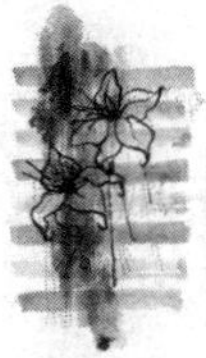

Leben, das ist das Allerseltenste in der Welt – die meisten Menschen existieren nur.

OSCAR WILDE

23.02. – Ich weiß nicht, wie sie so viel arbeiten kann. Ich hätte sie schon längst alle zum Teufel gejagt. Sie war richtig krank, hatte Fieber. Sie hat dies mit keinem Wort erwähnt, sondern sich stattdessen die ganze Zeit mit diesen Idioten herumgeschlagen, die keinen Plan von der Welt haben und total sinnlos agieren. Mir tut jeder Knochen im Körper weh. Sie war permanent auf den Beinen, hat nicht genug geschlafen, nicht genug gegessen und das alles mit dieser Erkältung!

Es ist Samstag und schon nach 19 Uhr, als ich endlich zu Hause ankomme. Ich lasse den Trolley im Flur stehen, der Kühlschrank ist natürlich leer, und ich habe keine Kraft, mir etwas zu essen zu kaufen. Ehrlich gesagt, habe ich noch nicht mal die Kraft, etwas zu essen. Mir fällt auf, dass ich kein Toilettenpapier mehr habe. Scheiß drauf, nehmen wir halt die Küchenrolle. Viel schlimmer ist, dass ich nur noch ein einziges Kondom habe. Ich mache mir keine Hoffnungen, dass er welche mitbringt: als verheirateter Mann und Vater scheint er keine zu besitzen. Dann soll er mich eben in den Arsch ficken!

Obwohl ich eine »Auffrischung« gebrauchen könnte, habe ich kein Verlangen nach Drogen. Ich nehme auch nichts. Sollte ich mich später nicht mehr bewegen können, können wir ja das »Im Schlaf ficken«-Spiel spielen, da steht er sowieso drauf!

Wonach ich nämlich ein starkes, ja fast unbeschreibliches Verlangen habe, ist Sex. Ich kann an nichts anderes denken, die Zeit scheint überhaupt nicht zu vergehen. Mein ganzer Körper brennt und kribbelt; ich will, ich will, ICH WILL!

Ich bin geboren, um von ihm gefickt zu werden. Ich brauche keine Liebe. Ich mache mir nichts vor. Ich bin mir sicher, dass sie ihn liebt. Ich tue es aber nicht.

Die Schatten tanzen seltsam an den Wänden. Als es schon nach neun ist und er immer noch nicht aufgetaucht ist, verfalle ich in Panik. Wie ein Tier wandere ich von Müdigkeit begleitet durch die Wohnung, hungrig nach ihm. Ständig wähle ich seine Nummer und ständig sagt mir eine elektronische Stimme, dass der Teilnehmer nicht erreichbar sei. Ich werde von Verzweiflung zermalmt. In unserer gemeinsamen Geschichte ist es schon mehr als einmal vorgekommen, dass er einfach verschwunden ist, ohne ein Wort zu sagen. Er meinte einst, es sei einfacher, selbst wegzugehen, als von mir fortgeschickt zu werden.

Mir wird richtig schlecht. Als es klingelt, haste ich verzweifelt zum Telefon, bevor mir einfällt, dass er mich nie übers Festnetz anruft. Es ist meine Schwester. Ich rede mit ihr und schlucke meine Verzweiflung hinunter, lasse mich sogar zu ein paar Scherzen hinreißen, obwohl sich mir der Magen umdreht. Nachdem ich aufgelegt habe, renne ich zur Toilette und übergebe mich. Vor meinen Augen schwirren Abertausend Mücken. Ich kann jetzt nicht allein bleiben. Ich putze mir die Zähne und rufe währenddessen den »Mann aus dem Restaurant« an. Ich frage, ob ich zu ihm kommen könne. Natürlich kann ich.

Natürlich.

Als ich mich anziehe, zittern mir die Hände. Ihn verloren zu haben, bereitet mir Schmerzen, aber ich werde nicht darüber nachdenken. Ich fahre zu einem Mann, mit dem ich noch nie gefickt habe, und lasse mich ficken. Ich werde ihn zwingen, mich zu erniedrigen, mich so hart zu schlagen, dass ich alles auf der Welt vergesse und in meinem körperlichen Schmerz vollkommen aufgehe. Falls das, was ich von ihm bekomme, nicht genug ist, gehe ich zum nächsten. Und wenn keiner auf meiner Liste zur Verfügung steht, gehe ich in den Club, heute ist

Samstag. Ich gehe allein und lasse mich wieder von irgendeinem ficken. Ich kenne diesen Zustand. Ich bin ein Tier, mein Geist ist tot, es leben die Instinkte.

Ich nehme ein Tütchen mit Speed und schneide mir zwei Valium ab, stopfe den Vorrat ins Seitenfach meines Portemonnaies. Ich werde es unterwegs nehmen, keine Zeit jetzt, ich muss diese Wohnung so schnell wie möglich verlassen. Die Musik hämmert durch die Räume, alle Türen sind offen, ich renne hin und her, während ich mich fertig mache: anziehen, Haare, Lippenstift nachziehen, Parfum auflegen, überall die Heizung abdrehen, Fenster aufmachen. Fort mit den bösen Geistern!

Als ich meine Handys einpacken will, sehe ich, dass ich auf dem einen eine Nachricht und auf dem anderen zwei Anrufe bekommen habe. Beide Telefone sind auf »lautlos« gestellt, und in der Kakofonie der Musik habe ich das Vibrieren überhört.

»Ich bin gleich bei dir.« Die Nachricht ist von ihm, die beiden Anrufe auch. Ich habe das Gefühl, neu atmen lernen zu müssen, ein und aus, ein und aus. Ich setze mich auf den Boden der Diele und warte, bis das Herz anfängt, wieder normal zu schlagen. Ein Teil von mir will flüchten, fühlt sich unfähig, ihm vor die Augen zu treten, jetzt, wo ich die Wucht der Verzweiflung durch ihn erlebt habe. Ich könnte noch fortlaufen, mich hinter einem anderen Mann verstecken. Ich könnte, aber ich mache es nicht, weil ich doch nur ihn will.

Diesmal ist es anders. Er ist der Mann, den ich stundenlang küssen kann. Doch diesmal küssen wir uns nicht. Kein einziges Mal. Er schlägt mich mit seinem Gürtel. Als ich später vom Boden aufstehe, nachdem er in meinen Mund abgespritzt hat, sehe ich ein paar Tropfen Blut auf den Fliesen. Er sagt, zwei der Striemen auf meinem Po seien aufgeplatzt und hätten geblutet. Ich will mehr, ich brauche immer mehr!

Ich lege mich auf die Seite und schließe die Augen. Ich habe keine Kraft mehr und doch kann ich nicht aufhören. Ich will ihn in mir. Er nimmt mich in den Arsch. Ich bewege mich nicht, gebe keinen Mucks von mir, auch wenn es mir schwerfällt. Er ist zu groß und dringt in einem ungünstigen Winkel ein. Es tut weh, doch ich will nicht, dass er aufhört. Ich bin süchtig nach dem Schmerz, besonders, wenn er von ihm kommt. Irgendwann verliere ich mich vollständig, höre das Flüstern meines Vaters, fremde Stimmen. Ich bin frei. Ich bin unerreichbar. Das ist das Geschenk des Schmerzes.

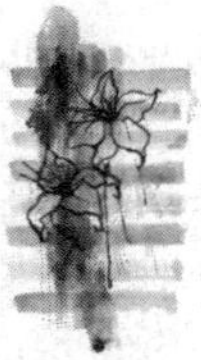

Du und ich: Wir sind eins.
Ich kann dir nicht wehtun,
ohne mich zu verletzen.
MAHATMA GANDHI

29.02. – Ich bin gestern Nacht aus Hamburg zurückgekommen, ihrer Lieblingsstadt. Ich war überrascht, aber sie hat sich die ganze Zeit über nicht blicken lassen, obwohl ich den ersten Tag einen Kunden betreuen sollte und mich daher außerhalb des Geschäfts aufhielt. Ich war mir sicher, dass ihre Kontrollsucht die Oberhand gewinnen würde. Aber ihre Scham saß anscheinend zu tief. Nun ja, ich hatte keine Probleme, ich schäme mich für nichts. Und so hatte ich viel Spaß, auch wenn es anstrengend war.

Nach zwei Jahren merke ich die Müdigkeit, die langsam in meine Knochen kriecht. Wahrscheinlich spielten die anderen darauf an, als sie sagten, dieser Job sei nicht gut auf Dauer. Meine zweite Hälfte will nicht akzeptieren, dass körperliche Erschöpfung einer Aufgabe im Weg stehen kann. Sie behauptet, immer alles und noch viel mehr geschafft zu haben, und das ist wahr. Doch jetzt kann sie nicht mehr richtig schlafen und sie isst nichts. Ich esse zwar eine Menge, aber schlafen tue ich auch nicht viel und außerdem nehme ich Drogen.

Sie hatte ein Meeting mit ihrer Vorgesetzten in Mailand, ein bisschen zwischen Tür und Angel, beide hatten keine Zeit. Doch ihre Vorgesetzte hatte diesmal auf einem Gespräch bestanden, sie scheint einen sechsten Sinn zu haben. Sollte alles wie geplant verlaufen, wird sie in ein paar Monaten ihren Traumjob bekommen, im April, eventuell.

Es steht alles noch auf wackeligen Beinen, sie werde mit ihrer direkten Chefin sprechen, und doch schien die andere gleich neue Kraft zu schöpfen. Sie arbeitet wie eine Verrückte! Sie hört wirklich nicht auf ihren Körper.

Ich habe Déjà-vus. Wenn das hin und wieder vorkommt, kann man dafür eine Erklärung finden. Geschieht es dauerhaft, könnte es vielleicht eine »Störung im System sein«, wie Morpheus es in »Matrix« ausdrückt. Nur dass wir in Wirklichkeit nicht in einer Matrix leben und es sich daher höchstwahrscheinlich um eine Störung in meinem System handelt.

Ich lief heute über die Straße, um meine Bahn zu erwischen, als mir ein Mann entgegenkam: schwarze enge Jeans, schwarzweißer Ringelpulli und ein Schal, keine Jacke, dunkle Wuschelhaare, ein wenig wie Bob Dylan gestylt. Circa zehn Minuten später, als ich mich schon der Haltestelle näherte, sah ich ihn, erneut mir entgegenkommend, wie er eine Straße überquerte. An und für sich absolut unmöglich, jedoch nicht zum ersten Mal geschehen.

Mir laufen ständig Menschen über den Weg, die mir bekannt vorkommen; es fahren Autos mit bunten Aufklebern und Logos an mir vorbei, und zwei Tage später begegne ich dem gleichen Auto an einer Ampel in einer ganz anderen Stadt ... Ich glaube langsam, mit meinem Kopf stimmt etwas nicht.

Sie hat als Kind Bäume umarmt. Stundenlang hätte sie so in der Kälte des russischen Winters stehen können, ihre Wangen an der rauen Rinde reibend, die Hände ohne Handschuhe den Stamm umklammernd. Sie fühlte die Wärme in ihrem Körper, meinte, Worte des Trostes nicht hören, aber dafür spüren zu können.

Wenn es unerträglich wurde, wenn der Schmerz zu groß war, wenn sie auf dem Bett lag und sich wünschte, man könne allein durch die Kraft der Gedanken zu Tode kommen, träumte ich davon, ein Baum sein zu können, um ihr Trost zu spenden. Ich wünschte mir, ihr das Haar aus dem Gesicht streichen und ihr die Tränen mit einem Baumwolltaschentuch abtupfen zu können. Ich wünschte mir, sie nachts zudecken und mich für einen kurzen Augenblick an ihr Bett setzen zu können, um sie ihre Ängste in Worte fassen zu lassen und darauf antworten zu können, damit sie endlich im Wissen darüber, dass ich auf sie aufpasse und niemanden an ihr Bett lasse, schlafen würde. Aber sie hätte es niemals zugelassen. So blieb sie mit ihren Albträumen allein.

Ich habe mich gestern Nacht, als ich aus Hamburg zurückkam, viermal befriedigt. Ich fand keine Ruhe. Ich war ein Nervenbündel, das nach Beruhigung suchte und sie nicht finden konnte. Bereits Sekunden nachdem ich gekommen war, spürte ich das Bedürfnis erneut in mir aufsteigen. Es hörte nicht mehr auf, bis ich irgendwann auf den Boden meiner Duschkabine sank und dort weitermachte. Meine Beine zitterten, meine Klitoris schmerzte bei jeder Berührung, und die Finger schienen jegliches Gefühl verloren zu haben. Aber ich konnte nicht aufhören.

Es war die Sucht, Sucht nach ihm, die mich keine Ruhe finden ließ. Es ist nicht genug, dass ich mit niemand anders schlafen kann, ich finde nicht mal mehr bei mir selbst Befriedigung. Meine Samstage reserviere ich für ihn, da er ja vorbeikommen könnte. Mir fehlt das Gefühl, begehrt zu sein, er nimmt mich als viel zu selbstverständlich hin, aber all die anderen interessieren mich nun einmal nicht.

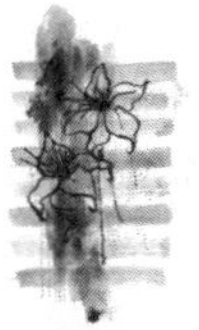

Im Kopf des Müßigen hausen tausend Teufel.

N.S.

01.03. – Es war eine Wand, die mich umgab. Es ist schrecklich, Menschen um sich herum zu haben, die man aufrichtig mag, und sich gleichzeitig so fremd vorzukommen. Den ganzen Abend versuchte ich, dieses Gefühl zu betäuben. Ich trank viel und zog mir auf der Toilette der Bar etwas rein. Ich redete, redete viel zu viel, um der Stille meiner Seele zu entkommen. Dann plötzlich saß ich eine Zeit lang nur da und schwieg, und sie mussten mich mehr als nur schütteln, um mich meiner Lethargie zu entreißen.

Natürlich merkten sie, dass etwas nicht in Ordnung war. Und die Sorge in ihren Augen verschlimmerte alles nur noch. Ich fühlte mich immer mehr wie eine Aussätzige, eine, die hinter einem Milchglasfenster steht und versucht, einen Blick auf das normale Leben zu erhaschen, das sich dahinter abspielt. Dabei wollte ich sie spüren, wenn sie mich umarmten; ich wollte sie begreifen, wenn sie mit mir sprachen; ich wollte mit ihnen gemeinsam lachen.

Irgendwann bekam ich eine Nachricht von ihm, dass er an diesem Samstag nicht zu mir kommen könne. In eine Luftblase eingeschlossen, zog ich weiter durch die Nacht, die mich nicht mehr wollte.

Ich will mich fallen lassen, ich will mit der Nacht verschmelzen, mich nicht mehr spüren. Ich will mich vergessen. Mich auflösen. So wie es früher möglich war, wenn ich in der Musik aufging, mich von ihr, den Drogen oder den Menschen, die mich umgaben, betäuben ließ, und nicht mehr existierte, kein Individuum, nur ein Teil der Dunkelheit. Wenn ich in einer Nacht manchmal vier verschiedene Clubs aufgesucht hatte, konnte ich mir irgendwann nicht mehr vorstellen, außerhalb dieser Welt zu sein. Die Nacht war immer so viel ehrlicher mir gegenüber als der Tag; die Nacht war immer meine Welt, dort war ich sicher und willkommen. Sie ließ mich gewähren, sie schenkte mir Freiheit. Alles war mir vertraut, ich kannte jeden Winkel.

Ich wurde durch einen Anruf geweckt, den ich nicht annahm. Das Handy lag in der Diele und war auf »lautlos« gestellt, vibrierte also nur; und trotzdem wachte ich auf. Selbst wenn ich schlafe, schlafe ich nicht richtig.

Unmöglich wieder einzuschlafen, und es ist erst halb elf. Ich habe also weniger als vier Stunden geschlafen. Mein Mund ist trocken und rau, ich kann in letzter Zeit kaum noch durch die Nase atmen, sie ist dauernd verstopft. Ich habe nichts mehr zu trinken zu Hause, also trinke ich Leitungswasser. Das metallische Wasser fließt durch meine Kehle. Ich schalte Depeche Mode an, ziehe mir Top und Shorts an und fange an zu putzen. Ich krieche mit dem Lappen in jede auch noch so entlegene Ecke, erreiche jeden Winkel. Ich putze wie eine Besessene, bis meine Knie ganz rot sind.

Den Rest des Tages liege ich auf dem Sofa, vom Nebel der Droge umhüllt. Lichtet er sich, ziehe ich etwas nach. Ich bin zu müde, um einzuschlafen, und zu müde, um wach zu sein.

Liebe: nur ein schmutziger Trick der Welt, um den Fortbestand der Menschheit zu garantieren.

WILLIAM SOMERSET MAUGHAM

03.03. – Ich hatte mal einen Liebhaber, der mich im Fahrstuhl seines Hauses ficken wollte. Er sagte, er würde gern beim Verlassen und Betreten seines Heimes daran denken. Die Erinnerung an das Erlebnis würde dann jedes Mal seine Batterien aufladen. Ich hätte die Fantasie natürlich gern in so einem Aufzug mit offenen Gittern wie in den alten Schwarz-Weiß-Filmen umgesetzt, aber sein Haus hatte nur einen ganz normalen Fahrstuhl, eine Metallkabine mit einem Spiegel an der hinteren Wand und Plastikknöpfen, wobei die Drei angekohlt war.

Es war so heiß an diesem Tag, dass einem die Kleidung am Leib kleben blieb. Der »Fahrstuhl-Mann« holte mich vom Flughafen ab, ich kam aus Berlin oder München. Wir fuhren zu ihm nach Hause, ich mochte seine Wohnung irgendwie sehr, fühlte mich dort wohl. Im Treppenhaus war es kühl und dunkel, selbst wenn alle Lampen brannten, was nicht immer der Fall war. Wenn man in seine Wohnung kam, war links gleich die Küche und ganz hinten die Schlafstätte; alles offen, alles dunkel durch die rauen nackten Wände und die schwarzen Möbel. Die Wohnung war nicht groß, man fühlte sich jedoch frei in ihr, weil sie, bis auf das Bad und die separate Toilette, keine Türen hatte.

Alle Fenster waren offen, aber trotz der hohen Decken staute sich die Hitze. Der Lärm der Straße drang in die Wohnung, während er mich fickte. Wir hatten also Sex über all diesen Menschen, die ihren Geschäften nachgingen und uns keine Beachtung schenkten. Die

Laken klebten an meinem Körper. Ich war viel zu erledigt, um aufzustehen und ins Bad zu gehen. Also blieb ich liegen und schaute mir die Schatten an, die immer länger wurden. Es dämmerte, jedoch wurde es draußen nicht leiser und auch nicht kühler. Wir gingen zusammen ins Bad, hatten dort unter der laufenden Dusche noch einmal Sex; langsam und bedächtig, wie wir ihn sonst nie hatten.

Wir versuchten, mit kalten Getränken und Eiswürfeln unsere Müdigkeit und Trägheit zu vertreiben. Wir warteten. Es war kurz vor drei Uhr morgens, als er mir sagte, wir könnten es jetzt wagen. Ich zog mein weißes Leinenkleid ohne Slip, meinen BH und meine weißen Leggins an, mit denen ich es üblicherweise trage. Wir stiegen in den Aufzug, standen uns wie zwei Fremde gegenüber. Er ließ den Fahrstuhl ganz nach oben fahren und drückte dann auf »Stop«.

Dann stieß er mich an die Wand, hob mich hoch und küsste mich. Ich konnte unter dem Jeansstoff seinen Ständer spüren. Er wurde immer ungestümer und drückte mich stärker gegen die Wand, seine Küsse waren nun Bisse. Das Deckenlicht flimmerte, und mein Körper wurde von starken Händen gefangen gehalten. Ich gab mich der fremden Fantasie hin, freute mich darüber, sie ihm zu ermöglichen. Wir rutschten die Wand entlang, ich drehte mich um, bis ich auf dem Boden lag und er auf mir. Er schob mein Kleid hoch und knöpfte seine Jeans auf, um hart zuzustoßen. Ich musste aufpassen, dass ich mir nicht den Kopf aufschlug, der immer wieder gegen die Wand rumpste. Er kam schnell, viel schneller als sonst ...

Ich bin nicht gekommen, aber es ging auch nicht um mich. Ich war eine Puppe, ein Produkt, der Wirt seiner Träume. Er küsste mich auch nicht, er streichelte mich nicht. Ich war nicht seine Liebhaberin und freute mich, für einige Augenblicke ein lebloses Objekt sein zu dürfen.

Als ich am nächsten Morgen mit der U-Bahn von Düsseldorf, wo er wohnte, nach Hause fuhr, trug ich sein Hemd über meinen weißen Leggins. Mein Kleid hatte überall schwarze Streifen vom Schmutz des

Fahrstuhlbodens, und im Koffer hatte ich sonst nichts dabei, was zur Hitze gepasst hätte.

Wir trafen uns etwa vier Monate lang, doch er kam nie in meine Wohnung. Keiner von den Männern, mit denen ich Sex habe, war bis jetzt in meiner Wohnung, außer dem einen, der keinen Namen und keine Beschreibung hat. In den anderen Wohnungen schon, aber nicht in dieser. Es ist mein erstes richtiges Zuhause und da kommt mir niemand so einfach rein!

I wondered how long the break in the clouds would last.
DAVE GAHAN

05.03. – Ich bin sehr gern im Kino. Ich fühle mich dort wie in einer anderen Welt, besonders wenn ich etwas genommen habe. Zum Glück habe ich jede Menge Kinofreaks unter meinen Bekannten. Wäre es aber nicht so, würde ich wohl auch allein ins Kino gehen. Zurzeit laufen allerdings keine interessanten Filme, für eine Komödie gehe ich nun wirklich nicht dorthin ... ich will leiden!

Ich lese traurige Bücher, höre vom Schmerz inspirierte Musik und sehe mir tragische Filme an. Ich habe mir heute das neue Album von Dave Gahan gekauft, das Lied »Saw Something« habe ich mir direkt auf den MP3-Player überspielt, jetzt atme ich dieses Lied für den Rest des Tages ein.

Mittlerweile nehme ich jeden Tag Speed, auch während der Arbeit. Ich lebe in der Droge, denn nur noch durch sie höre und empfinde ich. Ich brauche das Gefühl, von der Welt isoliert, aber auch durch die Isolation geschützt zu sein. Durch die Drogen empfindet man ganz anders. Ich könnte weinen, aber ich bin nicht traurig. Ich könnte einen umarmen, den ich nicht liebe. Ich könnte essen, ohne Hunger zu haben. Ich könnte mich hinlegen und die Augen schließen, obwohl ich nicht müde bin. Ich bin nicht echt, ich weiß, dass meine Emotionen nicht real sind. Ich bin nackt und ziehe mir die Droge wie einen schützenden Mantel über, um die Wirklichkeit nicht an meinen nackten Körper lassen zu müssen.

Ich werde ihn nicht mehr treffen, zumindest vorerst nicht. Das Gefühl, von ihm nicht gewollt zu werden, tötet mich innerlich, und dieses Gefühl gibt er mir zurzeit. Früher wurde ich von seiner Lust durch den Schmerz getragen. Ich sah mich in seinen Augen und in seinen Augen war ich wichtig. Aber jetzt leuchten die Augen nicht mehr, wenn sie mich anschauen. Ihn zu sehen, schenkt mir keine Erfüllung, es nimmt mir den Mut. Auch wenn ich ihn körperlich so sehr will, wie man jemanden nur wollen kann, muss ich mich diesmal verstecken.

Jemand sagte, ein Mensch muss leben wie eine lodernde Flamme und leuchten so hell, wie er kann. Am Ende brennt er aus, aber das ist besser, als sein Leben lang eine armselige kleine Flamme zu sein. Nun, ich brenne nicht mehr.

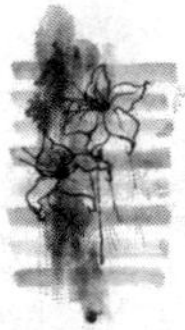

Love is not love which alters
when it alteration finds.

WILLIAM SHAKESPEARE

07.03. – Zwei Stunden Zugfahrt nach Frankfurt gestern. Zwei Stunden begleitet von seiner Stimme, hypnotisiert. Ich fahre mit dem Taxi durch die verstopften Straßen. Eigentlich stehen wir mehr, als dass wir fahren, es ist kein Vorankommen möglich. Mir ist es egal, ich bin betäubt. Ich beobachte eine Brünette in einem roten Mantel. Sie ist nicht besonders hübsch, und doch fällt sie mir sofort auf. Sie telefoniert beim Laufen und gestikuliert wild mit der freien Hand. Ein paar Straßen weiter sehe ich sie wieder, sie steht an einer Ampel und unterhält sich mit einer älteren Asiatin. Und dann, ein paar Minuten später, läuft sie dem Taxi, in dem ich sitze, entgegen und ihr fällt die Handtasche aus der Hand; sie bückt sich und hebt sie auf. Ich beobachte all dies, weiß, dass es nicht real ist, und kann es doch sehen. Die Welten wachsen zusammen, und Träume begleiten mich im Alltag. Ich verliere mich selbst und finde etwas Wichtiges wieder: die Fähigkeit, die versteckte Welt zu sehen. Allzu lange folgte ich den Regeln der Logik und verleugnete die Existenz der anderen Wahrheiten. Obwohl sie ein Fluch sind, haben Drogen auch etwas Positives: Sie machen uns ehrlicher.

Ich habe Frankfurt lieben gelernt. Ich hatte mir diese Stadt immer nur als Skyline vorgestellt, sehr urban, fast surreal im Vergleich zu anderen deutschen Städten. In meiner Vorstellung war sie eine Welt, die aus Glas und Beton besteht, eine Welt, in der sich die Sonne nur in den Fenstern widerspiegelt. Aber ich habe die Schönheit dieser Stadt nach und nach entdeckt, in den kleinen engen Gassen mit dem Kopfsteinpflaster, den alten Villen, die, von Bäumen umgeben, Ruhe und Geborgenheit ausstrahlen, in der monumentalen Gelassenheit der Oper, in den vielen Parks.

Es gibt ein kleines Restaurant, das eine ganz besondere Atmosphäre ausstrahlt. Sofas und Stehlampen befinden sich vor dem Eingang, und das Interieur wird von Rot und hellem Holz dominiert. Die Kellner, total casual angezogen, sitzen an den Tischen, wenn sie alle Gäste versorgt haben, und rauchen oder trinken ihren Tee. Machmal kann man die Angestellten nicht von den Besuchern unterscheiden. Alle sind locker und quatschen wild durcheinander. Die Küche ist französisch-arabisch. Sie machen die besten Wraps mit Rindfleisch, die ich je gegessen habe, und den besten frischen Minztee. Als ich den zum ersten Mal bestellt habe, rief der Kellner dem Koch in der offenen Küche zu, er solle einen N... zubereiten. Ich blickte ihn verwundert an und fragte, woher er meinen Namen kenne. Nach der ersten Verwirrung, als ich erklärte, ich würde N... heißen, kam der Koch aus seiner Nische hervor, ein Araber, und sagte mir, mein Name bedeute Minze auf Arabisch.

Minze?

Als Kind hatte sie den Namen gehasst, es war schwer für sie, mit ihm zu leben. Alle im Kindergarten und später auch in der Schule hatten Standardnamen wie Katja (Jekatarina), Anja (Anna) oder Mascha (Maria); russische Namen gibt es immer in einer offiziellen und einer abgekürzten Version, letztere ist der Kosename. Aber ihr Name war ungewöhnlich, und man konnte ihn auch nicht abkürzen. Das entfernte sie noch weiter von den anderen Kindern, die sich alle möglichen Reime und Witze zu diesem ungewöhnlichen Namen ausdachten. Ihr Vater hatte ihn, ohne die Mutter zu konsultieren, ins Geburtsregister eintragen lassen. Er tat dies, weil seine große Liebe, die er nie hatte heiraten dürfen, diesen Namen getragen hatte.

Aber ich finde ihn schön. Ich möchte auch nicht anders heißen, er passt zu mir. Manchmal werde ich gefragt, warum ich immer nur ihn benutze, aber es gibt eben keinen anderen Namen für mich. Falls es möglich ist, jemanden mit einem einzigen Wort zu beschreiben, dann ist dieses Wort eine gute Beschreibung für mich.

Ich bin total high. Ich hatte meiner Schwester vorgestern, als ich sie abends getroffen habe, versprochen, wenigstens tagsüber nichts und auch nicht jeden Tag etwas zu nehmen, aber ich habe es nicht durchgehalten, weder gestern noch heute. Wenn ich mir das bewusst mache, wie jetzt gerade, lässt die Angst, ihre alte Angst, die Kontrolle zu verlieren, für einen kurzen Augenblick meinen Magen verkrampfen, aber dann löst sich der Knoten auch gleich wieder. Ich bin so, wie ich bin, ich werde nie anders sein. Im Moment gibt es mich nur noch high. Die Haut kribbelt, meine Hände sind die großen weichen Pfoten einer Katze, und wenn ich mich selbst berühre oder von jemandem berührt werde, fühlt es sich nicht echt an, weil meine Haut mir fremd vorkommt.

Ich bin krank, ich habe Fieber. Vielleicht sollte ich nach Hause fahren und mich etwas ausruhen. Aber ich kann nicht. Ich sammle meine Schwester ein, und wir gehen in eine Bar. Ich bin high, und so hat der Alkohol gar keine Wirkung auf mich. Da könnte ich mir direkt einen Eimer Mojitos reinschütten. Ich verschwinde auf die Toilette und benutze ein Buch aus der Bibliothek als Ablage, um die Brösel zu zerkleinern. Als ich wieder bei meiner Schwester bin, versucht sie erneut, mir ein Versprechen abzunehmen, nicht mehr so viel zu koksen. Dabei merkt sie nicht einmal, dass ich zugedröhnt bin. Entweder ist sie selbst ein wenig beschwipst oder sie nimmt es von mir an. Vielleicht kennt sie mich aber auch gar nicht mehr anders.

Ich bin zertrampelt, ich finde keine Befriedigung, ich brauche ihn! Seinen Körper, seine Hände, seinen Schwanz! Niemand anders reicht mir, ich bin für ihn gemacht, nach seinen Vorstellungen entworfen. Es ist so hart zu wissen, dass alles, was man will, existiert, aber dass man es nicht besitzen darf. Er ist da, irgendwo da draußen, fickt vielleicht eine andere, und ich werde auf den kalten Fliesen meines Badezimmers liegen und mich hassen! Ich bin so voller Schmerz, dass ich mich selbst zerschneiden könnte, ich hasse meinen Körper. Vielleicht sollte ich ihn umbringen! Vielleicht wäre es dann leichter für mich, und ich könnte mich endlich bei einem anderen Mann fallen lassen. Wieso tut man sich so etwas nur an?

Wenn die Stufen ins Nichts führen, achte auf die letzte.

VOLKSMUND

08.03. – Heute Nacht bin ich einzig und allein von dir berauscht, meine Schöne, nichts anderes existiert für mich. Ich schaue dich an, wie du tanzt, rauchst, lachst, wie das Neonlicht des Clubs sanft dein Haar umhüllt, und ich wünsche mir nichts sehnlicher, als mit dir fortgehen zu können, allein zu sein, den Rest der Welt zu verlassen, zu vergessen.

Du kommst zu mir, schmiegst dich an mich, bist verschmust wie eine Katze. Die Blicke anderer stören dich nicht, du trinkst aus meinem Glas und rauchst meine Zigaretten zu Ende, und so sitzen wir eng beieinander, bis ich sage: »Es reicht, wir gehen«, und als ich diese Worte ausspreche, stehst du auf, und ich kann selbst im Halbdunkel dein verschmitztes Lächeln erkennen ...

Im Taxi sitzen wir beide hinten, jedoch jede auf ihrer Seite. Ich fasse dich nicht an, und so berührst du mich auch nicht. Die Rangordnung ist festgelegt, ich bin es, die den Ablauf bestimmt. An unserem Ziel angekommen, folge ich dir die enge Treppe hinauf. Ich trete in dein Heim ein, du schaltest das Licht einer Tischlampe an und bist plötzlich ganz und gar nicht mehr die selbstbewusste Frau. Du schaust mich erwartungsvoll an, als könne nur ich den nächsten Schritt tun, du verspielst deinen Heimvorteil, vergisst, dass dies deine Wohnung ist. Ich bleibe an die Wand gelehnt stehen und schaue dich an. Du bist so schön, ich habe selten so ein Verlangen verspürt, einen Menschen nur zu betrachten. Deine Haut ist blass und klar, wie die einer Elfe;

die Haare sind kastanienrot und lockig, der Körper ist schmal, geschwungene blasse Lippen, hohe Wangenknochen, tiefe klare Augen ...

Ich weiß, dass mein Nichthandeln dich verunsichert, aber heute Nacht bin ich ganz und gar gefangen in deinem Bild.

– Willst du was trinken?

Ich schüttle den Kopf und reiße mich endlich von der Wand los, die so lange meine Stütze war. Ich komme zu dir, meine Hände verfangen sich in deinen Haaren wie in einem Spinnennetz. Nimmst du mich gefangen? Mit deiner Sanftmut würdest du wohl weiter kommen als all die anderen mit ihrer Gewalt. Ich küsse dich, dein Mund schmeckt leicht nach Kirschen, es kommt vom Kaugummi. Der Geschmack erinnert mich daran, wie schön es wäre, mit dir in einem echten Garten voller blühender Kirschbäume zu sein.

– Wo ist dein Schlafzimmer?

Wie in der Dunkelheit eines Labyrinths suchen wir den Raum, dein Bett. Es fällt kaum Licht von der Laterne durch das Fenster, doch es genügt, um deine Schönheit zu erkennen. Habe ich jemals einen Menschen so lange geküsst? Habe ich es je so genossen, einen Körper zu berühren?

Sex war immer so schnell, so fest, so hart, so sehr darauf ausgelegt, mir einen Höhepunkt zu verschaffen. Jetzt, hier, mit dir, ist mir das egal. Ich will gar nicht kommen, ich brauche es nicht, ich will einfach deine Haut an meiner spüren, jeden Rippenbogen mit der Zunge entlangfahren, deine Oberschenkel an mich pressen und deine Haare streicheln, immer wieder deine Haare. Bei jeder Drehung legen sie sich wie ein feines Netz auf mich und nehmen mich gefangen, kitzeln sanft meine Arme, streifen zärtlich meine Lippen, fahren über meine Brüste. Ich packe dich sanft an den Hüften und ziehe dich quer übers Bett an den Rand und drehe dich auf den Bauch.

Ich lege dir ein Kissen unters Becken, dann sinke ich auf den Boden. Zwischen deinen Beinen kniend, ziehe ich deine Schamlippen auseinander und finde mit der Zunge deine Wölbungen, um sie mit zärtlichem Druck zu umkreisen.

Dein Körper zuckt, du bewegst dich meiner Zunge entgegen, dein Becken rutscht immer näher an den Bettrand, und dann, ganz plötzlich und unerwartet, ohne dich zu warnen, dringt meine Zunge wie ein Schwanz in dich ein. Ich finde einen ganz bestimmten Punkt und höre dich von weit her nach Luft schnappen. Du atmest, als wärst du kurz davor zu ersticken, deine Hände krallen sich in die Laken. Ich halte dich fest.

Als ich im Zug nach Hause sitze, ist es Tag, doch es gibt keine Sonne. Heute hat sie uns verlassen, heute bleiben wir in der grauen Herrschaft der Wolken gefangen.

Und doch höre ich mein Herz glücklich in meiner Brust schlagen. Du hast mir heute Nacht so viel gegeben, so viel Nähe und Sanftmut, ich bin nun ganz und gar von ihr erfüllt und laufe wie im Rausch vom Bahnhof nach Hause.

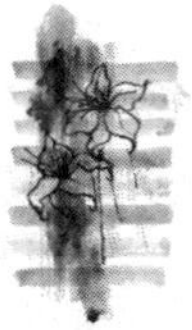

Die erste Gunst ist Gunst,
die zweite schon Verpflichtung.
DEUTSCHES SPRICHWORT

10.03. – Ich tauchte kurz nach zehn Uhr morgens bei meinen Eltern auf und verlangte Pfannkuchen mit Ahornsirup und Kokosraspeln. Diese Scheißpfannkuchen waren schon den ganzen gestrigen Tag, den ich im Fieberdelirium auf meiner Couch verbracht hatte, durch meinen Kopf gegeistert.

Aber da ich weder kochen noch backen kann und noch nicht mal eine Pfanne besitze, war es ein unerfüllter Wunsch geblieben, der bald die Intensität einer Besessenheit angenommen hatte.

Als der Wecker heute um kurz nach sieben klingelte, hatte ich ernsthaft vor, ins Büro zu gehen. Aber als ich in der Dusche beinahe umkippte und das Thermometer 38,7 Grad anzeigte, sagte ich mir »scheiß auf sie alle« und fiel ins Bett. Um kurz vor neun rief ich im Büro an, um die fröhliche Nachricht zu verkünden, dass ich nun endgültig krank geworden sei. Danach versuchte ich zu schlafen, aber es klappte nicht, weil diese Pfannkuchen mir keine Ruhe ließen.

Was macht also ein krankes 26-jähriges Mädchen? Sie schiebt ihren Arsch zur Mutter, die zehn Minuten entfernt wohnt. Zum Glück musste meine Mutter sowieso aufstehen, weil sie an diesem Tag noch Spätdienst hatte. Sonst hätte sie mir wohl den Hals umgedreht, Fieber hin oder her. Meine Mutter schläft bis nachmittags, wenn der Wecker nicht klingelt. Sie bezeichnet sich selbst als »Eule«, eine Charakterisierung, die sie gern auch auf mich und meine Schwester ausdehnt.

Aber heute war sie schon wach, und obwohl Pfannkuchen so gar nicht zu ihren Plänen passten, erklärte sie sich angesichts meines angeschlagenen Gesundheitszustandes bereit, mir das Opfer zu bringen. Leider hatte sie keine Milch im Haus, nur Sahne. Also füllte sie die Backmischung mit Sahne und Wasser auf. (Selbst wenn ich im Sterben läge, würde sie die Pfannkuchen nicht komplett selbst machen, denn sie bäckt ungefähr genauso gern wie ich, nur dass ich zum Glück keine Kinder habe, die es von mir verlangen könnten.) Dieses armselige Zeug, welches nur unter Einnahme von LSD als Pfannkuchen hätte durchgehen können, fiel bei der ersten Berührung auseinander. Also hatte ich Brei auf meinem Teller, den ich mit einem Liter Sirup übergoss. Keine Kokosraspeln, aber die hätten auch nichts mehr gerissen ...

Hat trotzdem geschmeckt. Ich glaube, ich bin wirklich krank. Da meine Mutter spät dran war, kochte sie gleichzeitig meinem Stiefvater und mir auch das Mittagessen. Nachdem ich den Pfannkuchenbrei von meinem Teller gelöffelt hatte, aß ich das Mittagessen gleich im Anschluss, obwohl es noch nicht mal elf Uhr war: Hühnchennuggets mit Nudeln. Meine »bessere Hälfte« wird wieder einmal fluchen. Sie isst nie was Frittiertes und Nudeln höchstens einmal im Monat; und Pfannkuchen ... nie! Ich bin so gut wie tot, ich ruiniere ihren knochigen Körper.

Dann schlief ich in meinem ehemaligen Kinderzimmer ein. Ich hatte einen Albtraum, ich weiß nicht, ob es von der voll aufgedrehten Heizung, meinem Fieber oder der Unruhe, die ich angesichts meines drogenfreien Tages verspürte, kam. Habt ihr schon mal versucht, Koks durch eine vollkommen verstopfte Nase zu ziehen? Das Zeug war an den Naseninnenwänden kleben geblieben und gleich wieder verklumpt herausgeflossen, eine winzig kleine Menge war zum Ziel gelangt, hatte aber so gut wie keine Wirkung gehabt. Ecstasy hatte ich keines und Gras wollte ich auch nicht rauchen mit einem Hals, in dem die Teufel einen wilden Tanz aufführten, nein danke.

Ich träumte, ich sei mit meiner Schwester in einem riesigen Haus. Es war ein herrschaftliches Anwesen mit einem riesigen Garten, der sich aber nicht draußen, sondern seltsamerweise auf dem Dach des Hauses befand. Das Anwesen kam mir bekannt vor. Selbst im Traum konnte ich mich erinnern, schon einmal dort gewesen zu sein (und es stimmt, es war nicht zum ersten Mal in meinen Träumen aufgetaucht). Es war seltsam: Einerseits kam es mir unser Zuhause vor, andererseits wusste ich, dass es sich um einen wiederkehrenden Traum handelte.

Ich und meine Schwester standen beide vor der Eingangstür, als wir plötzlich sahen, dass jemand versuchte, die Klinke herunterzudrücken, um ins Haus zu gelangen. Wir flüchteten, ohne wirklich Angst zu verspüren. Es war eher ein Spiel, denn wir waren in unserem Haus, das uns Sicherheit bot. Wir liefen durch die Räume und kehrten immer wieder zur Eingangstür zurück. Jemand rüttelte fortwährend an der Tür.

Dann stand unsere Mutter plötzlich neben uns, ein Fremdkörper, der nicht in dieses Haus gehörte. Sie hatte ein Kind dabei, es war wieder meine Schwester, auch wenn sie ganz anders aussah und meine Schwester schon neben mir stand. Sie sei gekommen, um uns zu warnen, der Eindringling sei unser Vater, ein gesuchter Serienmörder, der untergetaucht war, um der Versuchung zu entfliehen, auch seine eigenen Kinder zu töten. Mir wurde auf einmal bewusst, dass er mir Schaden zufügen konnte. Für alle anderen war ich unantastbar, aber er kannte meine Achillesferse. Panik überfiel mich, und ich war machtlos, stand wie hypnotisiert da und starrte die Tür an …

Mein Stiefvater tapste wie ein riesiger Bär in mein Kinderzimmer und versuchte, möglichst leise zu sein, was natürlich das Gegenteil bewirkte. Aber ich war ihm dankbar, dass er mich geweckt hatte. Er sagte, ich hätte gestöhnt, und er habe gedacht, ich würde vielleicht keine Luft mehr kriegen. Da wollte er nach mir sehen, mein Bärchen!

Die Tage sind ganz anders als geplant verlaufen. Ich hatte vorgehabt, auszugehen und zu feiern, um alles und jeden zu vergessen und in Unmengen von Alkohol, Drogen und Sex unterzugehen. Oder vielleicht nur in Alkohol und Drogen ohne Sex. Stattdessen habe ich mich, abwechselnd auf der Couch und in meinem Bett liegend, meinen Tagträumen hingegeben ...

Ich war 13. Er saß auf der Couch im Wohnzimmer meiner Eltern. Allein. Es war Sommer, die Wohnung war total aufgeheizt durch die Sonne, die jeden Winkel mit ihren Strahlen ertastete. Ich lief mit einem weißen Slip und einem kurzen blassgelben T-Shirt bekleidet ins Bad, spritzte mir kaltes Wasser ins Gesicht. Es schien sofort zu verdampfen. Dann kam ich ins Wohnzimmer, sah ihn dort und kletterte plötzlich, ohne ein Wort zu sagen, auf seinen Schoß. Ich küsste ihn, küsste ihn so, als würde ich keine Luft mehr bekommen und wäre auf seine angewiesen, als würde ich mich mit diesem Kuss vom Leben verabschieden.

Ich kann mich noch genau an den Moment erinnern, als ich ihn zum ersten Mal bat, mich zu schlagen. Ich blieb in der Wohnung, um mit ihm in einem Bett zu schlafen, etwas, was ich nie tue, denn ich kann nicht einschlafen, solange sich jemand anders mit mir im Raum befindet und atmet. Ich fange dann automatisch an, mich seinem Atemrhythmus anzupassen, und ersticke fast. Aber ich wollte diese Nacht mit ihm verbringen, zum ersten Mal erschien mir die Nähe eines anderen Menschen nicht als etwas Unbequemes, sondern als wärmend und tröstend. Ich wollte seinen Körper neben meinem spüren, meinen Kopf auf seine Brust legen, seinem Herzschlag zuhören, all die Dinge, die andere Leute ständig machen, ich aber nie. Ich wollte keine Hure, sondern eine Nacht lang ein liebes Mädchen sein ... vielleicht war sie es auch, deren Liebe zu ihm in dieser Nacht aus mir herausbrach, ich weiß es nicht. Ich spürte ein Verlangen nach Zärtlichkeit, wenn ich mir sein Gesicht ansah, den kindlich geschwungenen Mund und die langen Wimpern, die seine dunklen Augen vor der Welt versteckten.

Wir lagen im Bett und schauten fern wie ein altes Ehepaar, furchtbar spießig und doch empfand ich dies als beruhigend. Ich trug das Oberteil seines Pyjamas, obwohl ich eigentlich immer nur mit einem Slip bekleidet schlafe; er das Unterteil. Ich legte meinen Kopf auf seine Brust, genauso, wie ich es mir vorgestellt hatte. Doch dann wanderten seine Hände meinen Körper entlang und schoben das Oberteil über meine Brüste. Ich versuchte, mich zu wehren, als er mich küssen wollte. Das schien ihn noch mehr zu erregen, und aus Vertrautheit und Zärtlichkeit entstand Schmerz, als er mich mit all seinem Gewicht ins Bett presste, mir die Hände hinter dem Kopf mit seiner Hand festhielt und mit der anderen mein Gesicht umklammerte, seine Finger darin vergrabend.

Er versuchte, mein Gesicht so zu drehen, dass er mich küssen konnte. Ich wand mich unter der Schwere seines Körpers. Ich konnte nicht schreien, denn da waren andere Menschen im Nebenzimmer. Es war mir unmöglich, ihn von mir abzuschütteln, doch ich kämpfte verbissen weiter, als würde er mir mit seinen Küssen Gift einflößen. Es ging um meine Rettung, obwohl ich in Wahrheit nie so um mein Leben kämpfen würde. Er schob meine Beine mit seinen Knien auseinander, legte sich dazwischen und drückte mir seinen Ständer in den Schoß.

Ich wurde von seinem Körper gefangen genommen und ließ mich plötzlich fallen. Ich ergab mich ihm, von seiner physischen Macht erdrückt und willenlos gemacht. Ich bat ihn, mich zu schlagen, weil mich sein Körper so zu beherrschen schien, dass es das Natürlichste der Welt war, den Schmerz von ihm zu empfangen. Er weigerte sich nicht, jedoch sah ich Zweifel in seinen Augen. Er schlug auch nicht hart zu, sondern nur mit der flachen Hand, und sah mich, die ich sonst immer so stark und unabhängig war, plötzlich erniedrigt. Es schien ihm Kraft zu geben, auch physische, denn seine Schläge wurden immer härter, und ich musste vorsichtig sein, nicht zu laut zu werden.

Mittlerweile ist unser Sex stets von Schmerz begleitet. Er hat neulich zu mir gesagt, ich hätte ihn verändert. Nun ja, er wäre nicht der Erste. Ein Mann wird schließlich von nichts schneller abhängig als von Macht und davon, ein unbeherrschtes Wesen zu beherrschen, und sei es auch nur für die Dauer eines Schlages.

Weil du nicht da bist, flücht ich mich ins Dunkel.
Aus fremden Augen starrt die Stadt mich an
Mit grellem Licht und lärmendem Gefunkel,
Dem ich nicht folgen, nicht entgehen kann.
MASCHA KALÉKO

11.03. – Ich bin wie Gift. In meiner Umgebung zerbrechen ständig Beziehungen, und verheiratete Männer wollen mich ficken. Das liegt nicht an meiner besonderen Schönheit. Es gibt Millionen von Frauen, die hübscher, klüger und verführerischer sind als ich, aber ich scheine mit meinem ewigen Hunger und meiner unbeständigen Hetzjagd die Monogamie ständig vom Sockel zu stürzen. Ich zeige ihnen allen, dass das Leben zu kurz ist und man eine Verpflichtung gegenüber sich selbst hat, seinen körperlichen Gelüsten nachzugeben. Also sehen sie mich als den Befreier aus ihrem Kerker, den sie bis dato nie als solchen bezeichnet hätten. Fühle ich mich schuldig, weil ich immer wieder verborgene Sehnsüchte wecke?

Nein, ich halte nichts von gesellschaftlich erzwungenem Verhalten. Wir sind so schon nicht viel mehr als eine gut gedrillte Armee. Auch wenn ich Liebe für mich selbst ablehne, gestehe ich sie anderen durchaus zu. Aber Treue? Nur weil die anderen es von einem erwarten? Nur weil jemand behauptet hat, Liebe sei durch Treue nachweisbar?

Ich glaube an die Treue, die aus der Unmöglichkeit entsteht, für jemand anders Lust zu empfinden. Es gibt diesen Moment, in dem es nur diese eine Person gibt, die den eigenen Geist und Körper besitzen kann, sodass man sich noch nicht einmal in Gedanken ausmalen könnte, von jemand anders berührt zu werden. Begegne ich Menschen, teile ich sie unweigerlich in »will ich ficken« und »will ich nicht ficken« ein. Beim näheren Kennenlernen können einzelne Exemplare von einer Kategorie in die andere wechseln. Bin ich von jemandem besessen, sind alle anderen mir gleich, sie wecken keinerlei Begierde in mir. Ich betrachte sie nicht als potenzielle Sexualpartner, sie interessieren mich nur als Seele und nicht als Körper. Ich bin dann treu, weil es die einzige Existenzmöglichkeit für mich darstellt, und nicht, weil ich mich verpflichtet fühle.

Doch solch eine Besessenheit kann auf Dauer nicht existieren. Entweder sie verglüht von allein und es bleibt nur der schale Nachgeschmack eines besonderen Erlebnisses zurück, oder sie explodiert und begräbt alle Beteiligten unter ihren Trümmern. Ich bin der beste Beweis dafür. Wer sich eine dauerhafte Beziehung wünscht, muss mit der Unmöglichkeit der Monogamie leben.

Andererseits, wenn ich mich gar nicht schuldig fühlen würde, hätte ich mich wohl kaum als »Gift« bezeichnet. Tja, die Finger sind manchmal schneller als das Gehirn, und die Gefühle schneller als die Gedanken.

Meine Hauptnahrungsquellen sind seit Wochen, abgesehen vom krankheitsbedingten Abstecher zu meinen Eltern und dem daraus resultierenden kulinarischen Verwöhnerlebnis:

- Black and White Cookies von Starbucks.
- Schokobrownies mit Walnüssen.
- Schokobrownies mit Pekannüssen.
- Espressobrownies.
- Eigentlich fast alle Arten von Brownies.
- Eigentlich auch fast alle Arten von Schokozeug, die mir unter die Finger kommen.
- Coke Light (wenn ich ausgehe) und Coke Zero (wenn ich sie im Kiosk kaufe). Ich bevorzuge eigentlich Zero, aber die wird in den Bars, Clubs und Kinos noch nicht angeboten.

- Sushi.
- McChicken.
- Hamburger, die von McDonald's natürlich.
- Mojitos.
- Chai-Latte (am liebsten mit Sojamilch).
- Kaugummis in allen möglichen Fruchtgeschmacksrichtungen. Früher mochte ich eher die herben, aber durch einen ehemaligen Liebhaber bin ich auf den Geschmack gekommen, was die süßen anbelangt. Er selbst kaut nur Kinderkaugummis.
- Kaffee, ohne Milch und Zucker und am liebsten im Glas, nicht in der Tasse. Ich will keine wählerische Zicke sein, aber so mag ich ihn nun einmal am liebsten.
- Müsliriegel, bevorzugt mit Himbeeren oder Schwarze Johannisbeeren, aber zur Not gehen alle.

Von mir aus könnt ihr sämtliche italienischen, griechischen, türkischen, deutschen usw. Restaurants schließen. Was ich in meiner Nähe brauche, sind:
- Starbucks.
- McDonald's.
- Einen rund um die Uhr geöffneten Kiosk mit ausreichend Coke und Schokoriegeln.
- Einen guter Japaner.
- Eine Bar mit einem guten Barkeeper.

... das wärs auch schon. Organisiert, wie ich bin (das habe ich mir von den Deutschen abgeguckt), gibt es in meiner Nähe all die oben erwähnten Konsum- und Genussstätten in Hülle und Fülle. Wo du deine Nahrungsquellen hast, da lass dich nieder!

Jetzt bin ich wieder frei im Geist und mit dem Fieber scheint sich auch die Besessenheit verflüchtigt zu haben. Ich bin bereit, auf die Jagd zu gehen, und flirte unentwegt, trotz der verstopften Nase, und zwar mit allen, die mehr oder weniger mein Interesse wecken.

Habe gestern Abend mit einem früheren Liebhaber von mir telefoniert. Er hat eine Stimme, die mich schon immer total erregt hat. Er erzählte von seinem Job, den Handwerksarbeiten in seiner Wohnung, und ich war feucht und konnte mich überhaupt nicht konzentrieren. Krank? Vollkommen vergessen. Anscheinend habe ich gerade eine neue Genesungsmethode entwickelt: Lust! Als ich und der »Schönstimmige« noch was miteinander hatten, im Sommer, gabs da mal eine Episode ...

Er saß draußen im Auto und telefonierte mit mir. Damals konnten wir nur über Sex reden, egal ob von Angesicht zu Angesicht (da redeten wir auch nicht viel, wir fickten eher) oder eben am Telefon. Er befriedigte sich häufig während unserer Telefonate und schickte mir per MMS Bilder: erigierter Schwanz in der Hose, erigierter Schwanz nackt, von seiner Hand umschlossener Schwanz, von Sperma befleckter Schwanz ...

Ihn interessierte das Visuelle, mir reichte das Spiel mit seiner unglaublichen Stimme. Ich behielt die Bilder nie lange, löschte sie, weil ich sie nicht brauchte, um an seinen Schwanz zu denken. Das tat ich sowieso unentwegt.

Eines Abends wollte er, dass ich während des Telefonats masturbiere. Er gab mir genaue Anweisungen und sagte mir, ich dürfe nicht aufhören, bis er es mir ausdrücklich erlaube. Er stieg aus dem Auto aus, legte das Handy in die Brusttasche seines Hemdes, holte die Einkäufe aus seinem Wagen und ging hoch in die Wohnung, seine Freundin öffnete ihm die Tür. Sie unterhielten sich über Bekannte, die er im Supermarkt getroffen hatte, die Einkäufe, das Abendessen ... ich konnte nicht kommen, seine Stimme, selbst wenn ich mir einbildete, sie habe einen anderen Unterton, wenn er mit mir sprach, erregte mich nach wie vor, aber ihre wirkte sich hemmend aus. Immer, wenn ich kurz vor dem Orgasmus war, entglitt er mir.

Ich stellte mir vor, ich sei nackt und schutzlos in ihrer Wohnung und würde mit weit gespreizten Beinen auf dem Küchenstuhl sitzen und masturbieren, während seine Freundin beim Kochen ständig an mir vorüberging, ohne mir Beachtung zu schenken. Er begab sich irgendwann nach oben, ins Bad oder Schlafzimmer, holte das Handy aus seiner Brusttasche und fragte mich, ob ich gekommen sei. Ich sagte ihm ganz ehrlich, ich hätte es nicht gekonnt. Ich bat ihn um Erlaubnis, allein weitermachen zu dürfen. Er erlaubte es mir zwar, aber als ich auflegte, tat ich es doch nicht. Ich fand keine Ruhe, konnte später nicht einschlafen und trotzdem tat ich es nicht.

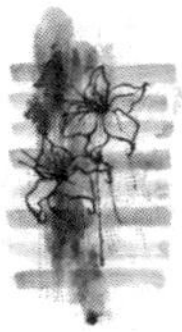

Wer vor seiner Vergangenheit flieht,
verliert das Rennen.

T.S. ELIOT

14.03. – Es geschah gestern viertel nach acht abends, ich hatte meinen Zug knapp verpasst, weil ich vor dem Hauptbahnhof im Auto eines Kollegen gesessen und mich mit ihm unterhalten hatte. Ich ging in die Buchhandlung. Bücher anschauen und kaufen ist mein liebster Zeitvertreib am Bahnhof. Manchmal verliere ich mich so sehr dabei, dass mir mehrere Züge hintereinander wegfahren. Mein Handy vibrierte. Eine Nachricht, von ihm:

»... ich habe die ganze Zeit an dich gedacht ... habe mir vorgestellt, wie du vor mir kniest und meinen Schwanz ganz tief in deinen Mund schiebst ... ich will dich ...«

Beim Laufen stoße ich mit den Menschen, die zu den Zügen eilen, zusammen, und meine Hände zittern, als ich meine Freundin anrufe, um ihr für den Samstag abzusagen. Ich verliere den Verstand, ich verliere die Kontrolle, ich verliere meine Körperbeherrschung, ich verliere alles! Ich verliere mich! Ich habe mich heute mit allen Leuten versöhnt, mit denen ich im Clinch lag. Glück macht großmütig.

Ich habe nichts gegessen, Glück stillt jeden Hunger. Es ist kurz vor sieben, ich habe mir ein Taxi gerufen, ich werde heute ausgehen, aber nicht ficken.

Wahrlich, keiner ist weise,
Der nicht das Dunkel kennt.
HERMANN HESSE

15.03. – Es ist Samstag, und ich hätte ausschlafen können, aber der Bekannte, bei dem ich übernachtet habe, musste früh zur Arbeit, und ich stand mit ihm auf. Ich habe sowieso nicht richtig geschlafen. Aber diesmal wollte ich abends nicht nach Hause, war zu müde, um mit der Bahn zu fahren. In der U-Bahn, auf dem Weg nach Hause, flossen meine Tränen. Ich hatte keinen Bock, sie zurückzuhalten.

Ich scheine meine Mitmenschen bisweilen zu überfordern, ich bin von allem einfach zu viel: zu viel Traurigkeit, zu viel Offenheit, zu viel Frohmut, zu viel Aggression. Alles, was ich mache, kommt denen so übertrieben vor, so laut, so grenzenlos ...

Manchmal fühlen sie sich davon angezogen, doch nur für kurze Zeit. Keiner kann es lange durchhalten.

Ich bin traurig, heute scheine ich erneut jemanden verloren zu haben. Heute tut es weh.

Ich bin im Supermarkt:

- Toilettenpapier.
- Küchenrollen.
- Eine Tonne Zeitschriften, billiger Klatsch, genau wie ichs mag.
- Getränke, reichlich, vor allem Coke Zero. Der Vorrat sollte bis zum nächsten Millennium reichen.
- Schokoriegel, »Milchschnitte« und der ganze Kram. Auch diese Menge sollte für eine Weile genügen.

– Richtiges Essen? Ja, Maiswaffeln! Wer geht denn schon in den Supermarkt, um sich Essen zu kaufen?

Als ich in meinen Einkaufskorb schaue, bekomme ich doch ein schlechtes Gewissen. Also greife ich alibimäßig noch nach zwei Tiefkühlgerichten. Die sind jetzt dazu verdammt, in meiner Kühltruhe eingesperrt zu bleiben, bis ich sie in ein, zwei Jahren, wenn sie vollkommen mumifiziert sind, mit einem Messer aus dem Eis schneide.

Falls ich überhaupt noch so lange in der Wohnung lebe, natürlich.

Falls ich überhaupt so lange lebe!

Mein Supermarkt scheint keine Kondome zu führen, ich laufe die Regale in der Drogerieabteilung auf und ab, finde alles Mögliche, von Mückenpflaster bis Hornhauthobel, aber keine einzige Scheißpackung Kondome! Also muss ich noch zur Apotheke kriechen; stehe körperlich und nervlich vor dem Zusammenbruch.

Warum?

Keine Ahnung, verdammt!

Mein Bekannter hat mir »Angels in America« ausgeliehen, sieben Stunden. Als ich auf dem Sofa liege und mir die Folgen eine nach der anderen anschaue, kann ich die Tränen nicht zurückhalten. Diese Miniserie ist einfach perfekt! Sie ist wie für mich gemacht, jede einzelne Szene, jeder Dialog. Wenn ich imstande wäre, einen Film zu machen, wenn ich genug Talent und Vorstellungskraft besäße, wäre er genau so geworden. Genau so.

Ich habe einen großen Fehler gemacht, ich fühle mich ganz schlecht. Wie die Welt sich plötzlich in einer einzigen Sekunde zu verändern vermag. Warum kann man die Zeit nicht zurückdrehen? Warum spielt im realen Leben nicht bedrohliche Musik im Hintergrund, um uns vor dem Unheil zu warnen, sodass wir ihm noch rechtzeitig aus dem Weg gehen können?

Wir sind klein, weil wir die Welt nie im Ganzen erahnen werden. Wir sind klein, weil wir uns nie der Konsequenzen jeder einzelnen

Tat bewusst sind und unsere Handlungen nicht sofort Früchte tragen, sondern eher einen zunächst unsichtbaren Ball ins Rollen bringen. Er bläht sich auf, verändert alles, platzt, und es gibt kein Zurück. Ein Wort, eine Bewegung und nichts ist so, wie es einmal war. Es tut mir so leid.

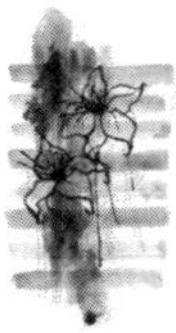

Die Menschen stolpern nicht über Berge,
sondern über Maulwurfshügel.
KONFUZIUS

16.03. – Meine Mutter wartete auf mich mit einer Mondamin-Pfannkuchen-Fertigmischung, als ich zu Hause erschien. Sie stand in der Küche in ihrem Bademantel und mit einer Teetasse in der Hand und strahlte, weil ich ihr verkündete, seit letzten Freitag nichts genommen zu haben (außer Valium, aber das weiß sie nicht). Hmm, man scheint immer abgebrühter zu werden in meiner Umgebung …

Mein Stiefvater fragte mich als Erstes, ob ich Sex gehabt hätte. Immerhin war gestern Samstag und mittlerweile wissen alle, was bei mir samstags auf dem Programm steht – wenn sie auch nicht wissen mit wem –, und ja, ich habe Sex gehabt, und es ist mit der beste meines nutzlosen Lebens gewesen! Ich habe schon seltsame Eltern und ich liebe sie, und zwar genau so, wie sie sind, mit all ihren Eigenheiten. Es hat in unserer Familie lange gedauert, bis wir gelernt haben, nicht alles totzuschweigen und stattdessen miteinander zu reden. Von einem Extrem ins andere: Wir sind nun eine skurrile Truppe, in der Drogenmissbrauch und ungewöhnliche Sexpraktiken genauso thematisiert werden wie Mode oder Promiklatsch. Es ist schon des Öfteren vorgekommen, dass ich meiner Mutter am Telefon gesagt habe, ich könne nicht reden, weil ich gerade high sei. Ich empfinde es als Segen, auf so viel Verständnis und Liebe zu treffen. Wendet sich gelegentlich jemand von mir ab, weil das Leben mit mir zu anstrengend ist, sehe ich das nicht als Verrat an. Ich kanns verstehen … ich würde mich nicht anders verhalten an ihrer Stelle.

Nur der Wechsel ist wohltätig.
Unaufhörliches Tageslicht ermüdet.
WILHELM VON HUMBOLDT

17.03. – Ich trage heute meine Unterhose auf links, und das bedeutet nach russischem Aberglauben einen (finanziellen) Erfolg. Ich habe »finanziell« in Klammern gesetzt, weil für mich dieser Aspekt des Lebens absolut unwichtig ist. Falls die Sterne geneigt sein sollten, mir etwas zu schenken, bitte ich sie um einen anderweitigen Erfolg.

Ich trage heute das Kleid, das ich am Samstag anhatte, als er mich fickte. Ich hatte es nicht die ganze Zeit über an, sondern nur beim ersten Fick. Ich wollte, dass mich die Erinnerungen den ganzen Tag beflügeln wie der Aufzug meinen »Fahrstuhl-Mann«; heute Morgen konnte ich ihn sehr gut verstehen.

Ich war, wie immer, viel zu spät dran und hatte mir das Kleid nicht richtig angesehen. Hier sind wir uns sehr unähnlich: Sie steht immer rechtzeitig auf, kommt lieber zu früh als zu spät und guckt sich ganz genau im Spiegel an, richtet jede Haarsträhne ... ich bin da eher ein Punk.

Heute Morgen hätte ich allerdings wirklich aufmerksamer sein sollen, denn mein Kleid war hinten voller Spuren; ob von mir oder von ihm, weiß ich nicht genau, vermutlich von uns beiden. Eine Kollegin, die schon in meinem Tagebuch gelesen hat und mich daher gut kennt, machte mich mit einem angefeuchteten Tuch in der Büroküche sauber. Den anderen versuchte ich, sobald sie die Küche betraten, eine plausible Antwort auf ihre Fragen zu geben. Das war sogar mir peinlich!

Ich bin sehr gut im Blasen. Dies haben mir fast alle meine bisherigen Liebhaber bestätigt. Das liegt wohl daran, dass ich es sehr gern tue; ich genieße es geradezu. Meine Spezialität ist das freihändige Blasen, wobei meine Hände hinter meinem Rücken zusammengebundenen sind (falls keine Zeit fürs Zusammenbinden ist, halte ich sie selbst hinter dem Rücken, das Gefühl der Hilflosigkeit entsteht auch so). Das ist sehr erregend, vor allem, wenn ich dabei »gezwungen« werde, die Hose freihändig, also nur mit Mund und Zähnen, zu öffnen. Alternativ gibt es das Spiel des »erzwungenen« Blowjobs, wobei ich mich angeblich weigere (und das mit allem schauspielerischen Talent, das mir zur Verfügung steht), den Schwanz in den Mund zu nehmen, und »mit aller Gewalt« von meinem Partner genötigt werde, ihm aber trotzdem mithilfe meiner erfahrenen Zungentechnik einen köstlichen Genuss zu verschaffen. Tja, man muss schon wissen wie. Das geht aber nur in einer einigermaßen eingespielten Partnerschaft, sonst besteht die Gefahr, dass er denkt, ich wolle wirklich nicht; ist mir auch schon passiert, das hat alles ruiniert!

Am Samstag »wehrte« ich mich trotz meiner körperlichen Erschöpfung mit Händen und Füßen, aber er war einfach zu stark. Er saß auf meiner Brust und hielt mir die Hände fest. Mit der anderen freien Hand versuchte er, meine Wangen zusammenzudrücken, um in meinen Mund zu kommen. Auch als ich mir der Gefahr bewusst wurde, am nächsten Tag mit blauen Flecken durch die Gegend laufen zu müssen, die sich nicht überschminken lassen würden, gab ich nicht nach, sondern war so sehr in meine Rolle der Nichtwollenden vertieft, dass ich körperlichen Schmerz nicht wahrnahm.

Und dann drückte er mir die Kehle zu, und zwar so fest, wie er es sich noch nie getraut hatte. Er war wütend. Ich hatte vorher schon Probleme gehabt, Luft zu bekommen, weil er mit seinem ganzen Gewicht auf meiner Brust gesessen und mir beinahe die Rippen gebrochen hatte. Nun bekam ich gar keine Luft mehr, ließ meinen Mund aber trotzdem geschlossen.

Er veränderte seine Position, drehte sich seitlich zu mir und stützte sich mit seinem gesamten Körpergewicht auf meinem Hals ab. Seine Finger drückten zwar nicht so stark zu, doch ich glaubte irgendwann, meine Wirbel knacken zu hören. Ich konnte ihn nicht bitten aufzuhören, denn zu sprechen, schreien oder röcheln war mir nicht mehr möglich. Mein ganzer Körper war in seinem Besitz. Ich verfiel in einen Rausch. Ich hatte keine Ahnung, dass das Fehlen der Luft bei mir solch einen Schwebezustand verursachen konnte, aber ich merkte, wie ich dahindriftete, vorbei am Leben und der Realität, deren ich überdrüssig war. Er ließ mich los, und als ich den Mund aufmachte und er mir seinen Schwanz ganz tief hineinschob, blieb mir nur eine Sekunde, um Luft zu holen. Ich atmete instinktiv, nicht, weil ich es wollte. Gleichzeitig griff er mir zwischen die Beine, ich war ganz nass.

Ich sehe die Tränen die Autoscheiben hinunterlaufen, gefärbt in Rot, Orange und Gelb. Es regnet und der Regen schneidet mich vom Rest der Welt ab. Deswegen liebe ich ihn auch so: Er gibt mir Schutz, er baut eine Wand um mich, er versteckt mich. Im Regen werden die Konturen diffuser, die Menschen werden zu anonymen Gestalten und verlieren an Bedrohung. Man selbst wird auch nicht gesehen. Wenn ihr mich nicht seht, kann ich mir vorstellen, es gäbe mich nicht.

Ich kann mich auflösen und mich verlieren in meinen Gedanken. Ich frage nicht, wohin wir fahren. Es ist nicht nur der Sex, es ist auch die Zeit danach, wenn mich das Gefühl der Losgelöstheit überkommt. Je brutaler ich behandelt werde und je mehr Schmerz ich ertrage, desto unschuldiger und freier fühle ich mich, wie ein Kind reingewaschen von jedweder Schuld.

Ich bin ein Kind, ich bin dein Kind, aus dir entstanden. Unsere Gesichter gleichen sich auf unnormale Weise, und erst als das Leben seine Spuren hinterließ, traten diese Ähnlichkeiten in den Hintergrund. Doch wenn man sich deine und meine Kinderfotos anschaut, die uns zu einer Zeit zeigen, als die reifende Lust noch nicht durch unsere Poren hindurchbrach und wir pur und rein waren, sieht man *ein* Wesen; selbst das Muttermal über der Oberlippe ist an der gleichen Stelle. Hast du mich gemacht, damit ich für immer für dich lebe? Falls ja, habe ich versagt, und zwar noch kläglicher als du, denn ich bin ein gebrochener Mensch, eigentlich nicht lebensfähig, oder doch?

Ich habe eine kleine Narbe auf der Innenseite meiner linken Handfläche, ein weißer Streifen, der in einer kleinen Kugel endet. Wenn ich nervös bin, versuche ich immer, mit den Fingerkuppen das vernarbte Gewebe zu ertasten.

Ich bin mit drei Jahren, als ich bei meiner Oma und meiner Tante in Georgien war, gestürzt, wobei ich mich instinktiv mit den Händen abfing. Die linke Hand landete auf einer Glasscherbe. Ich erinnere mich noch ganz genau an die Faszination, die ich beim Anblick des herunterlaufenden Bluts empfand. Es war, als ob ich mich von innen sehen würde. Ich dachte, dass das Blut sich nicht erneuern könne, und dass ich, wenn alles aus mir herausgeflossen sei, austrocknen und sterben würde, denn ohne Blut könne doch kein Mensch leben, oder? Und so saß ich da, auf der Erde, spürte keinen Schmerz und betrachtete das Blut. Die Schreie meiner Oma haben mich aus meiner Trance geweckt. Sie lief auf mich zu und verband mir die Hand mit einem Tuch.

Eine Bekannte, die sich für Wahrsagerei interessiert und glaubt, in dieser Hinsicht eine besondere Gabe zu haben, wollte mir unbedingt aus der Hand lesen. Ich gab ihr meine linke, meine »Herzhand«. Sie streifte nachdenklich über die Narbe und sagte, die habe mein Leben verändert. Eines steht jedenfalls fest: Ich war damals, als Dreijährige, zum ersten Mal mit dem Tod konfrontiert, und ich habe nichts getan, um ihn aufzuhalten.

Hör bloß auf mit dieser Vergangenheitsduselei! Ich habe heute erfahren, dass man den Club, in dem ich vom »Mann ohne Gesicht« gevögelt wurde, geschlossen hat. Das wurmt mich total und ist viel nerviger. Ich stelle mir gerade vor, wie es wäre, wenn ich eine Anzeige schalten würde: »Du, männlich, Alter und Name unbekannt, Aussehen nur bedingt bekannt – schmal und muskulös gebaut, kurze dunkle Haare, dunkle Haut, vermutlich Mitarbeiter von J... in M... (ehemals Diskothek, mittlerweile geschlossen), hast am 11.01. ein Mädchen gefickt. Bitte melde dich, würde gern dein Gesicht sehen. Eine Wiederholung der Sexhandlung ist ausgeschlossen (fast).«

Vielleicht keine gute Idee. Sie würde mich umbringen!

Morgen gehts wieder nach Hamburg. Mein Gott, es gibt so schöne Hotels auf dieser Welt! Hin und wieder mache ich Fotos von den Zimmern. Leider ist mir das früher nicht in den Sinn gekommen. Ich fotografiere nicht gern, bei meinem Job ist das ein echtes Handicap. Doch dann war ich zum ersten Mal im Zauberlehrling in Stuttgart, und da hatte ich das Gefühl, meine Worte würden nicht ausreichen, um das Einzigartige an diesem Hotel festzuhalten. Seitdem mache Fotos von Locations, die mich besonders beeindrucken. Vielleicht werde ich mich doch noch mit meiner Kamera anfreunden.

Hach, das wäre lustig.

Meine Lieblingshotels sind:

- Zauberlehrling in Stuttgart.
- Side in Hamburg.
- Cortiina in München.
- Town House 31 in Mailand. Leider kriege ich fast nie ein Zimmer dort. Es ist zu klein und zu begehrt, und ich bekomme die Termine der Präsentationen viel zu kurzfristig. So muss ich immer in diesen prätenziösen, verstaubten, barockartigen Hotels schlafen.

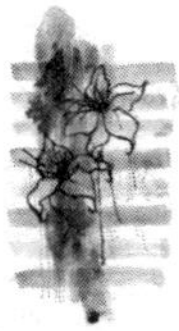

Mancher Mensch hat ein großes Feuer in seiner Seele, und niemand kommt, um sich daran zu wärmen.

VINCENT VAN GOGH

18.03. – Ich versuche, sie und ihre Handlungen zu begreifen, ich denke viel über sie nach, und die Aufzeichnungen helfen mir dabei. Ist sie eine Narzisstin? Führt die angeblich zu gering ausgefallene Bestätigung ihres Ichs in der Kindheit und Jugend zu einer ständigen Selbstüberinszenierung?

Sie hat kein Problem damit, unbeliebt zu sein, wohl aber damit, ignoriert zu werden. Dabei strotzt ihr Auftreten für die Außenstehenden vor Selbstbewusstsein. Ihr Inneres sieht ganz anders aus. Ich weiß nur zu gut, welche Selbstzweifel an ihr nagen.

Sie scheint trotz ihrer chaotischen Lebensweise Verständnis für ihre Mitmenschen zu haben und käme nie auf die Idee, vorsätzlich böswillig zu handeln, um ihre eigenen Interessen durchzusetzen. Ich beanspruche die Aufmerksamkeit meiner Umgebung nicht für mich, bin jedoch vollkommen egozentrisch. Für mich zählen die Werte des Eigennutzes viel mehr als die der Gemeinschaft.

Sie ist laut und explosiv, doch nie nachtragend, weil sie ihre Konflikte bis ins Letzte auslebt. Für mich ist auch eine im Verlauf eines hitzigen Streits entstandene Beleidigung immer präsent und bleibt unvergessen. Ich kann nicht verzeihen, weil ich jeden Fehler sofort verurteile.

Ich glaube nicht an:

- Kirchen und Religionen. (Aber ich glaube an Gott!)
- Allmacht und Allwissenheit der Ärzte. (Sie sind wie alle anderen Menschen gut und nicht gut.) Ich meine das allgemein, besonders aber im Bereich der Psychiatrie.
- Horoskope und Astrologie. (Ich lese sie nur, um ihr zu zeigen, dass die Vorhersagen falsch sind. Sie glaubt an Horoskope, auch wenn sie es abstreiten würde.)
- An die vollkommene Wiedergenesung bei einer Sucht, da ich davon ausgehe, dass nicht das Suchtmittel an sich gefährlich ist, sondern die Konstitution der suchtgefährdeten Seele, und die kann man nun einmal nicht heilen. Es gibt Menschen, die unter bestimmten Umständen zum Suchtmittel greifen und nach Beseitigung der besagten Umstände die Abhängigkeit auch wieder abschütteln. Jedoch sind meiner Meinung nach diese Menschen nicht als »süchtig« einzustufen.
- Den freien Willen. Wir alle werden beeinflusst und manipuliert durch unsere Umgebung: schon vor der Geburt durch unsere Gene und die Evolution; im Laufe des Lebens durch die Handlungen und Meinungen der Menschen in unserer Umgebung.

Keiner ist frei. Keiner.

Ich war auf dem Ohlsdorfer Friedhof heute, habe mir am Nachmittag ein paar Stunden freigeschaufelt, da mein Tag im Geschäft schon kurz nach sieben angefangen hatte. Ich wanderte die Wege entlang, sah die zwischen Bäumen eingebetteten Grabmäler, sah ganze Familien sterben, las traurige Worte, doch letztlich hatte der Tod für mich mehr schöne Seiten als das Leben. Und so fühlte ich mich wie ein Hund, den man vom warmen Wohnzimmer in den Regen hinaus jagt, als ich die Tore des Friedhofes und somit die Ruhe und Geborgenheit der Gräber hinter mir ließ.

Ich musste mich erst einmal wieder in der »Normalität« zurechtfinden, so weit hatte ich mich von der Welt entfernt. Der Ohlsdorfer Friedhof ist riesengroß, und man könnte den ganzen Tag dort verbringen und mit etwas Geschick sogar vermeiden, dabei auf Menschen zu treffen.

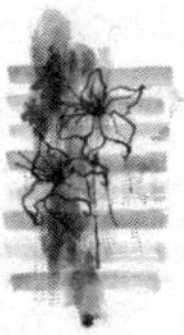

I am a bird,
watch me fly away.
T-SHIRT-AUFDRUCK

23.03. – Ich habe aufgeräumt, eine Säuberungsaktion in meinem Leben, während der ich insgesamt vier Personen verbannt habe. Ich kenne keine Kompromisse und hoffe, diesmal lange genug am Ruder zu bleiben, um diesen vieren auf ewig den Zutritt verweigern zu können. Es sind Menschen, die nicht gut sind. Vielleicht bin ich auch nicht gut, aber ich bin momentan zu müde, um mir darüber den Kopf zu zerbrechen.

Es ist Sonntag früh, und der Winter ist zurückgekehrt. Schnee liegt auf den Straßen, und laut den Nachrichten hat der plötzliche Kälteeinbruch über Europa schon manch einen Menschen das Leben gekostet. Von Russland über Osteuropa bis hin zu den Beneluxstaaten ist alles unter einer weißen Decke verschwunden. Die großen Flocken wirbeln durch die Luft und nehmen einem die Sicht. So plötzlich und unerwartet der Schneefall beginnt, so schnell verschwinden die Wolken auch wieder, und die Sonne strahlt auf das Weiß herab. Doch sie vermag es nicht zum Schmelzen zu bringen.

Es ist frostig, die Kälte kriecht unter meine Kleidung, aber ich bin schon über zwei Stunden auf der Straße und habe nicht vor, demnächst umzukehren. Ich lüfte meine Seele, ich will, dass die kalte Luft die Teufel aus mir treibt. Musik dröhnt in meinen Ohren, und eine Sonnenbrille schützt meine Augen. So laufe ich gedankenversunken vor mich hin, so weit meine Beine mich tragen ...

Plötzlich höre ich Glockenläuten, so laut, dass es sogar meine Musik übertönt. Ich sehe Menschen, die in eine Kirche strömen, Familien, Mütter, die ihre Kinder an den Händen halten. Eine ältere Dame wird von zwei Halbstarken begrüßt, sie umarmt sie und küsst ihre Wangen. Stören sich Jungs in diesem Alter nicht an derartigen Liebesbekundungen von den Eltern oder Großeltern? Diese offenbar nicht. Überhaupt strahlt der Ort eine Harmonie aus, die ich nicht begreifen, nicht nachvollziehen kann. Ich stehe auf der anderen Straßenseite und kann die Gläubigen nur beobachten. Wenn ein Tier, das auf soziale Bindungen angewiesen ist, von seinem Rudel verlassen oder verstoßen wird, hat es kaum Überlebenschancen, die natürliche Selektion nimmt ihren Lauf ... Wir Menschen sind auch auf unser Umfeld angewiesen, und doch sterben wir nicht so schnell an der Einsamkeit.

Da fällt es mir wie Schuppen von den Augen: Es ist Ostersonntag! Sie gehen zur Ostermesse.

Ostern ist das einzige Fest, das in unserer Familie, in welcher Konstellation sie sich auch gerade befand, schon immer gefeiert wurde. Ich weiß nicht, warum wir gerade dieses Fest gewählt haben, aber es schien uns alle immer wieder miteinander zu versöhnen, und auch später, als mein Vater weg war und mein Stiefvater dazukam, der Moslem ist, wurde diese Tradition weitergeführt. Geburtstage, Weihnachten, Silvester, Hochzeitstage – sie alle endeten in Katastrophen oder wurden komplett übergangen, womit wir uns prophylaktisch vor Kummer schützten.

Ostern war anders. Mein Vater brachte immer frische Schnittblumen mit, und es schien auch der einzige Anlass zu sein, der meine Mutter zum Backen bewegen konnte. In Russland isst man zu Ostern den selbstgebackenen »Kulitsch«, der den Leib Christi symbolisiert. Wir bemalten alle zusammen die Ostereier. Als ich noch ganz klein war, nahmen wir rote Zwiebelschalen und färbten die Eier in einem Lachston. In Russland gab es keine Lebensmittelfarben damals.

In dem Jahr, als wir auf dem Land bei meiner Oma lebten, gingen wir nachts zur Ostermesse. Wir liefen durch den Wald zur Kirche, die am Ufer des Flusses auf einem Hügel stand. Die Kälte kroch genau wie heute unter meine Kleidung; der Schnee lag unter den Bäumen und schimmerte bläulich im Schein der Sterne. Wir bogen ab, und dann sah ich dieses unglaubliche Bild vor mir: eine sich bewegende flackernde Lichterkette aus warmem Gelb, die sich den Hügel hinauf zur Kirche schlängelte und die Dunkelheit verscheuchte. Sie hypnotisierte mich und so stolperte ich und wäre beinahe hingefallen, hätte meine Schwester nicht nach meinem Arm gegriffen. Die Menschen warteten vor der Kirche, jeder hielt eine Kerze in der einen Hand und die andere Hand schützend davor …

Heute bin ich allein, ich kehre zurück in meine Wohnung und würde mich am liebsten vor der Welt verstecken. Vielleicht hat sie mich verschluckt, verdaut und wieder ausgespuckt, weil ich in ihrem Magen schmerzte; somit bin ich ein halb lebendiges und halb verdautes Produkt.

Wieder zu Hause angekommen, entdecke ich, dass ich leider kein Valium mehr habe, also nehme ich alles, was ich noch in der Wohnung habe, und das durcheinander. Da die Pillen allesamt zu schwach sind (was man in der Apotheke eben rezeptfrei bekommt) und es dauert, bis die Wirkung einsetzt, und ich diese Zeit einfach nicht habe, nehme ich am Ende insgesamt acht verschiedene Pillen.

Wieder eine gerade Zahl, vielleicht sollte ich aufstehen und noch eine nehmen; dann wären es neun, aber dazu fehlt mir die Kraft.

I am free at last.

ANTONY AND THE JOHNSONS

28.03. – Ein Bekannter hat mir eine CD von Antony and the Johnsons mitgebracht. Ich habe sie nachmittags in der Stadt abgeholt und bin ins Büro gefahren. Ungeduldig, wie ich bin, überspielte ich die CD direkt auf meinen MP3-Player.

Niemand hat mich vor dem Schmerz gewarnt, der durch diese Musik über mich hereinbrach ... ich hörte diese Stimme, weder männlich noch weiblich, engelsgleich, überirdisch. Ein Hermaphrodit, obwohl es in unserer Gesellschaft doch angeblich nur zwei Geschlechter gibt. In unserer perfekt strukturierten Gesellschaft, in der jeder seinen eigenen Platz hat und es für alles eine Erklärung und einen Grund und eine Bedeutung gibt; eine Gesellschaft, deren Grenzen ich müde geworden bin, deren Regeln ich abstreifen möchte; ich will meine Kleider abreißen, meine Haut aufkratzen, blutend mein Inneres zeigen und es mit Staub vermischen, zu dem zurückkehren, aus dem ich entstand: Luft, Wasser, Erde; mich zerbrechen, zermalmen, zerstören, damit sie ihre Gesichter von mir wegdrehen können.

Alles, was lebt, was existiert, hat seine Bedeutung. Geboren im Schmerz haben wir alle ein Anrecht auf das Sein und durch diesen Schmerz haben wir uns auch das Recht erkämpft, aus dem Leben zu treten, ohne dafür verurteilt zu werden.

Aber auch für die Nichtangepassten hat man einen Platz gefunden; sie sind die Ausnahmen, die die Regeln bestätigen; sie sind Systemfehler, die der Perfektion Konturen verleihen; sie sind der Schatten, der das Licht betont, damit die im Licht Stehenden sich ihrer Tugend bewusst werden.

Ich lief in die Küche unseres Büros, weinte und fiel in die Arme meiner Kollegin. Ich nenne sie ab sofort Alice, weil sie mein Wunderland ist, weil sie die Größe besitzt, so vieles zu erfassen, weil ich vor ihr weinen kann, weil sie mir das Gefühl gibt, mich zu verstehen, mich zu begreifen ... sie ist so anders als ich, so positiv, so lebensbejahend, niemals läuft sie vor dem Schmerz anderer weg. Sie hat keine Angst vor mir. Sie versucht auch nicht, mich ins Licht zu zerren, wo mich der Sonnenschein blenden würde. Alice war es auch, die mein Tagebuch schon gelesen hat, aber damals hatte sie in meiner Welt noch keinen Namen, damals gab es noch eine Barriere zwischen uns, die wir in den letzten Tagen und Wochen nach und nach abgetragen haben. Sie weiß, dass ich meinen Schmerz brauche, weil meine Seele vertrocknen würde, wenn meine Tränen sie nicht bewässern.

Ich rief meine Mutter an, als ich auf dem Weg nach Hause in der U-Bahn saß, nass vom Regen, weinend und zitternd, weil die Wirkung der Droge nachließ und ich mich so allein fühlte, unter so vielen Augen, die mich voller Abscheu anstarrten. Wir sprachen fast eine halbe Stunde miteinander, sie blieb bei mir und ließ mich nicht los. Sie wollte nicht, dass ich in der Öffentlichkeit weine, aber mir war das egal. Ich fragte sie, ob sie es als Ärztin für richtig halte, dass man Menschen im Kindesalter verstümmele und sie ihrer Identität beraube, indem man ihnen eines ihrer beiden Geschlechter, von der Natur geschenkt, wegoperiere und sie in dem Glauben aufwachsen lasse, sie seien männlich oder weiblich, wo sie doch spüren könnten, dass ihnen etwas fehle.

Sie sagte, dass die Eltern diese Kinder bestimmt vor der Missachtung der Gesellschaft schützen wollten. Sie würden ihre Kinder operieren lassen, damit sie ein normales Leben führen könnten.

Normal!

Ich fragte sie, ob es für sie ein Grund wäre, einen Menschen zu verstoßen, weil er beide Geschlechter besitzt.

Sie sagte Nein.

Wenig später fragte ich sie, wie ich mich ihrer Meinung nach entwickelt hätte, wäre ich in einem totalitären Regime geboren worden, zu NS-Zeiten oder im stalinistischen Russland ... Hätte ich mich blenden lassen? Wäre ich den Massen gefolgt? Hätte ich meine Identität abgelegt, um im Schutz der Menge unterzutauchen? Hätte ich Menschen in »wertvoll« und »nicht wertvoll« eingeteilt und mich glücklich geschätzt, zu den »Erwählten« zu gehören?

Sie sagte, sie sei sich sicher, dass ich die Wahrheit auch in einer solch grausamen Zeit erkannt hätte, ich wäre – selbst dort – gegen den Strom geschwommen. Ich hoffe so sehr, dass sie recht hat, bitte, lieber Gott, bitte, lass mich sehend sein, mach mich wach, erlaube mir nicht, die Augen zu schließen!

In mir fließt ein Achtel jüdisches Blut, doch mein Vorfahr hat damals einen russischen Namen angenommen und die Unruhen des Zweiten Weltkrieges genutzt, um die verräterischen Papiere mit dem wahren Namen, den niemand mehr kennt, als verloren zu melden. Er wollte seine Familie beschützen. Hätte ich mich zu meiner Herkunft bekannt und mich in Lebensgefahr begeben, um einer Lüge auszuweichen? Ich verurteile natürlich niemanden, der unter diesen Umständen gelogen hat. Ich würde nur wissen wollen, welchen Weg ich genommen hätte. Ich glaube nämlich nicht, dass ich so mutig bin, wie meine Mutter mich einschätzt.

Mama, es tut mir so leid, dass du so oft kämpfen musstest, um mich ins Leben zurückzuholen! Verzeih, dass ich nicht stark genug bin, um dir etwas anderes vorzuspielen; sie kann es, doch ich nicht. Sie redet nicht mit dir, und wenn sie es tut, ist sie nicht ehrlich. Meine Schwester hat verstanden, dass eine Abspaltung in meiner Seele stattgefunden hat. Sie mag mich mehr als die andere und sie spürt immer instinktiv nach ein paar Sekunden, wer gerade vor ihr steht. Durch meine Schwester weiß ich, dass es mich gibt, um die andere vor dem Zusammenbruch zu retten. So wie in diesem Moment auch, in dem meine zweite Hälfte sich versteckt, um die Furcht in ihrem Herzen nicht erleben zu müssen. Sie will die Zeit absitzen, bis ich die Angst verjagt habe. Sie wird immer schwächer. Je mehr sie die Kontrolle verliert, desto mehr Platz räumt sie mir ein. Aber es gibt nicht nur Schmerz in meinem Leben, es gibt auch Glück. Das Licht ist genauso vollkommen und überwältigend wie das Dunkel, ich muss es nur wiederfinden.

Mama, sorge dich nicht um mich! Ich lebe, meine Seele atmet, ich spüre, ich fühle, ich kann aufatmen, ich höre mein Herz schlagen. Hab keine Angst, nicht, solange ich weine; sorge dich erst, wenn ich verstumme, taub werde und jegliches Gefühl verliere, nur dann bin ich dem Tode nahe. Ich kann sowohl im Schmerz leben als auch im Glück, aber nicht in der Leere.

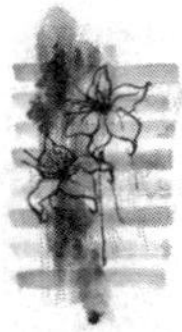

Wenn die Hoffnung tot ist,
muss das Begehren sterben.
VOLKSMUND

31.03. – Ich weiß nicht, was passiert, aber es scheint bergab mit mir zu gehen. Es gibt bessere und schlechtere Tage, doch selbst an den guten komme ich nicht mehr richtig hoch. Ich rutsche stetig nach unten, und ich unternehme nichts dagegen. Ich weiß nicht, ob ich es könnte, aber ich versuche es nicht einmal. Noch nie zuvor habe ich so konstant eine derartige Hilflosigkeit verspürt; mich noch nie so wenig gegen den Schmerz gewehrt; noch nie so viele Drogen genommen; mich noch nie so stark verletzt.

Scheint, als hätte ich mich aufgegeben und mein Tagebuch wäre mein Requiem. Wieso sonst hätte ich so plötzlich angefangen, es zu schreiben? Ich habe dies noch nie zuvor getan, und es gab Lebensabschnitte, in denen ich weitaus mehr zu erzählen gehabt hätte, in denen ich voller Gedanken, neuer Erfahrungen, Ideen, Mut, Zuversicht, Verzweiflung, aber zugleich Kampfgeist war.

Ich fühle mich zu schwach, um mich zu bewegen. Selbst wenn es nur für kurze Zeit Erleichterung brachte, hat mir eine Veränderung bisher immer geholfen. Ich bin weggelaufen, habe mir eine neue Wohnung, Arbeitsstelle oder ein neues Umfeld gesucht. Diesmal stehe ich nur da und beobachte meinen seelischen und körperlichen Verfall.

Gleichzeitig habe ich noch nie so um mich geschlagen, Menschen so vor den Kopf gestoßen, so brutal provoziert. Ich explodiere in meiner Wut und bin bereit, die Grenze zur körperlichen Gewalt zu überschreiten, denn in diesem Moment will ich so sehr Schmerz zufügen, wie ich ihn empfangen möchte. Ich bin nur noch ein böser, stinkender Klumpen Hass, und ich habe keine Kontrolle über mich.

Samstagnacht war ich in der Altstadt von Düsseldorf und zog von einem Club zum nächsten. Manche davon kannte ich, andere nicht, und von manchen wiederum dachte ich, sie nicht zu kennen, aber ich erkannte sie wieder, als ich sie betrat.

Alice saß auf dem Toilettendeckel und hielt den Taschenspiegel auf ihren Knien, während ich vor ihr kniete und mir das Koks durch die Nase zog. Es blutete, zum ersten Mal blutete es. Wahrscheinlich ist es normal bei der Menge, die ich in den letzten Tagen zu mir genommen habe, doch als ich aufstand, rausging und mich unter die Menge mischte, hatte ich auch zum ersten Mal das Gefühl, meinen Körper dauerhaft zu verstümmeln. Ich werfe mich weg, jeden Tag ein bisschen mehr.

Früher setzte ich mich morgens, wenn die Lichter in den Clubs angingen und ich meinen Körper auf die Straße schleppte, immer brav in Bahn, Zug oder Auto und fuhr nach Hause. Ich gab meiner Müdigkeit nie verfrüht nach, wurde von meinem Körper nie versklavt, denn ich wusste, dass der Geist die Ruhe des eigenen Heims brauchte; wenigstens ein paar Stunden der Einsamkeit waren nötig, um sich von all den Menschen zu erholen. Wenn ich mit 17 oder 18 ein paar Tage hintereinander durchgefeiert hatte – tagsüber in irgendwelchen Kellern von Bekannten und nachts in den Clubs – hatte ich den ständigen Umgang mit Menschen immer mit Depressionen bezahlt. Diese Phase war vorbei, aber in letzter Zeit passierte es mir immer häufiger, dass ich aus Bequemlichkeit bei jemandem übernachtete, obwohl ich wusste, dass ich das bereuen würde. So auch diesmal.

Es war schon nach acht, als ich einschlief. Und es muss kurz nach zehn gewesen sein, als ich wieder aufwachte; ein Wunder, dass ich überhaupt eingeschlafen war nach der Menge, die ich genommen hatte, aber seit Donnerstag hatte ich nicht mehr als vier Stunden geschlafen. Je länger ich mit offenen Augen im Bett lag, desto stärker überkam mich das Gefühl, flüchten zu wollen. Ich wollte es nicht so, ich wollte mich nicht heimlich wie ein Dieb aus dem Haus stehlen, doch irgendwann hielt ich es nicht länger aus. So leise ich mich auch bewegte, Alice wachte auf. Ich entschuldigte mich bei ihr und sagte, sie solle weiterschlafen.

Draußen, zu viel Lärm und zu viele Menschen. Ich saß an der Haltestelle und wartete auf die Bahn, und eine Frau setzte sich zu nahe neben mich. Sie raschelte mit der Zeitung, hustete ununterbrochen, und der Akku meines MP3-Players hatte aufgegeben, sodass ich nicht mal auf diese Weise flüchten konnte. Sie drehte sich plötzlich zu mir um und fragte mich etwas. Meine sehr knapp ausfallende Antwort schreckte sie anscheinend nicht ab. Sie hatte sich wohl in den Kopf gesetzt, eine Unterhaltung mit mir anzufangen, und ich hatte absolut keine Kraft, aufzustehen und ein paar Schritte entfernt auf meine Bahn zu warten. Mir wurde bewusst, dass ich kurz davor stand, ihr eine zu scheuern. Stattdessen riss ich mich zusammen und erklärte, mir sei gerade nicht danach, ein Gespräch zu führen, sie solle doch bitte jemand anders ansprechen. Sie sah mich an, als wäre ich eine Schwerverbrecherin. Manchmal glaube ich, dass Menschen körperliche Gewalt besser wegstecken können als verbale Ehrlichkeit.

Ich habe »The Virgin Suicides« gesehen, zum ersten Mal, obwohl ich den Film schon länger sehen wollte. So schmerzvoll und so leise, und erst dadurch so unumgänglich. Tod als die einzige Lösung. So nachvollziehbar.

Er (vollkommen genervt): »Sag mal, hast du das studiert?«

Ich saß mit dem »Jungen« (die Bezeichnung ist lächerlich, er ist vier Jahre älter als ich, aber ihn als Mann zu bezeichnen, käme mir nicht in den Sinn) beim Japaner. Er hatte mich in meiner Mittagspause abgeholt. Er ist keiner von meinen Sexpartnern; allein die Tatsache, dass ich mit ihm ins Restaurant ging, bestätigte dies. Wäre es anders gewesen, hätte ich mir die Zeit fürs Essen echt gespart.

Er gab seine Eroberungsversuche nach vierzig Minuten auf (zumindest freute sich meine gestörte Seele zu diesem Zeitpunkt diebisch, wenn auch ein wenig verfrüht), nachdem ich die ersten 15 Minuten darauf verwendet hatte, einen Vortrag über dissoziative Persönlichkeitsstörungen zu halten, gepaart mit einem kurzen Plausch mit meinem Liebling, dem »Diva-Kellner«. Anschließend ging ich planmäßig zu meinen zahlreichen Abenteuern über, mehr als die Hälfte natürlich erfunden, aber seine Augen weiteten sich gerade so schön, dass es kein Wunder war, dass ich meiner Vorliebe fürs Kleine-Jungen-Erschrecken nachgab. Schließlich unterbreitete ich ihm, es sei nur fair, die restliche Zeit nun ihm zu widmen, was einen Hustenanfall verursachte.

Da er partout nicht in der Lage war, mehr als zwei Sätze hintereinander zu sprechen, übernahm ich freundlicherweise wieder die Gesprächsführung. Also legte ich eine beispiellose Analyse seiner Persönlichkeit hin, indem ich genüsslich seine Seele sezierte und dabei viel zu laut auf meinem Fleisch herumkaute. Ich fand, Sushi sei nun eindeutig zu zart und passe nicht zum Gespräch, und das fand die Kleine Zicke, besser bekannt als der »Diva-Kellner«, auch.

Ich (mit nerviger Russen-Tussi-Stimme, heißt: ganz hoch, nasal und mit einem Mörderakzent, puh, das halte ich echt nicht länger als eine halbe Stunde durch):

– Schä-ä-ätz (kann froh sein, dass ich das »Schätzchen« nicht hervorgezaubert habe), aber du weißt doch, ich habe weder studiert noch ein Abitur und nicht einmal die mittlere Reife. Ich habe einen Hauptschulabschluss (schma-a-a-atz) und das mit einem ziemlich beschissenen Notendurchschnitt. (Ein Rülpser wäre jetzt gut, aber so was kann ich nicht auf Kommando, ich kann nur auf Kommando heulen, aber das ist gerade nicht so angebracht.)

Er, den Teller beiseite schiebend:

– Aber wieso?

– Hm, kommt es dir nicht in den Sinn, dass mich das deutsche Schulsystem vielleicht überfordert hätte? (Immerhin wusste ich damals ja noch nicht, dass es zu den Schlusslichtern in Europa gehört, von wegen PISA-Studie und so. Hätten sie mir das mal früher gesagt.)

– Ach komm ...

Ja klar, ich hätte mir vielleicht die Vorträge sparen und stattdessen einen auf Dumpfbacke machen sollen, fuck!

– Gut, ich verrate dir mein Geheimnis (Er wird rot, mein Gott, was denkt er jetzt?): pure Rebellion. Nachdem ich bis zum 13. Lebensjahr auf einer Spezialschule war, mit Unmengen von Erweiterungskursen, drei Fremdsprachen und null Privatleben, weil mein Vater Mathematik- und Physikprofessor ist und ich in seine Fußstapfen treten oder ihn am besten noch übertrumpfen sollte, hatte ich irgendwann einfach keinen Bock mehr. Also streifte ich den ganzen Mist von wegen Einser-Schülerin ab und war ab sofort nur noch der Klassen-Loser. Meine persönliche Freiheitskampagne bestand dabei aus drei Phasen:

1. Schwänzen (Er wird schon wieder rot, verdammt, hatte er überhaupt schon mal Sex?). Dabei verzichtete ich bald sogar darauf, meine Mutter um Entschuldigungsbriefe zu bitten, obwohl sie mir diese mit Sicherheit alle geschrieben hätte. Sie tat es auch am Anfang, weil sie wusste, dass ich so oder so schwänzen würde, aber mit Brief kassierte ich wenigstens keine Sechsen dafür.
2. Prügeleien. Dabei kriegte ich allerdings fast immer eins auf die Schnauze, weil ich nun wirklich die Kleinste und noch dazu in schlechter körperlicher Verfassung war. Ich hing schließlich mit supertollen Typen ab, alle um die zwanzig, arbeitslos, Alkoholiker (und Drogendealer nebenbei).
3. Randale. Ich zertrümmerte Fensterscheiben und zerstörte mit Vorliebe Schuleigentum, Basketballbälle und so. Aus Wut, die aus Punkt zwei resultierte.

Sein Essen blieb fast unberührt, die Zicke schnaubte beleidigt, als sie abräumte; aber alles in allem hielt »der Junge« tapfer durch. Und in einem hat er mich überlistet: Er hats geschafft, das Gespräch von sich abzulenken. Doch nicht so hilflos, der Kleine ...

Ein wahrhaft großer Mann wird weder den Wurm zertreten noch vor dem Kaiser kriechen.

BENJAMIN FRANKLIN

02.04. – Es ist zehn Uhr abends, ich komme gerade aus München zurück. Die letzten zwei Tage waren voller Ärger und Sorgen, die aber nichts mit meinem Besuch in dieser Stadt oder meinem physischen Umfeld zu tun hatten. Und doch bleibt es nicht aus, dass ich schon wieder die negativen Ereignisse meines Lebens mit München verbinden muss, denn jedes Mal, wenn ich mich dort aufhalte, geschieht etwas Unangenehmes, gar Schlimmes in meinem Leben. Wäre ich dem Aberglauben verfallen, würde ich mir jetzt etwas zusammenspinnen.

Was mir letztendlich auffällt, ist, dass ich nie die Ereignisse beschreibe, die mich wirklich erschüttern. Ich bin in einem gewissen Maß mitteilungsbedürftig, zwar nie so stark wie sie, aber ich habe nichts dagegen, über mich zu reden. Ich weiche auch nicht irgendwelchen Fragen, die meine Person betreffen, aus, und so entsteht in meinem Umfeld das Gefühl, sie würden alles oder zumindest ziemlich viel über mich wissen. Aber das ist nicht wahr. In Wirklichkeit kratzt ein jeder von ihnen nur an der Oberfläche, sieht die kleinen Freuden und die unwichtigen Sorgen, aber nie die Gefahr. Selbst mein Tagebuch.

Ich weiß, sie würde mich gern verändern, aber ich will es nicht zulassen. Ich bleibe versiegelt, auch wenn sie sich nicht vorstellen kann, dass es besser so ist; sie mit ihrer ungestümen und exhibitionistischen Art, alles Innere immer nach außen zu kehren. Gäbe ich ihr die Freiheit, hätte sie mich schon längst mit ihrer Wahrheit zerstört. Einmal hat sie es fast geschafft, unter der Decke eines erfundenen Charakters und eines Pseudonyms, aber ich konnte es noch rechtzeitig stoppen.

Aber sie hat auch nicht dasselbe erlebt wie ich. Es gibt wahrhaft zerstörendere Komponenten im Leben als Depressionen, Drogensucht oder Selbstverletzung, die alle am Ende eigentlich, zumindest in meinem Fall, Symptome sind und nicht der Kern.

Zum Arzt gehen? Wofür? Sich heilen lassen? Wovon?

Von Haarausfall, wenn man in Wirklichkeit an Krebs erkrankt ist und der Haarausfall aus der Chemo resultiert?

Der Krebs ist so mit meinem Körper verwachsen, dass man mir die Hälfte der Organe herausoperieren und die Hälfte der Glieder amputieren müsste, um mich davon zu »befreien«; ich bin zum Krebs geworden. Deswegen will ich auch nicht, dass man mich behandelt.

Ich schwanke zwischen drei Ansichten hin und her. Die erste: Ich bin ein Mensch mit großen Mängeln, von Geburt an, und somit dazu verdammt, immer wieder abzustürzen. Die zweite: Meine Erlebnisse haben meine Persönlichkeit so verändert, dass ich immer wieder abstürzen muss. Oder die dritte: Meine Erlebnisse haben kaum eine Veränderung in mir bewirkt, und ich bin auch nicht abgrundtief schlecht. Ich bin nur zu dem Menschen mit großen Schwächen und Stärken herangewachsen, der von Anfang an in meiner sensiblen Kinderseele gesteckt hat, und mehr noch, ich wachse stetig weiter.

Wahrscheinlich ist keine dieser Sichtweisen hundertprozentig zutreffend, eher kommt es auf meine innere Verfassung an: Die erste Ansicht dominiert, wenn ich mich selbst verabscheue und mir für alles die Schuld gebe; die zweite, wenn ich die Verantwortung für mein Verhalten zurückweise und behaupte, dass es auf dem mir Zugestoßenen beruht und ich somit die Schuld auf die Ereignisse beziehungsweise die beteiligten Personen übertrage; und die dritte, wenn ich bereit bin, mich so zu akzeptieren, wie ich bin, als Mensch und nicht als Bedrohung oder als Entmündigte.

Ich weiß nicht, ob ich glücklich bin oder nicht. Ich weiß nicht, ob ich je in der Lage sein werde, vollkommen glücklich zu sein. Ich weiß noch nicht einmal, ob ich diesen Zustand erreichen möchte, denn Glück auf Dauer könnte mich überfordern oder langweilen. Ich weiß genauso wenig, ob ich »geheilt« werden möchte, wenns denn was zu heilen gäbe. Ich weiß nicht, ob ich mich nicht leer fühlen würde. Immerhin ist die vermeintliche Krankheit ein Teil meiner Persönlichkeit, meiner Handlungsweise und meiner Sicht auf diese Welt. Anders zu sein ist schwer und doch trug mich das Bewusstsein, nicht dazuzugehören, durch mein Leben. Wie ein Erblindeter, der die Gegenstände in seiner Umgebung so anordnet, dass er sich auch mit seiner »Beschränkung« zurechtfinden kann; wenn er plötzlich die Sehkraft wiedererlangt, stolpert er über die Sachen, die nun sichtbar sind und die er vorher nur ertasten konnte.

Und außerdem bin ich noch nicht fertig und komplett. Ich befinde mich im »Wachstum«. Wie man einen Knochen nicht operieren darf, der wächst, sollte man mich auch nicht behandeln, solange ich meine Persönlichkeit noch entfalte.

Es ist nicht alles Gold, was glänzt. Hinter der von ihr gepriesenen Fassade der Ehrlichkeit und Toleranz, die ihr von der Familie entgegengebracht wird, lauert deren Angst. Es ist schon seltsam, wie viel besser sie damit umgehen kann als ich; aber ich hätte ihnen auch nie etwas erzählt, sie tat dies.

Ich verschweige ihnen ziemlich viel, weil ich nicht bereit bin, mich mit ihnen auseinanderzusetzen.

Ich sehe die Familie auch ganz anders als sie, ihre vermeintlichen Stärken hinterlassen bei mir einen schalen Nachgeschmack, und ihre tolerierten Schwächen wachsen bei mir in die Höhe und sind nur schwer akzeptierbar. Sie kommt mit allen drei – Mutter, Schwester, Stiefvater – wesentlich besser zurecht als ich; auch wenn es da zeitweise Ärger im Paradies gibt, vergisst und vergibt sie und das restlos; und dazu bin ich nicht imstande, es ist einfach zu vieles schiefgegangen. Ich friere …

Für sich selbst ist jeder unsterblich:
Er mag wissen, dass er sterben muss,
aber kann nie wissen, dass er tot ist.

SAMUEL BUTLER D. J.

03.04. – »Ich suche deine schwarzen Augen nach dem Feuer ab, das mich nährte und mich am Leben hielt. Ich sage dir, ich liebe dich und werde es immer tun, was auch immer geschehen mag. Doch deine Augen sind leer, und ich fühle mich betrogen, denn sie verbergen etwas vor mir, was mir bis dahin gehörte und ohne das ich nicht leben kann.

Ich wühle überall, überall auf der Welt, auf der Suche nach Zeichen deiner Demut, auf der Suche nach Zeichen deiner Sucht, ich will die Beweise deiner Abhängigkeit, ich will sie physisch, will sie sehen und in meinen Händen halten, will sie wie eine Fahne durch die Menschenmenge tragen, will für sie einen Altar bauen.

Dann spüre ich deine Fäuste. Deine Schläge brennen sich in meine Haut und verletzen sie. Und wenn ich dann im Spiegel an meinem Körper herunterschaue, finde ich, wonach ich suche. Der Schmerz, den du mir zufügst, ist deine Erniedrigung, und die Male, die ich von dir trage, bezeugen es. Und ich bin bereit, sie für alle sichtbar zu tragen wie die Narben einer Schlacht, in der ich dich bezwang. Doch Zeit vergeht, und Zeichen verblassen, verlieren sich in der Ewigkeit, werden fortgespült.

Ich werde etwas brauchen, das für alle Zeiten Spuren hinterlässt. Du wirst mich töten müssen, nur so werde ich unsterblich. Du wirst mich zerbrechen müssen, nur so werde ich ganz.« N. S.

Manchmal hat es gar nichts mit der äußeren Schönheit der Umgebung zu tun, es ist allein die Bedeutung bestimmter Plätze, die mich immer wieder anzieht, mir eine wohlige Wärme bereitet und mir Ruhe schenkt. In der Wohnung meiner Schwester ist es beides: Dieser Platz schafft eine Wärme um mich, hat aber natürlich auch seine Schönheit. Immerhin ist meine Schwester künstlerisch begabt, und das spiegelt sich in ihrer Einrichtung wider.

Ich kuschelte mich in eine Decke auf ihrem breiten Sessel, auf dem ich immer herumlümmele, wenn ich bei ihr bin, und hörte ihr beim Erzählen zu. Sie fragte mich, was der Sinn ihres Daseins sei. Eine Frage, die sich wohl jeder Mensch schon einmal gestellt hat. Wir scheinen aber von der Idee besessen zu sein, tatsächlich eine Antwort finden zu müssen.

Die meisten Menschen halten sich an ihren Errungenschaften fest, an Kindern und der Familie. In der Tat ist das etwas, was zumindest eine Spur in der Welt hinterlässt. Selbst wenn man seinerseits nichts vollbracht hat, das den Fluss der Zeit beeinflussen könnte, gäbe es mit dem Leben, das man gezeugt hat, eine weitere Chance, dies zu tun.

Wir aber werden nie Kinder haben, und so bleibt uns diese Möglichkeit verwehrt. Ich sah sie an, sah ihre ständig ihre Farbe wechselnden wunderschönen Augen. Als ich meine Augen schloss, fand ich mich in einer anderen, fremden Umgebung wieder. Keine Musik, keine Farben, keine Bewegung, nur Kälte; eingeschlossen in einem Gefängnis aus schlaffem Fleisch, war ich weder tot noch lebendig; mein Herz, eigentlich der schwächste Teil meines Körpers, schlug weiter und verlängerte meine Gefangenschaft.

Meine Schwester wäre beinahe nicht geboren worden. Meine Mutter konnte, laut den Ärzten, keine Kinder haben, weshalb sie auch nicht verhütete. Als sie schwanger wurde, wollte sie abtreiben, da ich noch sehr klein war und sie sich nicht imstande sah, uns beide allein – denn auf die Hilfe des oft abwesenden Vaters konnte sie nicht zählen – großzuziehen.

Dann gab es einen Traum, einen Traum, in dem meine Schwester ihr die Hände entgegenstreckend den Berg herunterstieg, schon ein fertiger, ein lebendiger Mensch. Man kann doch einen fertigen Menschen nicht töten, das wäre Mord!

Ich weiß nicht, was aus mir geworden wäre, wenn es sie nicht gäbe. So oft hat sie mir Halt gegeben, ohne es zu ahnen, gerade in der Kindheit und der Jugend, in der sie erwachsener war als ich und standhafter als die Mutter. Wenn ich es ihr sage, glaubt sie es mir nicht, von ihrer eigenen Unbedeutsamkeit allzu überzeugt.

An dem Abend sagte ich ihr, sie würde mich retten, indem sie mich sterben ließe ... und auch das Leben anderer würde gerettet werden, denn einige meiner Organe wären intakt und könnten implantiert werden. Wenn man in seinem Dasein auch nur das Leben eines Einzigen zu erleuchten vermag, hat es schon viel Kraft.

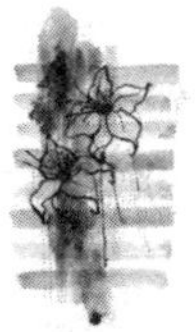

Einen Menschen zu verlieren macht einen weiser, als eine Wahrheit zu finden.

J.R.R. TOLKIEN

10.04. – Ich habe mir die Haare abgeschnitten. Sie sind ganz kurz. Jetzt bin ich wieder ich und nicht das Mädchen mit dem Pony, das man ständig mit Audrey Hepburn vergleicht. Ich schminke meine Augen dunkel, meine Freundin sagt, ich sehe aus wie eine Katze. Es stimmt. Ich schleiche durch das Leben, lege mich in die Sonne, um mich zu wärmen, gehe weg, ohne jemandem Bescheid zu geben. Ich bin eine Katze und bin niemandem Rechenschaft schuldig.

Der Ärger spitzt sich zu, doch im Gegensatz zu ihr ist es mir egal. Wahrscheinlich bin ich deswegen hier und sie nicht. Sie kann sowieso nichts mehr machen. Manchmal können wir eben nur abwarten, und da bin ich gleichgültiger als sie und deswegen in solchen Augenblicken stärker. Wie gesagt, ich bin eine Katze: Wenns mir hier zu heiß wird, gehe ich irgendwohin, wo ich mir die Pfoten nicht verbrenne; nichts und niemand könnte mich an sich binden. Ich bin natürlich auf das Futter angewiesen, doch ich lerne gerade zu jagen, ich werde meine Freiheit Stück für Stück wiedererlangen, ich werde die falsche Last abstreifen, so wie ich die Haare abgeschnitten habe, die nicht mehr zu mir passten.

Ich war die ganze Woche unterwegs, zuerst in Hannover bei einem Kunden, dann bin ich mit dem Zug nach Hamburg gefahren. Gestern Abend bin ich zurückgekommen, meine Freundin sagte mir am Telefon, ein Freund hätte Geburtstag. Scheiße, schon wieder! Ich kann mir nie

Geburtstage merken. Es war zu spät, um noch ein Geschenk zu kaufen. Ich fuhr wieder nach Düsseldorf zu meiner Freundin, wir schnappten uns ein Taxi und fuhren zum Geburtstagskind. Mit einer halben Flasche selbstgebranntem Sliwowitz als Geschenk. Ich habe nicht mehr als drei Stunden geschlafen. In meinem Kopf hausen tausend Geister, es gibt zu wenig Platz für sie alle und so kämpfen sie untereinander; jeder versucht, die Herrschaft über mein Herz und meine Seele zu erlangen. Meine Augen brennen, gereizt durch den Qualm der Geschosse, mit denen sie sich hinter meinen Lidern beschießen. Noch lange, nachdem sie ihre Salven abgefeuert haben, bin ich taub. Es herrscht Krieg in meinem Inneren. Sollte keiner bald gewinnen, werde ich von innen zerstört, die Knochen werden zersplittern, das Blut wird zu Säure, die Organe werden platzen.

Einmal sah eine Freundin, na ja, sagen wir mal lieber eine Bekannte, durch Zufall – ich zog mich gerade an, als sie ins Zimmer kam – die Spuren auf meinem Körper. Und obwohl sie wusste, wie es um meine Sexualität bestellt ist, denn ich war und bin immer sehr offen diesbezüglich, schien sie angesichts der physischen Beweise schockiert zu sein. Ihre Reaktion irritierte mich. Dass sie es für sich nicht begreifen, nicht nachvollziehen konnte, akzeptierte ich; es ist immerhin viel natürlicher, dass Menschen Angst vor Schmerzen haben, als dass sie sich diese herbeisehnen. Dass sie aber vermied, mich darauf anzusprechen, vermied, mich anzusehen, als ich angezogen ihr gegenüber am Tisch saß und Kaffee trank, dass sie plötzlich nicht wusste, wohin mit ihren Händen, Augen ... das irritierte mich. Ich wünschte, es ihr erklären zu können, aber da sie mich nicht fragte, verlor ich das Interesse daran. Jemandem etwas nahezubringen, der seine Seele verschließt, ist verlorene Mühe.

Diese Bekannte ruft mich immer noch manchmal an, ich weiß nicht wieso. Wir führen belanglose Gespräche, bis ich diese jedes Mal an einem Punkt ziemlich abrupt beende. Was sie noch von mir will, weiß ich nicht, mich scheint sie jedenfalls nicht zu wollen, denn mich gibt es nur im Ganzen.

Ich genieße die Zeit der Einsamkeit in unserem Büro, wenn alle zum Mittagessen abhauen und ich allein bin. Sie versöhnt mich mit diesem Raum, den ich ansonsten nur unter Berieselung mit lauter Musik ertrage, zu viele Menschen. Ich mag meine Kollegen, manche mehr und manche weniger. Da jeder von ihnen ein Individuum ist, sind sie in meinen Augen natürlich nicht gleich. Aber ich ersticke unter dem geballten Gemisch so vieler Stimmen, wenn es auf mich niederprasselt. Ich bin keine Einzelgängerin; auch wenn ich bereit wäre, eine zu sein, scheinen sie mich zu mögen und suchen meine Gesellschaft. Und doch bin ich am liebsten allein.

Der Raum verändert seine Farbe, das Licht fällt aus einem anderen Winkel auf mich, die Luft verändert ihre Konsistenz. Ich sitze da und trinke schwarzen Tee mit Milch. Ich atme tiefer durch, weil die Luft so lecker riecht und ich sie gern in mich einsauge. Die Augen hören auf zu schmerzen, und mein Kopf ist wieder frei und gehört mir. Ich werde aufstehen, auf die Toilette gehen und etwas nehmen. Und wenn ich zurückkehre, sind sie tatsächlich alle weg und ich bin endlich allein.

Ange ... angel ... angelo ... ángel ... anjo ... anio ... Engel ... Seraphim, Cherubim, Thronoi. Androgyn, fast geschlechtslos, blasse durchsichtige Haut, glasklare Augen – von einem Kristallblau so kalt wie Eiswasser –, goldene, lichtdurchtränkte weiche Locken, die ihm in die Stirn fallen. Er schaut mich von unten an, er sitzt vor mir und in seinen Augen glänzen Zuversicht, Lust, Träume, Vertrauen und auch viel Wärme, trotz ihrer klaren Farbe, die wie ein Diamant das wenige Licht um uns herum einfängt. Ich sehe einen Engel, zum ersten Mal, denn wenn Engel unter uns weilen würden, hätten sie sein Gesicht. Seine Wärme wirkt nicht aufgesetzt, sein Vertrauen nicht naiv, seine Freundlichkeit kommt von innen.

Menschen sollten Engeln nicht begegnen, Menschen sollten sie nicht erblicken, Menschen können mit ihnen nicht umgehen, sie verlieren sich in dem Irrgarten der Engelsseele ...

Aber ich bin ich. Er schaut mich an, als merke er nicht, dass ich nicht aus seiner Welt komme, oder als spiele es für ihn keine Rolle. Er schaut nur mich an, und ich kann seinem Blick nicht standhalten, ich wende meine Augen ab. Sie scheinen nicht befeuchtet werden zu müssen, denn ich sehe ihn nicht blinzeln.

Wenn ich durch den Raum laufe, bewegt sich sein Geist mit mir. Er nimmt an der Unterhaltung mit seinem Gegenüber kaum teil, schaut seinen Gesprächspartner kein einziges Mal an. Mein Körper ist durch seinen Blick gefesselt. Alles spiegelt sich wider und kristallisiert sich heraus, als wäre er in mich eingedrungen, seine Seele und nicht sein Körper.

Ich werde von seiner Seele besetzt.

Und dann komme ich zu ihm, weil ich seinen Blicken nicht länger widerstehen kann. Ich stehe gebeugt, er lächelt mich an. Du lächelst die Falsche an, mein Engel, das Mädchen reißt das Glück mit ins Dunkel, das Licht wird erlöschen, auch deines. Ich fahre mit der Hand über sein Gesicht, die Haut so kalt, als wäre er tot und der Körper nur eine Attrappe. Meine Fingerkuppen berühren ihn kaum, ich habe Angst, ihn zu verletzen, durch meine Berührung zu verunreinigen.

Als sie einmal einen weißen Schmetterling gefunden hat und mit ihren Fingern über seine zarten Flügel strich, sagte der Vater, er würde danach nie mehr fliegen können, weil sie die zerbrechliche Oberfläche mit ihrer groben Berührung zerstört habe.

Wenn ich den Engel verletze, ihn beschmutze, kann er nicht mehr zurück in den Himmel. Ich werde versuchen, dich nicht zu zerstören, mein Engel, ich werde aufpassen, ich werde vorsichtig sein.

Ich halte sein Gesicht in meinen Händen, sein Lächeln umhüllt mich mit der gleichen Wärme; es schneidet uns aus der Realität, als wären wir allein und nicht von Menschen umgeben.

So habe ich noch nie jemanden geküsst.

So hat mich noch nie jemand geküsst.

Ich habe die Bedeutung eines Kusses nicht erfassen können, die intimste aller Berührungen hatte sich mir entzogen. Es gab viele, mit denen ich ficken, die ich aber nicht küssen wollte, weil ich die Heuchelei schmecken konnte.

Meine Seele wäscht sich rein, das Dunkel fällt von ihr ab, sie wird ins Licht gerückt, und Frieden und Ruhe strömen mit seinem Atem in mich hinein. Wird das Gute doch noch das Böse besiegen? Werde ich befreit, von einem Engel gerettet?

Ich glaube es, für einen Augenblick.

Ich schließe meine Augen und entziehe mich dem Bann des Engels, sehe nicht mehr durch seine Augen, sondern nur noch durch meine. In meiner Seele bin ich jetzt wieder ich und ich allein, sonst keine.

Und dann sehe ich eine Explosion, schwarzer Rauch breitet sich in der Luft aus. Das alles zerstörende Feuer vermag nicht zu befreien, es bringt nur den Tod. Die Erdkruste bricht unter den Schmerzen entzwei, und eine tiefe schwarze Schlucht tut sich auf, mein Zuhause, und der Engel ist mit dem Kuss immer noch an mich gekettet ...

Ich habe keine Angst vor der Dunkelheit, aber er wird dort nicht überleben, er braucht das Licht, um nicht zu erfrieren. Seine Haut wird immer kälter, und als sie nicht mehr kälter werden kann, sehe ich ihn langsam sterben, denn dort existiert kein Licht.

Warum lässt er mich nicht los, sieht er denn nicht, was geschieht? Glaubt er immer noch, er könne mich aus der Schlucht forttragen? Mit letzter Kraft reiße ich mich los. Ich schaue ihn an, sein Lächeln ist verblasst, doch er ist noch nicht gefallen, es ist nicht zu spät.

Ich sage ihm, ich könne nicht, es gehe nicht ...

Ich gehe weg.

There was an old lady who swallowed a cat;
Fancy that to swallow a cat!
She swallowed the cat to catch the bird,
She swallowed the bird to catch the spider,
She swallowed the spider to catch the fly …

BRITISCHER KINDERREIM

14.04. – Ich habe es schon wieder verpasst; in meiner Welt gefangen, verpasse ich immer die Geburt der Blätter. Irgendwann wache ich auf, gehe auf die Straße, und alles ist grün. Kein Aufkeimen, kein langsames Sprießen, ich sehe nicht, wie die zarten Blätter ihr braunes Gefängnis durchbrechen. Jedes Jahr lasse ich sie die Schmerzen der Geburt allein ertragen und betrachte das Resultat aus sicherer Entfernung. Ich habe meine Bindung zu den Bäumen verloren. Ich habe sie nie wirklich besessen, sie war es. Ich sehe hoch und bin in einem Tunnel aus Grün. Der Regen hat die zarten Blätter aus ihrer Gefangenschaft erlöst.

Ich habe cremefarbene Lackpumps an, ich laufe damit durch den Matsch und erwische die Leute immer wieder dabei, wie sie auf meine Schuhe starren. Eine Horde Kinder kommt mir entgegen, wir bleiben an der Ampel einander gegenüber stehen, ein Mädchen in einem orangefarbenen Regenmantel zeigt auf mich und sagt etwas zu ihrer Freundin. Auf einmal betrachten alle Kinder meinen Regenschirm.

Ja, er ist sehr auffällig, meine Mutter hat ihn mir geschenkt: Riesig, wie er ist, gibt er mir ein Gefühl der Sicherheit. Er ist himmelblau mit Raffaels Kinderengeln vom Bild der Sixtinischen Madonna. Er passt meistens überhaupt nicht zu meiner Kleidung, aber ich käme nie auf die Idee, einen anderen Schirm zu benutzen.

Meine Musik kann heute nicht laut genug sein, mir ist jedes Mittel recht, um mich der Welt und ihren Bewohnern zu entrücken. Nachdem ich seit Freitagnacht nichts genommen habe, weil ich kein Bedürfnis danach verspürte, ist es heute beinahe meine erste Handlung, als ich ins Büro komme.

In meiner Wohnung fühle ich mich nicht mehr geborgen, ich bin nicht sicher dort. Ich versuche jedes Mal zu flüchten wie eine Katze, die ein neues Heim sucht. Obwohl ich nicht neben jemandem einschlafen kann, brauche ich die Wärme eines anderen Körpers und Geborgenheit, um in meine Traumwelt zu versinken und Ruhe zu finden. In der vergangenen Woche habe ich eine einzige Nacht, von Donnerstag auf Freitag, in meinem eigenen Bett verbracht. Ich habe mich dazu gezwungen, und ich lag mit offenen Augen da und starrte in die Dunkelheit, von Geistern umringt, die nicht mehr mit mir sprechen. Meine Wohnung war immer voller Geister, jede meiner Wohnungen. Die andere ignorierte sie, ich hatte sie gern um mich. Wir haben nicht immer miteinander gesprochen. Sie geleiteten mich durch meine Tage und Nächte, sie umringten mich, um die Welt von mir fernzuhalten, wenn mir diese zu viel wurde. Sie freuten sich mit mir, wenn ich durch die Wohnung tanzte und sie mit jedem Atemzug berührte ... Anders kann ich sie nicht berühren, sie sind zu zerbrechlich, ich darf ihnen nur die Luft aus meinen Händen zuschicken, die sie mit ihren körperlosen Händen empfangen.

Sie sind immer noch da, sie haben kein anderes Zuhause und werden nie weggehen. Aber sie weisen mich ab, fühlen sich von mir verraten und betrogen. Mein Zuhause hat seine Wärme verloren, es ist kalt und voller Staub, der mich bald ersticken wird. Und ich kann die Heizung aufdrehen, so hoch ich mag, ich friere trotzdem, und es riecht fremd. Es riecht nach Tod, jedenfalls stelle ich mir seinen Geruch so vor.

So geht es nicht weiter, ich muss ausziehen, kann es aber nicht; auch wenn sie immer denkt, ich handele nur aus Impulsen heraus, weiß ich, dass ich mir einen Umzug nicht leisten kann. Ich habe finanzielle Probleme, die wachsen und wachsen, und es gibt kein Entkommen, und ein Umzug ist einfach nicht drin.

Und so ersticke ich und versuche zu fliehen, sooft es geht; und versuche, mich zu zwingen dazubleiben, und stelle immer wieder fest, dass es nicht geht. Es ist erstaunlich, wie schnell die Wirkung von Koks mittlerweile abebbt ...

Am Freitagabend holte ich einen Bekannten ab, und wir gingen aus. Das Restaurant, das wir immer aufsuchen, war überfüllt. Nun ja, es war Freitag, und alle wollten ausgehen und sich feiern lassen. Der Besitzer bot uns an, uns an einen Tisch zu Bekannten zu setzen, die etwas später kommen würden. Ich hatte nichts dagegen. Ich rechnete damit, dass unser Zusammensein in ein Kommen und Gehen ausarten würde, wo keiner den ganzen Abend an einem Tisch verbringt. Außerdem mochte ich den Jungen, an dessen Tisch wir gesetzt wurden, aber nicht seine Freundin. Mein Bekannter ahnte schon Ungutes, bevor diese auftauchte. Er sagte zu einem Freund, bei uns würden gleich die Fetzen fliegen.

Ich gebe es zu, ich kann bitchy sein, aber nur den Menschen gegenüber, die es auch verdienen. Ich mache niemanden fertig, nur weil ich ihn nicht mag; ich ziehe mich dann einfach zurück. Aber mein Bekannter kennt mich eben besser, als ich dachte. Diese Frau schien meine Aggressivität geradezu provozieren zu wollen. Ich hielt mich, so gut es eben ging, zurück. Meine Freundin rief zum rechten Zeitpunkt an, sie schien es gespürt zu haben. Ich fragte, ob ich zu ihr kommen könne, natürlich konnte ich. Also packte ich meine Sachen und haute ab, high, aufgedreht, aber irgendwie auch stolz, dass ich mich trotz allem noch ganz gut im Griff hatte, auch wenn der Abend versaut war. Ich kann einfach nicht die Atmosphäre genießen, wenn ich von Menschen umgeben bin, die mich ankotzen. Und bevor die Barbie auftauchte, war alles in Ordnung gewesen, also war ich verständlicherweise sauer.

Der Taxifahrer war cool, also lachte ich schon wieder, als ich bei meiner Freundin auftauchte. Ich spielte ihr die Musik von Antony and the Johnsons vor. Wir waren bis dahin nie dazu gekommen, sie zu hören, und so war es das erste Mal, dass sie seine Stimme hörte. Wie ich es erwartet hatte, war sie total fasziniert. Sie las Teile meines Tagebuchs, meine letzten Einträge, und Stunden darauf schliefen wir viel zu spät ein, wie immer, wenn ich bei ihr bin. Ich nehme mir stets vor, sie früh ins Bett gehen zu lassen, da ich weiß, dass sie Schwierigkeiten mit dem Aufstehen hat, wenn sie nicht genug Schlaf bekommt. Und sie muss samstags immer in den Laden. Doch es klappt nie so recht.

Samstag. Die Sonne scheint herein, meine Freundin macht Kaffee. Sie morgens ungeschminkt in der Küche stehen zu sehen, hat etwas sehr Beruhigendes an sich, das Tier verzieht sich zurück in sein Loch, und ich bin frei von Wut und Ärger, beruhigt, die abstehenden Haare glätten sich etwas. Sie ist wie ein Zuhause für mich ...

Sie verwandelt sich, und aus meinem »Zuhause« wird eine schöne kühle Frau. Ich beobachte sie vom Sofa aus, beobachte, wie sie sich für die Außenwelt verändert, Schicht für Schicht ein Image auflegt; als Abschluss, nein, als Schlussstrich setzt sie die große Sonnenbrille auf, kurz bevor wir die Wohnung verlassen (ich ungeschminkt und mit zerzausten Haaren). Jetzt ist sie fertig, für euch da draußen. Sie läuft neben mir und nicht länger mit mir.

»... I don't know why she swallowed a fly – Perhaps she'll die!«

Die Kirschbäume blühen. Mein Garten ist in rosa Nebel gehüllt. Es ist so still, ich höre nur das Wasser leise hinter meinem Rücken plätschern, die unsichtbaren Steine umspülen, sie sanft streicheln. Das Wasser singt sein Lied seit Anbeginn der Welt und wird es noch tun, wenn ich fort bin. Meine nackten Füße sind unter Blüten vergraben, die von den Bäumen fallen wie weißrosa Regen.

Ein dunkler Fleck in einer reinen Welt. Ich bücke mich und sehe eine tote Biene, deren Umrisse auf dem hellen Blütenteppich meine Aufmerksamkeit erwecken. In meinem Garten sterben sie, sie sterben alle. Ich weiß, dass er da ist, bevor ich ihn hören kann. Die Biene ist tot, wie auch all die anderen Bienen, aber die Bäume werden weiterblühen, und es ist nicht das Leben, das sie blühen lässt. Er ist es, er hat den Garten für mich geschaffen und nur für mich. Kein anderes Wesen wird dort seinen Platz finden.

– Es ist Zeit für deine Reinigung, mein Kind. Komm zu mir, komm ins Wasser.

Ich drehe mich um und sehe ihn nicht an. Ich klettere das Ufer hinunter, das Wasser ist warm, so warm, wie es nie in Wirklichkeit sein könnte. Die Blüten treiben auf der Oberfläche und verdecken unsere Nacktheit ... vor wem? Niemand ist da, es wird nie jemand da sein.

Mein Vater legt die Hand auf meinen Kopf und drückt mich runter. Und obwohl seinem Druck die Kraft fehlt, ja, er ist beinahe sanft, und obwohl ich mich wehren könnte, gleite ich unters Wasser. Es ist trüb, es fehlt die Reinheit, und ich kann nichts sehen, obwohl ich die Augen offen halte. Meine Lungen fangen an zu klagen und mein Herz hämmert gegen meine Brust, doch er lässt mich nicht aufsteigen. Noch nicht. Vielleicht nie. Ich kann es vorher nie sagen.

Vielleicht werde ich heute in meinem Garten begraben.

Falls es tatsächlich geschehen sollte, werde ich nach Moskau fahren und ihn töten müssen. Er ist von einer neuen Idee besessen, nun, wo seine Tochter sich scheinbar komplett seinem Einfluss entzogen hat und sogar auf seine neuerliche Selbstmorddrohung hin nicht nachgibt; nun, wo sie ihm endgültig abgesagt hat, was ihre Rückkehr nach Russland betrifft.

Er will sich von seiner jetzigen Frau scheiden lassen und eine junge Georgierin heiraten, die ihr (seiner Tochter) ähnlich sieht. Er will, dass diese Frau ihm eine Tochter gebiert, der er meinen Namen geben kann. Ich werde es nicht zulassen. Falls da tatsächlich ein Kind entstehen soll, werde ich ihn töten.

Sie zieht sich zurück, Schuldgefühle quälen sie. Aber sie braucht keine Angst zu haben, ich werde mein Versprechen einhalten. Es wird nicht wieder geschehen.

Silberstein. Silberstein tauchte an diesem Samstag inmitten des durch Schlaflosigkeit und Drogen verursachten Chaos auf. Sie hat wunderschöne blaugraue Augen, hell von Farbe und dunkel von Schmerz. Silberstein schneidet sich auch jeden Tag aus der Welt.

Sie ist sich ihrer Fremdartigkeit bewusst, deswegen lässt sie so gut wie niemanden in ihr Leben und in ihr Haus, als könne ein Besucher die böse Außenwelt hereintragen, die freiwillige Quarantäne gefährden. Nach einer langen Ouvertüre, wir wechselten insgesamt sechsmal den Aufenthaltsort, nachdem wir uns kurz nach elf Uhr morgens getroffen hatten, folgte schließlich die Einladung in ihr Heim.

Je näher wir der Wohnung kamen, desto größer wurde ihre Panik. Ich wusste nicht, ob ich beleidigt sein sollte, so vehement behauptete sie, dass mir ihre Wohnung nicht gefallen würde, weil sie angeblich mit einer »normalen« Wohnung nichts gemein hätte. Als ob ich nicht schon oft genug gesagt hätte, dass es für mich solche Begriffe wie »normal« und »unnormal« nicht gibt.

Trotz ihrer Sorgen empfing mich Ruhe in ihrem Zuhause, und Licht und Wärme. All das, was ich bei mir nicht mehr finde. Sie hatte viele Bilder, alle nicht zueinanderpassend und doch eine geschmackvolle Zusammenstellung bildend.

Hier konnte ich meine Lasten ablegen und hatte keinerlei Bedürfnis, Koks zu nehmen, obwohl ich es in meiner Tasche bei mir führte. Überall standen Kerzen, und es gab fast keine Möbel, was der

Wohnung ihre Ecken und Kanten nahm und ihr ganz sanfte Konturen verlieh.

Silberstein zog sich am nächsten Tag von mir zurück, auch die darauffolgenden Tage. Sie hat wohl Angst, zu viel von sich preisgegeben zu haben. Sie ist wie ein Tier, das sich an Gesellschaft erst langsam gewöhnen muss, und es ging ihr alles viel zu schnell. Ich besitze im Moment wohl nicht die Fähigkeit, sie zu erobern, sie zu zähmen, auch wenn sie einer der wenigen Menschen ist, um die ich kämpfen würde.

Aber nicht jetzt.

Jetzt nicht.

Am I your master, or am I your slave? Tell me ...

Könntest du antworten? Wenn ich vor dir knie, deine Schläge entgegennehme, mich von dir anketten lasse, und meine Haut von dir zerschnitten wird?

Bin ich unterwürfig? Ja.

Werde ich von dir unterworfen? Nein.

Ich bin so lange nicht versklavt, solange ich mir meine Herren selbst aussuche, solange ich eine freiwillige Entscheidung treffe und ich euch die Macht übergebe und ich euch die Macht wieder nehme. Das Spiel wird von mir ins Leben gerufen und nur so lange gespielt, wie ich will.

ICH WILL.

Ihr seid mir allesamt unterlegen, denn ihr lasst euch auf mein Spiel ein und ihr folgt meinen Regeln, geht dabei über eure eigenen Grenzen hinaus; betrügt euch, eure Frauen und Männer, eure Prinzipien, eure Lebensanschauung.

I am your master!

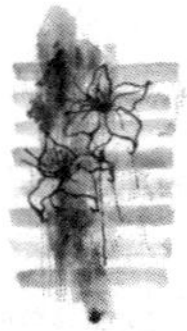

Tränen reinigen das Herz.

N. S.

25.04. – Ich schreibe kaum noch, es gibt eh nichts zu sagen, und die Welt ist stiller, wenn ich schweige, es gibt genug Geschrei. Und alles, was ich zu vermelden hätte, kommt nicht von Herzen, ich bin nicht ich und meine Emotionen sind erfunden. Ich lebe mit einer falschen Identität, damit ich ihre Geheimnisse nicht preisgebe.

Tränen reinigen das Herz. Ich habe geweint, aber mein Herz ist immer noch schwer. Ich kann jeden Schlag spüren. Ich habe kein Koks mehr, habe gestern Nacht alles aufgebraucht. Ich habe mittlerweile fünf Pillen intus, zwei Valium und drei von der schwächeren Sorte, aber die schaffen es nicht, mich zu betäuben. Heute bin ich seit langem mal wieder im Büro, nachdem ich die ganze Zeit über unterwegs gewesen war. Es gab einige Events und daher sehr viel zu tun.

Heute habe ich es geschafft, alle gegen mich aufzubringen, indem ich mich einfach unmöglich benommen habe. Wut ist eine Barriere, es ist einfacher, wütend zu sein, um seine Tränen zu unterdrücken. Das ist ein neuer Zug an mir, ausgerechnet an mir, die ich mich doch sonst zu meiner Traurigkeit immer vollends bekannt habe. Ich hatte nie das Gefühl, meine Tränen verstecken zu müssen; das sähe ihr so ähnlich. Ich glaube, je mehr sie sich dem Leben entzieht, desto mehr fließt ihre Persönlichkeit in mich hinein.

Ich bin unruhig, ich brauche etwas, muss aber heute lange im Büro bleiben, mindestens bis zehn. Gestern bin ich aus Zürich zurückgekommen, es gibt einiges zu tun. Ich bin schutzlos. Die Maske fällt.

»Wir rasen. Ich öffne das Fenster, um die Kippe herauszuschmeißen, und der Wind peitscht mir wütende Regentropfen ins Gesicht. Ich strecke den Arm aus, streichle die nasse Luft und trotz ihres Gesichtsausdrucks lasse ich das Fenster offen, denn so kann ich die Geschwindigkeit besser spüren. Wir dürfen bloß nicht stehen bleiben.

Sie scheint es genauso zu empfinden, ich weiß, dass sie mich im Moment hasst, sie tritt aufs Gas und fährt immer schneller. Wenn du mich umbringen möchtest, dann tue es, ich werde mich nicht dagegen wehren ...

Als wir abrupt anhalten, wobei wir fast in das Auto vor uns rasen, bleibt mein Herz für einen Augenblick stehen, um dann mit erneuter Heftigkeit gegen meine Rippen zu schlagen. Diese erzwungene Rast bereitet mir physischen Schmerz. Anscheinend hat die Geschwindigkeit mein krankes Herz beruhigen können, das Stehen fügt ihm jedenfalls Schmerzen zu. Durch das Rasen der Welt und uns in ihr vergaß ich das Rasen des Herzens.

Sie trommelt nervös mit den Fingern aufs Lenkrad. Mir so nah zu sein, lässt sie immer wütender werden, sie würde mich am liebsten auf der Stelle loswerden. Wir haben uns gerade heftig gestritten. Die Luft im Auto scheint sich zu verdichten, ich habe immer größere Schwierigkeiten, richtig zu atmen, ich muss hier raus.

Als wir auf eine Ausfahrt zurasen, schreie ich sie an, sie solle die nehmen, ganz egal, wohin sie führt. Wir biegen ab, dann steuert sie den Wagen von der Straße in ein Dickicht, wir fahren ein paar Meter weiter und bleiben vor einem Baum stehen.

Ich steige aus. Gehe um den Wagen herum. Lehne mich an den Spoiler, schaue, wie die schwarzen Äste den dunklen Himmel zerreißen. Der Regen lässt nach, seine Wut verfliegt. Ich höre das Knallen der Tür, sie steigt auch aus und zündet sich eine Zigarette an, ich kann ihre Wut schon beinahe schmecken.

Sie steht vor mir, verdeckt mit ihrer Gestalt einen Teil des Baums, ich kann in der Dunkelheit ihre Augen nicht sehen. Sie kommen mir ganz fremd vor. Sie macht mir Angst. Ich lehne mich auf das Auto, sie wirft ihre Zigarette weg, ab jetzt gibts nicht mal mehr diese lächerliche Barriere. Ich sage ihr: »Schlag mich«, und in der gleichen Sekunde saust ihre Hand an meine Wange. Es nieselt leise vor sich.

Und auf diese erste Ohrfeige folgen weitere. Sie scheint diese Gewalt zu brauchen, als würde sie sich nach langer Knechtschaft mit jedem Schlag ihre Freiheit zurückerobern. Ich kenne sie nicht gut genug, bin mir jedoch sicher, dass sie noch nie jemanden geschlagen hat, nicht auf diese Weise, so schlägt man nur beim ersten Mal. Ich spüre ihre Erregung, mit der sie jedoch nicht umzugehen vermag.

Ich weiche mit meinem Oberkörper zurück, doch ich stehe mit dem Rücken zum Auto und bin ihr ausgeliefert. Ich bitte sie, mich zu küssen, und das zwingt sie aufzuhören. Jedoch kann sie nicht sofort von Gewalt auf Zärtlichkeit umschalten. Sie macht ein paar Schritte rückwärts. Ich wiederhole meine Bitte, und dann geht sie auf mich zu, schließt meinen schwachen Körper in ihre Arme und bedeckt ihn mit Küssen.

Sie schämt sich. Sie muss es nicht.

Ich nehme ihre Hand und führe sie zwischen meine Beine, und als sie merkt, wie nass ich bin, weicht ihre Scham und sie küsst mich nun mit der gleichen Heftigkeit, wie sie mich zuvor geschlagen hat.«

Sie war die erste und die einzige Frau, der ich mich unterworfen habe. Heute musste ich an sie denken.

Ich sah die Tränen, die verschwiegnen,
Die hinter deine Lider drangen,
Als du der vielen unerstiegnen
Pfade dachtest, die du nicht gegangen.

CHRISTIAN MORGENSTERN

29.04. – Ich habe mir ein Stück von Silbersteins Leben mitgenommen. Als wir unterwegs waren, führte sie mich zu ihrem Lieblingsladen, einer Schneiderei, und ich bestellte mir dort ein Shirt. Heute bekam ich den Anruf, es sei fertig. Und obwohl ich gar keine Zeit hatte und meine Füße schmerzten, ließ ich es mir nicht nehmen, es heute noch abzuholen.

Ich habe weder Höhenangst, Arachnophobie, Botanophobie, Dextrophobie, Rhytiphobie noch irgendeine andere Phobie.

Manchmal scherze ich, ich hätte eine Phobie vor Kindern. Tatsächlich ist mir ihre Gesellschaft unangenehm, und sie scheinen es auch zu spüren und ihre ungewohnte Macht über einen Erwachsenen zu genießen. Wie sonst ließe es sich erklären, dass selbst fremde Kinder meine Nähe suchen und sogar in einer leeren Straßenbahn auf dem Sitz neben mir Platz nehmen? Aber einer richtigen Phobie gleicht es keinesfalls, ich mag diese Wesen nur einfach nicht.

Ich habe schon als Kind ungemein interessiert hingeschaut, wenn die Krankenschwester mir in den Finger gepikst hat, um mir Blut abzunehmen. Ich habe laut meiner Mutter noch nicht mal gezuckt, als man mir mit langen Nadeln im russischen Krankenhaus die Ohren durchstach und als mir ohne Betäubung Zähne plombiert oder gezogen wurden. Ich bin mit einem Fallschirm aus viertausend Metern Höhe gesprungen, ohne die so erhoffte Erregung zu verspüren. Ich bin in Russland von einem Hügel mit Skiern direkt auf einen vereisten See gerutscht oder im Urlaub in Italien nachts von einer Klippe gesprungen. Als Fünfjährige bin ich in Georgien, als meine Tante für einen Augenblick nicht aufpasste, mithilfe eines Stuhls auf das Geländer eines Balkons geklettert und stand dort, die Arme weit von mir gestreckt. Ich bin als Kind auf große Hunde, Kühe, Pferde und alle möglichen Tiere zugelaufen, ohne mich vor ihnen zu fürchten. Ich bin von Schaukeln gesprungen und auf hohe Bäume geklettert. Habe mich geprügelt. Ich habe den anderen Angst gemacht, ohne selbst welche zu empfinden.

Doch es gibt etwas, das mir Unbehagen bereitet, meinen Magen verkrampfen und meine Haut kribbeln lässt … Tauben. Wenn sie anfangen, sich auf einem Platz zu versammeln, und ich mir das Flattern ihrer Flügel und das immer größer werdende Taubenknäuel ansehe, das Gurren vernehme … spüre ich, wie sich die Luft verändert, die Farben einen Grauschleier bekommen, meine Hände feucht werden und das Herz schneller schlägt. Ich laufe nicht weg. Ich bleibe stehen. Wenn die Angst in mich hineingekrochen ist, ist es zu spät zum Weglaufen.

Ich war acht oder neun, und es war ein schöner Tag, die Sonne schien vor sich hin und tauchte die Welt in leuchtende Farben. Ich plauderte mit meiner Mutter, auf ihre Antwort gespannt, schaute ich zu ihr hoch, und dann … mein Fuß versank in etwas Weichem, Modrigem, glitt in etwas hinein. Eine tote Taube, halb verwest, am Straßenrand.

Ich hatte nie Angst vor dem Tod, fand schon als Kind den Gedanken daran sogar tröstlich. Bis ich ihn sah, in Gestalt einer halb zerfressenen Taube, deren Skelett nur noch teilweise von fast schwarzen Fleischfetzen und verklebten Federn bedeckt war. Nun hatte ich diesen kläglichen Rest auch noch zermanscht. Ich fühlte den Tod, als mein Fuß ins Weiche glitt und die Knochen unter dem unerwarteten Druck knackten.

Ja, bis dahin hatte ich mir häufiger vorgestellt, wie ich vom Dach unseres Hauses oder von jener Eisenbahnbrücke, die ich als Kind tagtäglich überquerte, hinunterspringen würde; wie ein Vogel, die Arme weit ausgestreckt; zum Schluss doch noch zum ersten und zum letzten Mal das Gefühl der vollkommenen Freiheit erlebend. Ich malte mir aus, wie ich hinuntersegeln würde, ohne die letzten Sekunden beschwerlich zu finden, wie es beim Tod durch Gift oder Erhängen der Fall wäre.

Doch ab dem Tag änderten sich die Bilder in meinem Kopf, und anstelle der Freiheit und Luft tauchten zermanschte Organe und zersplitterte Knochen auf.

Wie es mir meine Vorgesetzte in Mailand im Februar angekündigt hatte, habe ich nun ein neues Jobangebot erhalten. Meine Chefin nahm mich beiseite, nachdem ich von einem Event aus Hamburg zurückgekehrt war. Der Job ist zwar nicht das, was ich mir erträumt hatte, aber trotzdem würde dieser Schritt meiner Karriere garantiert guttun. Eigentlich ist der Job sogar besser als das, was ich mir erträumt hatte, das weiß sie und das weiß auch ich nur zu gut.

Einer der Gründe, weswegen ich bei dieser Firma bin, ist, dass ich hier fürs Leben lerne. Meine Chefin vertraut mir und geht auf mich ein; nirgendwo hätte ich die Möglichkeit gehabt, so viel innerhalb von zwei Jahren zu lernen.

Ich werde meinen Hauptjob behalten und den neuen quasi nebenbei erledigen, aber das schaffe ich schon, ich kann dreimal so viel arbeiten. Und ich werde bei diesem Projekt nicht allein arbeiten, sondern im Team mit einer Frau, und sie hat die Hauptverantwortung, zumindest am Anfang.

Schon jetzt beginne ich, meine Grenzen zu ziehen und gleichzeitig zu erweitern. Meine Chefin macht sich Sorgen, dass mir die Zusammenarbeit mit der Kollegin vielleicht schwerfallen wird, weil ich sehr dominant sei. Diese Frau hat übrigens dieselben Bedenken, denn sie befürchtet, sich mir gegenüber nicht durchsetzen zu können. Aber es ist eine neue Chance für mich, etwas zu lernen. Ich bin nicht hier, um zu kämpfen, und ich kann sehr wohl von jemandem mit Talent und Arbeitserfahrung Ratschläge annehmen.

Der Job wird mir helfen, er wird mich weiterbringen. Die vielen Qualifikationen, die ich mittlerweile vorzuweisen habe, werden mir weitere Türen öffnen. Ich gehe nicht. Auch wenn *sie* es vielleicht nicht versteht, bin ich es, die das Sagen hat. Punkt.

Sie kann sich ja an freien Tagen austoben.

Adieu tristesse, bonjour tristesse.

FRANZÖSISCHE REDENSART

02.05. – Ich habe dich nicht erwartet, ich habe mit dir nicht gerechnet, doch scheint dich das nicht zu interessieren. Du bist in meinem Leben aufgetaucht und hast unaufgefordert einen Platz darin eingenommen. Es ist nicht so, dass ich dich nie gesehen hätte: Ich habe dich schon öfter gesehen.

Und doch hatte ich keine Ahnung, wer du bist. Du durchschaust meine Exaltiertheit, und ich könnte mir die Mühe sparen, mein Spiel zu spielen, denn unter all den hier Sitzenden wollte ich dir damit etwas beweisen, aber du hast mich schon nach kurzer Zeit durchschaut.

Ich habe Angst und empfinde doch Faszination und Bewunderung dir gegenüber. Du überraschst mich. Du triffst mich unerwartet dort, wo ich am empfindlichsten bin.

Am Sonntag werde ich den Tag mit Silberstein verbringen, sie scheint ihre Scheu überwunden zu haben.

Alice ist raus aus dem Wunderland. So verbunden ich mich ihr eine Zeit lang gefühlt habe, so leer ist der Platz in meiner Seele zurzeit, den sie belegt hat.

Zur meiner besten Freundin verliere ich im Moment auch immer mehr den Bezug. Es entstehen hohe Wände, durch die sie nicht hindurchzublicken vermag.

Aber heilige Plätze bleiben nie lange leer, es gibt seltsamerweise immer genug Menschen, die meine Aufmerksamkeit und Zuneigung für eine Zeit lang auf sich ziehen, und so auch jetzt.

Ich frage mich, ob es ein Zufall ist, dass ausgerechnet um mich herum die skurrilsten Menschen auftauchen, meine Welt wimmelt von ihnen. Wenn solch eine Dichte normal wäre, gäbe es keine Skurrilität mehr. Wahrscheinlich ist jedoch, dass gerade Menschen in meiner Umgebung bereit sind, sich zu öffnen und die Welt von einer anderen Seite zu betrachten, weil ich ihnen eine gewisse Kompromisslosigkeit vorlebe, auch wenn sie sonst vielleicht angepasster sind. Ich nehme es ihnen nicht übel. Wir alle sind auf Verständnis und Zuspruch angewiesen und bereit, einen Teil unserer Persönlichkeit aufzugeben, um nicht allzu sehr aufzufallen.

Ich bewundere einen ganz speziellen Menschen, der sich ganz eindeutig abhebt, auf die anderen aber krank und fast schon psychotisch wirkt; und dann gibt es da noch diejenigen, die sein Verhalten als Schauspiel deuten.

Es ist kein Schauspiel.

Aber er ist auch nicht krank.

Er ist nur anders.

Eine Bekannte hat mir erzählt, wie sie ihren Liebhaber mit einem Strap-on in den Arsch gefickt hat; jetzt bin ich von dieser Idee besessen. Aber es gibt nur einen ganz bestimmten Mann, den ich auf diese Art gern besitzen möchte, doch er erlaubt es mir nicht. Ich versuchte, ihm zu erklären, was es mir bedeuten würde, doch er will davon nichts wissen.

Na gut, es ist noch ein Schritt, der mich von dir entfernt.

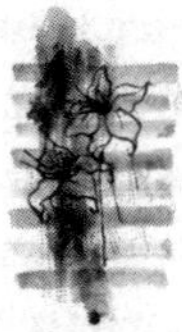

Uneingeschränktes Geben ist verhängnisvoll.
Ich zerbrach, zerbrach, zerbrach, und es blieben
eine Million unbedeutender Beziehungen übrig.
ANAÏS NIN

05.05. – »Ich bin gegen Pornografie und für Obszönität – und für Kraft, vor allem für Bildhaftigkeit, Fantasie, für eine Freiheit, wie wir sie uns noch nicht träumen lassen. Ich gebrauche die Zerstörung schöpferisch (vielleicht ein wenig zu sehr im deutschen Sinne), aber ich strebe immer nach wahrer, innerer Harmonie, nach innerem Frieden – und Schweigen. Ich ziehe die Musik allen anderen Künsten vor, weil sie sich selbst genug ist und hilft, das Schweigen zu fördern.« (Henry Miller)

Als ich diese Worte las, hatte ich das Gefühl, meine verstummte Seele fange an zu sprechen. Ein Ertrinkender braucht nur einen einzigen Atemzug, damit sich seine Lunge wieder mit Leben füllen kann.

Ich träumte von deinem Kommen, deiner schwarzen Umarmung, deiner Kraft. Ich war bereit, mich zu ergeben, sie zu verraten, sie sterben zu lassen, sie eigenhändig auf deinen Befehl hin in das Loch zu werfen, das du wieder verschließen würdest, sodass nur noch ich übrig bliebe, nach deinem Bild geschaffen, willenlos, funktionstüchtig, ohne Aufbegehren.

In einer Leere lebend, umgeben nur von dunkelgelbem Sand. Der Wind zu schwach, um die Körner zu bewegen, so ist die Landschaft, immer gleich bis ins Unendliche … keine Vegetation, noch nicht mal Spuren meiner Gegenwart. Ich bin formlos. Ich besitze kein Gewicht, das meine Füße in den Sand sinken lässt, keinen Atem, der die Körner verweht.

Ich hinterfrage nicht, Tod, warum du mich hierhin verbannt hast, du warst mein Erretter, indem du alles eliminiertest, was sie zweifeln ließ …

… sie denken ließ, sie fühlen ließ, sie hinaufklettern und wieder herunterfallen ließ, sie Schmerzen, aber auch Freude spüren ließ …

Die letzten Wochen versuchte ich, sobald ich an der Oberfläche auftauchte, mich in den Rahmen zu pressen, mich zu formen, wie es einem Teil – einem funktionierenden – dieser Gesellschaft gebührt. Ich sah meiner Seele beim Sterben zu, ich sah ihr beim Verzweifeln zu, ich sah den Menschen, die mir nahestehen, bei ihrer Sorge um mich zu. Ich ließ sie alle abseits stehen, durch eine undurchdringliche Glaskuppel geschützt. Nicht Reden war der erste Schritt, nicht Denken oder Fühlen, und so fragte sich manch einer, ob ich noch anwesend sei. Abgeschnitten, herausgeschnitten, ausgelöscht, entmenschlicht.

Heute tat sich eine Tür auf, der Schrecken der gelben Wüste, wachgerufen durch Worte. Mein Kopf schnellte nach oben. Ich sog wieder Luft in mich hinein und damit auch Gefühle. Sie überwältigen mich, ich bin hilflos, aber ich bin auch wieder ich.

Heute fehlt mir die Geduld, mit der ich die Routine der Tage zuvor ertrug. Ich sollte nicht hier sein. Ich sollte von diesen Menschen nicht umgeben sein. Ich sollte nicht sprechen müssen, wenn ich nicht will. Ich sollte nicht gerade sitzen müssen, wenn ich mich krümmen will. Ich sollte nicht schweigen, wenn ich schreien will.

Vielleicht sollte ich, nachdem es nun neben mir eine serifenlose N… gibt, auch eine in Großbuchstaben erschaffen. Eine, die all meine Gewalt und meinen stinkenden, klumpigen Hass in sich aufnimmt, eine, die ich damit bis zum Rand füllen kann, sodass sie nur noch aus kompromisslosem Eigennutz und jenseits jeder Moral zu existieren versteht.

Um sie zu erschaffen, fehlt es mir an Kraft. Um mich allein von allem loszulösen, fehlt es mir an Kraft. Um so zu leben wie bisher, fehlt es mir an Kraft. Gefangen und in die Ecke gedrängt, bleibt mir nur noch die Betäubung als Ausweg. Mir bleiben nur noch die Drogen und der physische Schmerz.

Falscher Weg? Vielleicht, doch ich erkenne keinen richtigen in meinem Zustand. Um mich loszulösen, fehlt es mir an Kraft.

Sex ist nur schmutzig, wenn er richtig gemacht wird.

WOODY ALLEN

08.05. – Die Sonne knallt, es ist unglaublich, wie kostbar sie ist. Man möchte sich am liebsten wie eine Katze auf ein paar Steinen ausstrecken und die Wärme das Fell streicheln lassen ...

Stattdessen muss ich arbeiten. Ich habe seit ein paar Tagen diverse Präsentationen, das heißt lange, lange Tage; bin heute von Frankfurt nach München geflogen.

Ich nutzte gestern die Mittagszeit, nachdem ich meine Arbeit erledigt und die Präsentation noch nicht begonnen hatte, um mir die Haare schneiden zu lassen. Eigentlich wollte ich diesmal zu einem bestimmten Friseur gehen, er ist der Friseur einer Freundin. Ich bin unfähig, Beziehungen zu Menschen aufzubauen, sogar bei solchen Lappalien. Ich habe keinen Friseur, sondern gehe immer der Laune nach zum nächstbesten. Aber dieser Typ schien mich ganz cool gefunden zu haben, als ich meine Freundin einmal begleitet hatte. Er hat ihr (und einem weiteren Bekannten von uns) jedenfalls danach von mir vorgeschwärmt, was mich aufgrund meiner narzisstischen Ader natürlich nicht kaltgelassen hatte. Ich hatte mir also fest vorgenommen, ab sofort nur noch zu ihm zu gehen ... hat natürlich nicht geklappt, ha! Vielleicht beim nächsten Mal.

Jetzt sehe ich aus wie eine Raubkatze; sie hat mir die Haare ganz kurz geschnitten, aber hinten eine wahnwitzige gezackte und eckige Struktur kreiert. (Die Friseure von Toni&Guy werden unter anderem in London geschult, und ich ließ ihr im Gegensatz zu den meisten Deutschen komplett freie Hand.) Die Menschen schauen mich an ...

Ich habe mir zudem ein neues Parfum gekauft. Nachdem ich fast drei Jahre lang das süße, aber doch zu unschuldige Chérie von Dior benutzt habe, bin ich jetzt auf das aggressive und sehr sexualisierende Fuel for Life von Diesel umgestiegen.

Mir gefiel die Werbung so gut, dass ich es unbedingt haben wollte, schon damals. Aber der Duft schreckte mich anfangs ab, was nochmals beweist, dass man sich Düfte direkt auf die Haut und nicht auf ein Stück Papier sprühen sollte. Aber ich mochte das Parfum nicht auf meiner Haut haben; ich bin sehr empfindlich, was Gerüche betrifft. Aber heute Morgen trug ich keines, also sprühte ich Fuel for Life, den Kraftstoff des Lebens, darauf.

Als ich an der Kasse stand, weil meine Kollegin bezahlen wollte, hatte ich plötzlich den Eindruck, eine fremde, aufregende Frau neben mir zu haben. Ihr Geruch kitzelte in meiner Nase und mein Körper reagierte sofort: Ein kribbelndes und warmes Gefühl breitete sich zwischen meinen Beinen aus. Ich wollte sie. Ich drehte mich um, doch niemand stand hinter mir, und ich brauchte ein paar Augenblicke, um zu begreifen, dass dieses Gefühl durch den Parfumduft, der mich umgab, verursacht worden war.

Ich sagte: »Ich komme gleich«, und sprintete auf meinen hohen Pumps zum Regal. Den Rest des Tages sprühte ich mir immer wieder kleine Dosen nach, wie ein Junkie, um für einen Augenblick der Realität zu entfliehen und die sexuelle Lust über mich siegen zu lassen.

Wahrscheinlich wird sie sich die Haare im Nacken wieder gerade schneiden lassen, kann mir kaum vorstellen, dass ihr diese Zacken gefallen. Wildfremde quatschen mich an, ich scheine eine wandelnde Gesprächseinladung zu sein. Ich stelle immer wieder fest, egal, in welcher Stadt ich mich aufhalte, in welcher Umgebung, zu welcher Tages- oder Nachtzeit, die unterschiedlichsten Menschen – ob alt, jung, männlich, weiblich, spießig, flippig, neugierig, gleichgültig –, sie alle schrecken nicht davor zurück, mich anzusprechen. Im Café, in einer Bar, im Taxi, in einer Buchhandlung, in einem Geschäft, an der Kinokasse, in einem Club, im Restaurant, im Flughafen, im Zug; irgendwie sehe ich wohl so aus, als könne man mir alle möglichen Fragen stellen.

Meistens stimmt das auch: Ich verhalte mich Fremden gegenüber in der Regel sehr offen. Sie stellen für mich immer eine Möglichkeit der Studie und Analyse dar.

Manchmal bin ich genervt. Entgegen der Meinung der anderen über mich werde ich nämlich immer disziplinierter und pflichtbewusster in meiner Arbeitswelt (na ja, kommt auf die Laune an) und so verweigere ich manchmal den viel zu persönlichen Kontakt, den Kunden gelegentlich anstreben.

Heute Mittag hatte ich mich in die entfernteste Ecke eines Restaurants gesetzt. Ich hatte meine Kollegen extra gebeten, mich über Mittag allein zu lassen. Ich hatte ein neues Buch. Ich wollte Ruhe haben, und die Gespräche waren alle schon gesprochen.

In meine Bücherwelt vertieft, ignorierte ich die viel zu aufdringlichen Blicke eines älteren Mannes, der sich seines Lebens zu langweilen schien: Er sprach so laut, als wolle er die ganze Welt, in diesem Moment auf die Größe des Restaurants reduziert, unterhalten; er sprang jedes Mal unruhig von seinem Barhocker, wenn er jemanden begrüßen wollte, und setzte sich nie an seinen vorherigen Platz zurück, sondern schien sich wie eine Schlange immer näher an mich heranzuwinden. Der Kellner hinterm Tresen verschob parallel dazu seine Kaffeetasse und sein Wasserglas.

Dann saß er irgendwann fast vor meiner Nase und sprach mich an, was es denn so Interessantes in meinem Buch gebe. Seine Art, die eines Mannes, der es gewohnt ist, Antworten auf seine Fragen zu bekommen und Menschen herumzukommandieren, kratzte an meinen Ohren wie Nägel auf rostigem Metal, und ich ertappte mich dabei, ihm etwas Fieses entgegnen zu wollen.

Aber ich riss mich zusammen, jeder von uns hat seine Geschichte und wer wusste schon so genau, was diesen Mann dazu veranlasst hatte, so zu werden, wie er sich in diesem Moment gab. Ich nannte ihm den Titel des Buches, und um weiteren Fragen zuvorzukommen, sagte ich, ich wäre dankbar, mein Mittagessen allein genießen zu dürfen.

Kann sein, dass ich in den Augen einiger Beschränkter als unhöflich gelte, aber ich finde es höflicher, sich ehrlich von jemandem zu distanzieren, als Interesse vorzugaukeln.

Ich wollte bald darauf das Restaurant verlassen, denn seine Blicke engten mich immer mehr ein. Im Gegensatz zu vorher schien er nun auf seinem Platz festgenagelt zu sein und bewegte sich keinen Millimeter mehr.

Aber als eine kleine Entschädigung für diesen Vorfall wollte ich mir ein ganz besonderes Dessert bei der blonden Kellnerin bestellen, mit der ich kurz ins Gespräch kam: Ich wünschte mir etwas Schokoladig-Warmes, wie ein Soufflé oder einen Pudding. Ich konnte den Geschmack der warmen, leicht klebrigen Süße auf meiner Zunge spüren, und wie beim Sex kann sich die Lust auf eine unerreichbare Speise bei mir zu einer Obsession ausweiten, sodass ich nicht mehr in der Lage bin, an etwas anderes zu denken. Wir gingen gemeinsam die Dessert-Karte durch, doch es gab nichts, was auch nur ansatzweise meinen Heißhunger hätte stillen können. Sie beugte sich zu mir hinunter und meine Unruhe schien sich auf sie zu übertragen; sie zitterte bei ihren Bemühungen um eine Lösung, als ginge es um Leben und Tod.

Ich kenne diese Wirkung. Meine Freundin sagt, ich habe die Gabe, Menschen in den Sog meiner Gelüste zu ziehen. Wenn ich etwas wirklich will, spiegeln sie sich in jeder Bewegung, jedem Atemzug und jedem Wort wider, und ich bin so von der Lust erfüllt, dass sie unweigerlich anfängt, aus mir herauszutröpfeln ...

Die blonde Kellnerin tat mir leid. Ich war gewillt, sie gehen zu lassen, und sagte, ich könne in ein Café wechseln; vielleicht hätten sie mir etwas anzubieten. Ich fragte sie sogar, welches sie mir empfehlen würde, um sie nicht ganz enttäuscht von dannen ziehen zu lassen. Sie schaute mich an, ihr Gesicht war nun schon so nah, dass es kaum noch als höflich gelten konnte; dann sagte sie mir, sie würde mit dem Koch sprechen. Sie seien dabei, ein neues Rezept auszuprobieren, es stünde noch nicht auf der Karte: eine Schoko-Crème-brûlée mit einer ganz leichten, aufgeschäumten Vanillecreme, und sie würde mir noch Karamelleis in einem separaten Schälchen dazu servieren, damit ich das Kalte mit dem Heißen vermischen könne. Woher sie wusste, dass Karamell meine Lieblingseissorte ist, weiß ich nicht, aber sie traf mit diesem Vorschlag ins Schwarze.

Als ich die warme Kruste durchbrach, stand sie wie eine brave Schülerin neben mir und wartete auf mein Lob, das ich dann auch in aller Deutlichkeit aussprach: Dieses Dessert war der Höhepunkt meines Tages, so viel kann ich sagen.

Nachdem es kurz geregnet hatte, klarte es erneut auf, und plötzlich waren die Straßen voll, als kämen alle Menschen aus ihren dunklen Löchern gekrochen, wohl wissend, dass die Sonne nur eine begrenzte Zeit für sie da sein würde. Ich schmunzelte, als ich mir vorstellte, wie nun hinter den Mauern Bügeleisen Löcher in die Kleidung brennen würden, weil ihre Besitzer so schnell aus dem Haus gerannt waren.

Auf den Stufen des Nationaltheaters tummelten sich Menschen, die ihre Gesichter der Sonne entgegenstreckten, sich unterhielten oder lasen. Ich zog meine Ballerinas an, die ich in der Tasche mitgeschleppt hatte, kletterte auf die Seitenwand der Treppe und ließ meine Füße ins Freie baumeln. Um mich gegen den Lärm zu schützen, holte ich meinen MP3-Player hervor, obwohl ich normalerweise beim Lesen lieber keine Musik höre, um die Empfindungen nicht zu vermischen ...

Ich hatte keine Chance, das Buch hatte keine Chance, die Musik hatte keine Chance ... der Abgrund unter meinen Füßen, nicht unendlich und doch durchaus tödlich, zog meine Blicke permanent auf sich. Es wurde immer schwieriger, seinen lockenden Rufen zu widerstehen, die Worte waren nicht laut genug, die Melodie war nicht laut genug.

Ich stand auf und hastete die Stufen hinunter, wobei ich die Aufmerksamkeit der Sonnenanbeter auf mich zog in dieser stillen, zufriedenen Welt, in der ich offenbar weder Ruhe noch Zufriedenheit finden konnte. Ich hatte noch etwas Zeit, bis die abendlichen Präsentationen anfingen, und ich wollte nicht zurück ins Geschäft, um dümmliche Konversationen zu führen. Meine Arbeit war getan und im Gegensatz zu ihr versuche ich nicht, jede Minute bis zum Bersten zu füllen.

Ich ging in einen kleinen verstaubten Buchladen, der mir schon bei meinem letzten Besuch in München aufgefallen war, ohne dass ich Zeit gehabt hätte, ihn aufzusuchen. Am Eingang begrüßte mich ein älterer Mann, dessen Brille auf der Nasenspitze saß, was ihm Ähnlichkeit mit einem Vogel verlieh. Ich lief die schmale Wendeltreppe hinauf. Oben weilte eine füllige, ebenfalls bebrillte Frau Anfang, Mitte fünfzig, mit raspelkurzen grauen Haaren. In ein undefinierbares geblümtes Etwas gehüllt, saß sie an einem Schreibtisch. Sie sah zu mir auf, abschätzend und irgendwie verärgert. Offenbar störte ich die Enge dieses mit Büchern vollgestellten Raumes. Ich hatte wieder meine High Heels an, aufgetakelt und geschminkt, wie ich war, konnte ich ihren Blick sogar verstehen und verurteilte sie keineswegs. Sie war mir trotzdem sympathisch, ich hatte das Gefühl, die Bücher würden sie mögen und sich in ihrer Nähe wohlfühlen.

Ich fragte sie nach Büchern von Anaïs Nin, und sofort kam Bewegung in ihren bis dahin starren Körper. Sie sprang hinter ihrem Schreibtisch hervor und stand nun vor mir. Sie habe leider keine da, sagte sie; obwohl es einige neue sogar als Taschenbuchausgabe gebe, habe sie keine bestellt, weil sie nicht mehr gefragt seien. Ich sei seit Jahren die Erste, die danach frage.

Es schien ihr wirklich leidzutun, jedoch nicht um mich, sondern um ihre Lieblingsautorin. Sie habe alle Bücher von ihr gelesen, sagte sie, besonders die Tagebücher habe sie verschlungen. Es sei schmerzlich gewesen zu sehen, wie sie Jahr um Jahr von niemandem gewollt dagelegen hätten. Da habe sie alle zurückgeschickt.

Mit dem Schreibstil könnten die jungen Leute heutzutage nichts mehr anfangen, obwohl ... da schaute sie mich an, eine Frage in ihrem Blick. Sie könne mir die Bücher natürlich bestellen. Ich sagte, ich komme nicht aus München.

Den Rest des Nachmittags verbrachte ich in einem Café unter einer Wärmelampe – die Sonne hatte uns erneut im Stich gelassen – und starrte auf die Treppe des Nationaltheaters, mit den korinthischen Säulen und dem zweifachen Dreiecksgiebel darüber.

Ich muss nicht zurückkehren, ich muss nichts tun, ich kann alles beenden; ich habe meinen Ausweis nicht dabei, der ist im Koffer. So könnte meine Familie noch ein paar Tage in der trügerischen Annahme leben, ich sei am Leben.

Nur was dann?

Alles, was bleibt, ist Sekunden zählen, irgendwann geht alles vorbei. Es wird nur immer schwieriger, den Stimmen zu widerstehen.

Keiner zwingt dich, die Tür zu öffnen
und nach draußen zu gehen,
du könntest dich für immer verschanzen.

N.S.

10.05. – Ja, nun ist es wieder so weit, das Begehren ist weg. Ich sehe ihn und ich will ihn nicht mehr. Es zerreißt mir das Herz. Wie kann so etwas Wichtiges einem nur plötzlich so egal sein? Als ob man einem schönen Bild all seine Farben und Konturen genommen hätte. Er ist nur noch eine Skizze, ein unfertiges Objekt, aber nicht er ist unvollkommen, ich werde es zunehmend. Ich werde zu einem Teilmenschen, einem halbierten, einem gebrochenen ...

Ich fühle mich leer, ich fühle mich hilflos, jetzt, da ich nicht mehr von der Lust und Abhängigkeit von ihm durch mein Leben getragen werde. Ich werde nun in diesem Zustand verweilen, ruhelos und hungrig, bis ich einen würdigen Ersatz gefunden habe, wohl wissend, dass es keinen Ersatz geben kann.

Seit nun mehr als 13 Jahren führen wir diese »Beziehung«, und es gibt kein Entkommen und kein Vorankommen, und jedes Mal, wenn ich denke, diesmal sei alles anders, weil wir eine neue Stufe erreicht haben, werde ich eines Besseren belehrt.

Ich werde durch das Leben streifen, ewig auf der Jagd. Ich werde entweder sehr promisk leben und alles mitnehmen, was sich mir anbietet, und dabei nie richtig Erfüllung finden oder ganz enthaltsam leben, so wie sie, und mich nie von einem anderen Mensch berühren lassen, nur von mir selbst, und mir einen Porno nach dem anderen reinziehen, vollgepumpt mit Koks, damit ich überhaupt noch etwas empfinden kann.

Ich bin dicht, ich spüre, wie mein Herz rast, so wie immer in letzter Zeit, wenn ich etwas nehme. Im Fernseher schreit eine Frau, die gerade zwei Schwänze in ihrem Arsch, einen in ihrer Fotze und einen im Mund hat. Sie ist keine besonders gute Schauspielerin. Ich denke, das muss man bei billigen Pornos auch nicht sein, aber ich kann ihr deutlich ansehen, dass sie keinen Spaß bei der Sache hat. Sie schaut schmerzerfüllt in die Kamera, und ihr gespieltes Stöhnen hört sich eher nach einem Schreien an. Seltsamerweise ist es genau das, was mir an diesem »Meisterstück« gefällt. Ihr Schmerz erregt mich, ich stoppe immer wieder das Bild und schaue mir ihre Augen an, ihr Gesicht, ihren weit aufgerissenen Mund, der immer wieder gnadenlos vollgestopft wird.

Danach kommt mein Lieblingsfilm an die Reihe, eine um Klassen bessere Produktion: anregende Location, zwei Blondinen. Die eine ist ein Unschuldsengel, kaum geschminkt, mit Zahnspange und in Ketten gelegt. Die andere ist ihre Herrin mit dunkel umrandeten Augen und schwarzen Nägeln. Die Herrin ist nicht besonders streng und fügt ihrer Sklavin nur leichte Schmerzen zu. Ich habe schon wesentlich härtere Sachen gesehen und getan. Doch schließlich kommt ein Mann ins Spiel, eigentlich nur ein Schwanz, denn der Rest dieses Mannes spielt in diesem Film keine Rolle, und dann wird es interessant. Das Zwischenspiel der beiden zu beobachten, ist die reinste Psychologiestudie – ich analysiere mit –, die zwei sind wirklich gut, richtig professionell.

Ich spule zurück, schließe die Augen und fahre mit der Hand zwischen meine Beine. Ich nutze das Stöhnen der Schauspielerinnen, um in meinem Kopf einen eigenen Film abspielen zu lassen. Ich stelle mir vor, wie eine Frau, die vor mir kniet, mich leckt. Ich zerre an ihrer Kette, fühle, wie sie zwischen meinen Beinen nach Luft ringt, was die Berührungen ihrer Zunge intensiviert. Ein besonders schmerzerfülltes Stöhnen ertönt, und in meiner Fantasie schlägt der Mann, der hinter der Knienden steht, sie gerade mit dem Gürtel auf den Rücken und den

Arsch. Ich stelle meine Stilettos auf ihre Füße, drücke sie runter. Sie kann sich mir nicht entziehen, denn die Kette um ihren Hals ist mehrfach um mein Handgelenk gewickelt.

So geht es die ganze Nacht; kaum bin ich gekommen, fange ich wieder an. Ich setze mich auf den Boden der Duschkabine, weil ich mich nicht mehr auf den Beinen halten kann und sich alles vor meinen Augen dreht. Das Licht ist aus, ich stelle meinen Duschkopf um und führe den Strahl zwischen meine Beine. In meinem Kopf filmt mich meine Geliebte dabei, wie eine von ihr bezahlte Nutte versucht, mich mit der Zunge zu befriedigen, nur kann ich nicht kommen. Ich kann nicht kommen, denn ich will nur sie, meine Liebste, und nicht den billigen Ersatz. Ich schaue sie nicht an und spüre doch überall ihre Blicke, die Kamera ist ihre Iris. Dann kommt sie zu dem Sessel, auf dem ich sitze. Die Kamera immer noch in der Hand haltend, sagt sie der Nutte: »Es reicht, du kannst gehen.«

Ich ziehe mich zurück, schiebe meine Beine zusammen, senke meinen Kopf wie ein kleines hilfloses Mädchen. Ich bin hilflos, denn ich beherrsche meinen Körper und meine Lust nicht, noch nicht mal in meiner Fantasie.

Sie befiehlt mir, meine Beine zu spreizen. Als ich es nicht tue, schlägt sie mir mit der freien Hand ins Gesicht, und ich gehorche, nicht des Schmerzes wegen, den ich kaum wahrnehme, sondern um ihr zu gehorchen. Sie schiebt ihre Finger in meine Fotze, sie stößt hart zu, sie weiß genau, wie ich es brauche, und sie sagt immer wieder: »Du weißt genau, ich bin die Einzige, die dich zum Kommen bringen kann«, dann komme ich, in meiner Fantasie wie auch in der Realität ...

Ich könnte jemanden anrufen, ich habe Nummern auf meinem Handy, Bekannte nur für Sex. Aber ich weiß leider nur zu gut, dass ich nicht kommen werde. Es wäre ein qualvoller Versuch, der dazu führen würde, dass ich meinem Partner etwas vorspielen müsste, das nicht existiert. Außerdem kann ich sie nicht in meine Wohnung lassen und ich bin zu matt, um noch auszugehen.

Und so mache ich es mir selbst, immer und immer wieder, bis meine Klitoris bei jeder Berührung schmerzt, meine Finger sich taub anfühlen, mein Handgelenk mir wehtut und mein Körper hilflos zittert ... und ich gebe keine Ruhe, bis ich so leer bin, dass nichts mehr in meiner Hülle vorhanden ist. Leere Knochen, leere Adern, leere Organe, von einer künstlichen Haut zusammengehalten.

Ich bin frei, aber ich habe diese Freiheit nicht gewollt. Ich tröpfle mir Kerzenwachs auf meine Brustwarzen, etwas davon kommt auf meinen Bauch und meine Füße. Ich nehme eine Brust in die Hand und tauche die Spitze in das heiße Wachs. Als es trocknet, kratze ich es ab und richte den harten Strahl des Wassers auf die schmerzende Stelle. Ich knicke gelegentlich den Schlauch um, und die unregelmäßigen Stöße des Wassers fühlen sich an wie Schläge. Sie sind nicht hart genug, aber so am Boden zerstört, wie ich bin, erzielen sie doch ihre Wirkung.

Es liegt nicht nur an mir, ich gebe mir gern die »Schuld«, weil dies mich mit dem Gefühl erfüllt, Macht und Kontrolle zu haben. Ich denke, solange es aus meinem Inneren kommt, bin ich diejenige, die das Leben bestimmt. Aber ich bestimme nichts, ich reagiere nur auf die Handlungen anderer. Schon seit einiger Zeit hat er mir das Gefühl gegeben, nicht wichtig zu sein, nicht an erster Stelle zu stehen, zwar nicht dann, wenn er bei mir war – dann vögelt er mich ununterbrochen und gut –, aber in seiner Abwesenheit: Er kam viel zu selten zu mir, und ich bin es nicht gewohnt, so selten gewollt zu werden.

Ich kann nicht verlangen, dass ein anderer Mensch sich perfekt in meine narzisstische Welt einfügt, und nur noch nach meinen Vorstellungen handelt. Aber ich kann auch nicht verhindern, dass ich zumache, sobald der Takt meiner perfekten Melodie unterbrochen wird.

Lange deckte uns die Wolke zu.
Als sie ging, war alles anders, als es vorher war.

ANNEGRET KRONENBERG

16.05. – Ich kann die rosafarbene Luft, den Duft der Kirschbäume spüren. Die weißen Blüten berühren meinen Körper, meine nackten Füße. Ich fühle ihre Kühle ... ich höre das Wasser ... Azurblau, Schneeweiß, Rubinrot, Sanftrosa, Golden ... das sind die Farben, die diese Welt ausmachen ... kein Schwarz, kein Grau, kein Braun ... du hast eine schöne, eine vollkommene Welt für mich geschaffen. Nur dass hier kein Lebewesen existieren kann, außer mir und dir. Alle sterben, nur die Bäume scheinen bis in alle Ewigkeit zu blühen.

Ich drehe mich um, ich schaue auf das Wasser, sehe seine Perfektion, keinerlei Bewegung, nichts scheint die spiegelglatte Oberfläche zu stören. Und doch weiß ich, dass du da bist, du wartest auf mich.

Du kannst diese Welt verändern, die Luft, das Wasser, den Körper. Du bist unter Wasser und du brauchst nicht zu atmen, kannst dich ganz ruhig auf den Grund legen, zugedeckt mit Kirschblüten.

Komm raus, komm raus, wo immer du auch bist ... komm raus! Ein Schatten verdunkelt den Teich von unten, das Wasser teilt sich, und ich sehe dich.

– Es ist Zeit für deine Reinigung, mein Kind. Komm zu mir, komm ins Wasser.

Ich steige das Ufer hinunter, das Wasser ist warm, so warm, wie es in Wirklichkeit niemals ist, so warm, wie es nur in einer Badewanne sein könnte. Einige Blüten treiben auf der Oberfläche. Ich lege meine Hände auf deine Schultern, ich muss die Arme ausstrecken, um deine Schultern zu erreichen. Mir wird bewusst, dass ich, obgleich dein Körper mehr Kraft besitzt als meiner, ihn mühelos unters Wasser drücken könnte. Du würdest es geschehen lassen. Dich töten lassen, um alles zu beenden.

Ich sehe, wie ein Grauschleier sich auf die Farbenpracht legt und aus den Bäumen ein dünner Sandstrahl zu rieseln beginnt. Sie verdorren von innen, verfallen in sich. Ich nehme meine Hände weg, ich kann die Bäume nicht sterben lassen.

– Mein Kind, mein Kind, mein Kind …

Es wird keine andere Zeit geben, kein anderes Leben, keine andere Realität … kein anderes Ich. Du hast mich so gemacht, und so werde ich bleiben, bis sich der Sand meiner Uhr mit Blut verfärbt und der Tod mich aus dem ewigen Garten reißt.

Ich war fünf oder sechs, auf jeden Fall war es noch vor meiner Einschulung. Und es war Winter. Die Kälte ziepte an Wangen und Nase, brachte sie zum Erröten. Wir waren spazieren: mein Vater, meine Schwester, sein entfernter Verwandter, der gerade zu Besuch in Moskau war und für ein paar Tage bei uns wohnte, unser Hund und ich.

Der Schnee lag meterhoch neben dem Weg, unser Hund tollte wie wild herum und stob Schneeflocken in alle Richtungen. Eine heile Welt.

Wir kamen an eine Stelle, wo unser Weiterkommen unerwartet verzögert wurde. Es war alles vereist, und da wir uns oben auf einem Hügel befanden, der steil zu einem Fluss hin abfiel, bestand die Gefahr, dass wir ausrutschen und hinabrollen könnten. Der Fluss war gefährlich, das wusste ich, seit ich denken konnte.

Er war jetzt zwar vereist, doch in der Nähe des Ufers hatten Fischer und Eisschwimmer, zu denen auch mein Vater gehörte, an vielen Stellen Löcher in das Eis geschlagen. Die Löcher waren von einer dünnen Eisschicht bedeckt, die einem eine Sicherheit vorgaukelte, der aber immer wieder Menschen zum Opfer fielen, vor allem spielende Kinder oder Betrunkene. Es war schwer, das richtige Eis von dem trügerischen zu unterscheiden. Der »Todessee« war flussabwärts. Im Frühjahr wurden immer wieder Leichen gefunden, andere verschwanden spurlos.

Mein Vater wollte unbedingt weiter, also schlug er vor, wir sollten die vereiste Stelle umgehen, indem wir vorsichtig den verschneiten Hügel hinabklettern und unseren Spaziergang auf dem tieferen Pfad fortsetzen würden. Wir kletterten hinab, ganz langsam, bis wir eine Stelle erreichten, an der wir Kinder nicht mehr allein vorankamen.

Er, der neben dem Hund ganz ungehemmt hin und her lief, drehte sich zu uns um und streckte seine Arme aus. Und obwohl ich näher an ihm stand und ihm bereits die Arme entgegenstreckte, griff er meine kleine Schwester zuerst, trug sie über die Stelle und brummte seinem Verwandten zu, er solle sich um mich kümmern.

Ich konnte mich in dem Augenblick nicht sehen, also weiß ich nicht, welcher Gesichtsausdruck den Mann vor mir zurückschrecken und zu meinem Vater sagen ließ, er würde lieber ihm die Ehre überlassen, wobei er krampfhaft versuchte, dies als Scherz zu präsentieren, obwohl es ihm offensichtlich einfach unangenehm war.

Mein Vater drehte sich um, nachdem er meine Schwester an einer sicheren Stelle abgesetzt hatte, und ging langsam auf mich zu. Der Verwandte stand immer noch hinter meinem Rücken, ich sah ihn zwar nicht an, konnte jedoch seine Blicke spüren. Ich streckte erneut meine Hände dem Vater entgegen und hoffte, bald von seinem Körper empfangen zu werden und meine aufquellende Eifersucht in seinen Armen vergessen zu können.

Doch er wollte mir nur seine Hand geben, und als er die Verwirrung in meinem Gesicht sah, sagte er: »Du bist doch schon groß, dich muss ich nicht mehr tragen!« Dann geschah alles so schnell, dass mir selbst im Nachhinein nicht mehr ganz klar ist, welcher Teufel mich geritten und mich zu dieser Tat verleitet haben könnte.

Ich ging auf ihn zu, er stand mir gegenüber und stemmte den rechten Fuß gegen den rutschigen Boden. Ich sprang ihn an und heftete mich mit beiden Armen an seinem Hals fest, als hätte ich seine Anweisungen missverstanden und wäre davon ausgegangen, dass er mich gleich wie meine Schwester hochheben und tragen würde. Er aber hatte nicht mit diesem Stoß gerechnet und verlor den Halt, und wir beide begannen, den Abhang hinunterzurutschen.

Alles geschah in Sekundenschnelle, und das einzige Geräusch, das uns begleitete, war das laute Bellen des wild herumspringenden Hundes. Die Welt drehte und drehte sich und schien nie mehr zum Stehen kommen zu wollen. Der Gedanke, dass ich gleich aufs Eis aufschlagen und eventuell darunterrutschen würde, machte mir keine Angst. Angst vor dem Tod hatte ich nicht, nicht vor meinem und vor seinem nun auch nicht mehr, denn er hatte mich verraten. Sein Gesicht sollte das Letzte sein, was ich vor meinem Tod sehen würde.

Dann packte mich eine Hand am Kragen meines Pelzmantels und schleuderte mich zur Seite, ich landete mitten in einem Gebüsch. Dort saß ich nun, in einem Gefängnis aus dornigen Zweigen, die es mir unmöglich machten, mich zu befreien. Ich bemühte mich auch nicht sonderlich, denn ich wusste, dass ich verloren hatte.

Der Hund hatte aufgehört zu bellen. Der Vater hatte ebenfalls einen Halt gefunden; er richtete sich auf, konnte jedoch nicht richtig stehen, weil er sich verletzt hatte. So kroch er zu mir herüber, bog die Zweige vor meinem Gesicht auseinander und holte mich heraus.

Ich hielt die Augen geschlossen, auch als er mich den Hügel hinauftrug. Meine Schwester erzählte mir später die Einzelheiten. Dann kam der Verwandte uns entgegen, und mein Vater übergab mich ihm. Diesmal wehrte ich mich nicht. Ich spürte, dass mein Vater mich durchschaut hatte. Ich sah es in seinen kritischen Blicken, die er mir auf dem Nachhauseweg immer wieder zuwarf. So ist sie, die Liebe.

Das Wasser ist viel zu kalt, doch einige Menschen springen trotzdem hinein. Ich sitze mit einer Kollegin in einem Strandkorb auf Sylt, unser Flug geht in ein paar Stunden. Das Plätschern der Wellen wirkt einschläfernd. Meine nackten Füße ruhen auf dem kalten Sand, und ich halte mein Buch hoch, um nicht reden zu müssen.

Tausende Bilder kreisen in meinem Kopf. Es fällt mir immer schwerer, in der Realität zu bleiben; ein Geräusch, ein Geruch, ein Satz und ich werde in eine andere Welt entführt. Erinnerungen machen sich selbstständig und dehnen sich aus; Déjà-vus werden zu Albträumen, Ängste zu Halluzinationen.

Nachdem meine linke Brust gewachsen war, habe ich im Medizinlexikon meiner Mutter gelesen, dass Brüste zum Großteil aus Fettgewebe bestehen. Also hörte ich auf zu essen. Ich erfand tausend Geschichten, um so wenig wie möglich essen zu müssen. Ich versuchte, mich in den Pausen zu verkrümeln und mein Essen zu entsorgen. Ich wurde sehr erfinderisch beim Lügen: Wir hätten im Kochunterricht in der Schule so viel gegessen oder jemand hätte wegen eines Geburtstags etwas mitgebracht; ich erfand Magenprobleme, Zahnschmerzen.

Natürlich musste ich aufpassen. Ein Kind steht viel mehr unter Beobachtung als eine Erwachsene, aber als letzter Ausweg blieben immer die Toilette und die Finger im Hals.

Eines Tages sah meine Mutter meine blauen Flecken, die ich wesentlich schneller bekam und wesentlich langsamer loswurde. Mir war nie bewusst, dass ich meine Mutter anlog. Es schien die Wahrheit zu sein, weil sie zur Wahrheit in meinem Kopf wurde.

… das Meer. Mein Vater brachte mir das Schwimmen bei. Anfänglich konnte ich nur in Schwimmbecken schwimmen, die Wellen überforderten mich, aber ich wollte die Schwimmhilfen so schnell wie möglich loswerden.

Ich schluckte eine Menge Wasser, es zog mich hinunter, und jede Welle schien mich begraben zu wollen. Er hielt mich fest, ich schwebte auf seinen Händen, die unter meinem Bauch und meiner Brust ruhten, er trug mich durchs Meer immer weiter fort, wir verließen den Lärm und die Menschen. Später hielt ich mich an seinem Rücken und seinen Schultern fest, vor uns nur das offene Wasser, grenzenlos. Er sagte, hier in der Nähe seien Delfine gesichtet worden, und so hielt ich Ausschau nach ihnen.

Kurze Zeit später war es vorbei mit dem Märchen. Er hatte eine Geliebte in diesem Urlaubsort, und ich explodierte vor Hass und Verzweiflung.

Wie oft ist sie, die andere, eine Geliebte von irgendjemandem gewesen in den letzten 13 Jahren? Wie oft hat sie mit verheirateten Männern und Familienvätern gevögelt? Sie weiß es nicht mehr, es scheint ihr egal zu sein. Als würde sie meine Kindheitswut nicht spüren können, den Hass auf all die Frauen, die mir meinen Vater geraubt, seine Gedanken und seine Aufmerksamkeit auf sich gelenkt haben. Ihr ist es egal.

Ich habe mit einem Exliebhaber gevögelt, doch mir fehlte die Härte, die wir eigentlich immer beim Sex erlebt hatten. Nach einer Pause von ein paar Monaten haben wir uns wohl zu weit voneinander entfernt, also ziehe ich weiter.

Ja, auch er gehört jemandem; und ja, es ist mir egal. Ich bin nicht der Spiegel ihrer Wut, meine Vergangenheit ist nicht ihre, ich teile ihre Obsession mit dem Vater, den ich als einen widerlichen und lachhaften Wurm ansehe, nicht.

Ich habe keine Abscheu davor, eine Geliebte, eine Affäre, ein Seitensprung zu sein, all diese Hasspersonen ihrer Kindheit, mit denen sie die Liebe ihres Vaters teilen musste, die Huren. In ihren Augen bin ich nun auch eine, aber selbst das ist mir egal.

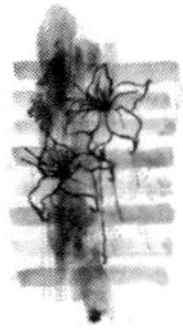

Den Grund unter den Füßen verloren, irre ich umher, schwebend und nicht laufend.

N.S.

20.05. – Der Mond strahlt mich golden an, ich habe noch nie seine Schönheit in dieser Farbe erblickt. Es ist weit nach Mitternacht, bald muss ich wieder aufstehen. Ich fliege nach Zürich, doch an Schlaf ist nicht zu denken.

Meine Mutter hat Geburtstag, ich werde aber nicht da sein, wie immer in den letzten Jahren; ich bin nicht da, weder zu den Geburtstagen meiner Mutter noch zu denen meines Stiefvaters.

Heute habe ich Teile meines Tagebuchs an Silberstein geschickt. Ich habe es lange hinausgezögert, ihr Urteil fürchtete ich zu sehr. Doch sie war begeistert, sie rief mich sofort an, um mir zu sagen, wie bewegt sie sei.

Silberstein ist außergewöhnlich, und die andere kann mit ihr besser umgehen als ich. Sie scheint eher in die Welt der Silberstein hineinzupassen als ich, obwohl Silberstein ihren Drogenkonsum verurteilt. *Ihren* Drogenkonsum? Na ja, mittlerweile gehört er auch zu mir.

Ich habe einen schlichten aufklappbaren Spiegel mit einem kleinen Strassherz an der Vorderseite gekauft, innen ist er nun weißverschmiert und mit einer Rasierklinge ausgestattet. Diese Anschaffung habe ich lange vor mir hergeschoben, das Equipment einer Drogenkonsumentin; leider kein Röhrchen, ich benutze immer noch einen zusammengerollten Geldschein. Das Ganze ist in einer hübschen Schachtel verpackt, über deren Bestimmung niemand im Unklaren sein kann. Zu häufig sieht man mich mit ihr in Richtung Toilette verschwinden.

Wenn ich unterwegs bin, lege ich das Päckchen in mein Gepäck, das ich abgebe. Bis jetzt bin ich damit noch nicht aufgefallen, aber anscheinend bin ich ohnehin mittlerweile eher bereit, in Schwierigkeiten zu geraten, als auf die Drogen zu verzichten.

Paradise lost ... forever.

FILMTITEL

23.05. – Gestern war der erste Tag seit über drei Wochen, an dem ich meine Familie wieder besucht habe (um meiner Mutter nachträglich zum Geburtstag zu gratulieren), und das, obwohl der Mai zahlreiche Feiertage hat und ich durch die ganzen Brückentage beinahe so viel daheim wie unterwegs gewesen bin. Es endete im Streit. Ich und mein Stiefvater haben uns mit dem von mir mitgebrachten Sliwowitz betrunken und den Rest der Familie gegen uns aufgebracht.

Ich flüchtete.

Ich lief nach Hause und gab mir den Rest.

Durch meine ständige Abwesenheit habe ich meine Freunde verloren, so scheint es; manchmal habe ich keine objektive Sicht und fühle mich von Menschen verstoßen, die es in Wirklichkeit gut mit mir meinen. Mit ihren Freunden weiß ich nichts anzufangen, also bleibe ich zu Hause. Ich habe die Möbel umgestellt, meiner Wohnung ein neues Gesicht gegeben, ich versuche, meinen Halt hier erneut zu finden.

In ihrem Leben wechseln sich in letzter Zeit die Bilder und Gesichter ab wie in einem Kaleidoskop. Sie scheint kaum in der Lage zu sein, das Rasen aufzuhalten oder wenigstens aufzuschreiben. Sie schreibt jetzt wesentlich weniger als ich, und wenn sie doch zum Laptop greift, hält sie eher ihre Gedanken und Gefühle fest als ihre Erlebnisse, was für sie bis dato eher untypisch war. Es war meine Rolle, das Gefühlsleben zu beschreiben, ihre war es, zu handeln und zu »leben«, doch die Erde unter ihren Füßen bebt und sie sieht am nächsten Tag schon keine Zusammenhänge mehr. Manchmal hat sie Schwierigkeiten, bestimmte Punkte zusammenzufassen, sich bewusst zu machen, ob Begegnungen real oder geisterhaft waren. Sie sitzt auf dem Karussell, und es dreht und dreht und dreht sich, und selbst, wenn sie wollte, wäre sie nicht imstande, es zum Stehen zu bringen.

Ich dagegen schließe mich ein, ich fühle mich ungewollt. Ich bin weder in der realen noch in der irrealen Welt willkommen.

Ständig klingelt es oder eins meiner Handys summt los; am Anfang bin ich noch rangegangen, aber mittlerweile bin ich zu schwach dafür. Ich laufe ständig ins Bad, zu meinem Herzspiegel, mein Kopf ist benebelt, doch ich bin sicher und geborgen in meiner Drogenhöhle. Kalkweiße Wände, keine Fenster, brüchiger Boden, staubige Luft.

Wenn mein Herz aufhört, durch sein ohrenbetäubendes Schlagen mir Blut ins Gehirn zu pumpen und ich in mich hineinhören kann, wird mir bewusst, wie leer es in mir aussieht, wie wenig die Welt und die Menschen, die sie bewohnen, mich brauchen, wie abgegrenzt und abgeschnitten ich doch vor mich hin vegetieren muss.

Meine Mutter sagt, ich sehe schrecklich aus. Tatsächlich habe ich ganz unreine Haut bekommen. Als Silberstein erklärte, das komme vom Koks, habe ich sie ausgelacht; doch dann habe ich recherchiert und gelesen, dass Koks wirklich unreine Haut verursacht. Ich versuche, dem entgegenzuwirken: Ich schminke mich ab, sobald ich das Haus betrete, benutze einen Haufen Pflegemittel, lege Masken auf. Nichts scheint zu helfen.

Wie auch, wenn sie sich einen Dreck darum schert; sie schmeißt ihre Sachen auf die Couch, anstatt sie in den Schrank zu hängen, schläft manchmal geschminkt ein, verwendet nie Gesichtswasser, eine Creme oder eine Lotion, und wenn sie sich abschminkt, dann mit Seife und Wasser, was die Haut noch mehr reizt.

Sie brennt darauf, ihre Haut weiter zu verzieren, hat schon ein Motiv im Kopf. Zum Glück fehlt es im Moment an Geld, die Tätowierung würde alles in allem circa 1000 Euro kosten. Wenn sie so weitermacht, sieht sie in ein paar Jahren wie ein Comic aus.

Ich schaue auf die weißen Fliesen und begreife erst einmal nicht, warum das herunterlaufende Wasser rosa, ja fast rot ist. Dann sehe ich mich an und stelle fest, dass ich mich an mehreren Stellen beim Rasieren geschnitten habe. Einige der Schnitte sind ziemlich tief. Der Rasierer ist ganz neu und ich habe seine Schärfe unterschätzt und doch wundert es mich, dass ich nichts gemerkt habe. Ich bin anscheinend so bedröhnt und auch so schmerzunempfindlich geworden, dass ich nichts mehr wahrnehme.

Sie hat sich lange geweigert, Rasierklingen für das Koks zu kaufen und hat es immer mit den Kanten der Kreditkarten zerteilt. Sie hatte Angst, mich mit den Dingern allein zu lassen … Alice sagte mir, sie habe gedacht, ich würde mich selbst verletzen, doch das tue ich nicht, nicht seit meiner Kindheit … warum auch? Ich übertrage meinen Schmerz einfach auf ihren Körper. Sollte es irgendwann nicht mehr genügen, werde ich andere Wege finden müssen.

Meine arme Prinzessin …
mit einer Erkältung im Herzen.

N.S.

24.05. – Es ist doch unglaublich, wie wenig einige Menschen in die Welt hineinpassen, wie sehr sie in ihren Gedanken, ihrem Handeln und ihren Ansichten nicht dazugehören.

Es ist erschreckend, wie die sogenannten Normen einer selbstgerechten Minderheit für alle durchgesetzt werden und wie Menschen schon als Kinder anfangen, ihre Individualität zu verlieren oder vehement zu verleugnen … was ich nun auch lange genug gemacht habe oder sogar immer noch mache. Dressiert und diszipliniert wie eine Armee leben wir mit dem Anspruch, uns durch unseren Geist von den Tieren abzuheben; doch nichts, was wir tun, ist vollkommen und rein, alles wird durch die Propaganda der Regel und unserem Herdentrieb diktiert. Seit ich angefangen habe, meine Taten und Gedanken schriftlich festzuhalten, ist es mir erst so richtig bewusst geworden, dass ich sie immer wieder benutze, um meine Neigungen auszuleben. Ich habe mich sehr verändert, vielleicht nicht nur zum Positiven – dies zu beurteilen bleibe jedem selbst überlassen. Auf jeden Fall habe ich angefangen, mich aus dem Netz der falschen Regeln freizustrampeln und die Verantwortung selbst zu übernehmen.

Ich laufe mit einem Kaffee in der Hand und lauter Musik in den Ohren durch die Stadt, halte mich in kleinen Antiquitätengeschäften, Bücherläden, Dekoshops auf; ich schaue kurz bei ihrem Tätowierer vorbei, um »Hallo« zu sagen, und ziehe dann weiter. Ich beobachte Menschen, ihre Zwischenspiele. Um ihren Unterhaltungen zu lauschen, drücke ich meinen MP3-Player immer wieder auf »Pause«. Wenn sie an mir vorbeiziehen, versuche ich, ihre Gespräche im Geiste fortzusetzen, spinne mein Gewebe immer weiter aus.

Das habe ich schon lange nicht mehr gemacht, und es tut gut, es ist befreiend. Eigentlich wollte ich heute zu Hause bleiben, aber ich hatte keine Kaffeefilter mehr, und ein ganzer Tag ohne Kaffee ist für mich undenkbar. Zum Schluss verbrachte ich mehrere Stunden in der Stadt, aber vergaß dabei, die verdammten Kaffeefilter zu kaufen, so sehr war ich in meine Fantasiewelt mit ihren echten Bewohnern vertieft.

Früher konnte ich mehrere Tage hintereinander verbringen, ohne ein Wort zu sprechen. Es lag nicht an meinen Mitmenschen. Viele von ihnen haben sich redlich bemüht, mit mir in Kontakt zu treten, zumindest am Anfang, aber es gab kein Vorankommen bei mir. Stattdessen gab es dunkle, anormale Leidenschaften, die mich inspirierten: die Eifersucht und die Wut, an der ich zu ersticken drohte, die Faszination des Schmerzes und des Todes. Viel zu früh habe ich Bücher gelesen, die man als Kind nicht lesen sollte; ich habe Bilder gesehen, die man als Kind nicht sehen sollte; ich habe Dinge gespürt, die einem Kind fremd sein sollten.

Ich habe ein Projekt, eine Frau, die sich an mich gewandt hat und die sich mit meiner Hilfe aus ihrer sexuellen Gefangenschaft befreien möchte. Ich will nicht so viel darüber erzählen, es gibt mittlerweile einige Menschen, die mein Tagebuch lesen, und so muss ich Diskretion bewahren. Es sei nur so viel gesagt: Ich gebe ihr »Hausaufgaben« auf.

Nie war ich einsam in deiner Nähe,
doch wenn du gingst, zerbrach ich fast vor Leid.
ANNEGRET KRONENBERG

25.05. – Ich öffne die Terrassentür, lasse den Duft des Regens herein und meine Träume hinaus, schenke ihnen Freiheit, entlasse sie in den Himmel. Es ist so ruhig hier, jedoch nicht still. Die Natur kann niemals so still sein wie eine künstlich erzeugte Stille, alles in ihr lebt, bewegt sich, atmet, flüstert ... doch die Geräusche sind harmonisch, beruhigend, wohltuend. Ich ziehe meine Schuhe aus – ich bin ein seltsamer Mensch, der die Schuhe beim Verlassen des Hauses auszieht –, spüre das unebene Holz der Dielen unter meinen Sohlen, die Äste wehen hin und her, begrüßen mich, als würden sie schon seit langem auf mich warten.

Sobald ich von der Terrasse trete, berühre ich die feuchte Erde, das feuchte Gras. Es hat geregnet, und ich habe es nicht bemerkt. In diesem seltsamen Haus, in dem ich vom Rest der Welt, von allen Menschen und sogar von der Natur abgeschnitten bin, habe ich alles verpasst in der Nacht. Ich bin allein aufgewacht, doch ich bin nicht einsam. Ich gehe wieder rein, schaue mir das Telefon an, überlege kurz anzurufen und lasse es doch. Stattdessen genieße ich die Ungewissheit. Ich möchte Kaffee trinken und muss dafür fast alle Schubladen aufmachen, denn in diesem Haus sind noch nicht mal die Kaffeefilter an der Stelle, an der man sie vermuten würde. Ich kann froh sein, dass es überhaupt welche gibt.

Alle Tassen sind identisch, sie wurden bestimmt auf einmal gekauft, bis auf eine, und sofort merkt man, dass sie die einzige ist, die benutzt wird; alle anderen sind nur Kulisse. Ich nehme diese eine heraus und gieße sie bis zum Rand voll. Dann fällt mir plötzlich ein, dass ich hinauswill, auf die Terrasse, um den Bäumen zuzuhören. Also nehme ich Tasse und Kanne und laufe balancierend hinaus. Zum Glück ist die Tür immer noch offen, denn mit vollen Händen hätte ich sie nicht aufmachen können.

Die Sonne kämpft mit den Wolken, die Sonne ist siegesgewiss, doch letztendlich wird sie verschluckt. Ich stelle Tasse und Kanne ab, weißer Flaum fliegt um mein Gesicht und streichelt meine Haut, die Bäume haben nur diese eine Möglichkeit, mich zu liebkosen, und sie nutzen sie.

Die Terrassenmöbel sind von dunklem Staub bedeckt, ich müsste sie erst einmal reinigen, um mich setzen zu können. Es ist erstaunlich, dass so wenig Sachen in diesem Haus benutzt und so viele gänzlich und kompromisslos ignoriert werden.

Zurück in der Küche, nehme ich mir ein paar Blätter von der Küchenrolle und mache sie unter dem Wasserhahn nass. Das Bild draußen hat sich verändert: Die Sonne hat sich für einen Augenblick ihren Platz erkämpft. Sie ahnt ihre nahende Niederlage, doch will sie diesen Moment nutzen, um alles nach ihrer Vorstellung zu gestalten. Das Grün scheint durch das Gelb, das Braun hat einen Touch von Gold, das Blau wird beinahe zum Silber, so hell und strahlend ist es.

Ich setze mich hin, frage mich, wie lange ich allein bleiben werde, trinke meinen Kaffee. Sie würde wahrscheinlich die Einsamkeit in einem fremden Haus nutzen, um mehr über den Bewohner zu erfahren. Sie fühlt sich sicherer, wenn sie sein Innerstes kennenlernt, und noch sicherer, wenn er davon nichts erfährt. Sie würde seine Schubladen aufmachen, seine Bücher durchblättern, seine Fotos anschauen.

Apropos Bücher, ich gehe wieder rein, ziehe meine Schuhe an, um keine Erdabdrücke auf dem hellen Holz des Bodens zu hinterlassen, laufe durchs Schlafzimmer, die Diele; fast alle Türen sind offen, als würde sich das Haus mir zeigen wollen, sein Hemd aufknöpfen, seine Brust freilegen.

Ist das das Wohnzimmer? Sieht so aus. Das Haus ist so hell, irgendwie verträumt, und wieder beschleicht mich das Gefühl, dass nur ganz bestimmte Dinge benutzt werden und die anderen vor sich hin schlummern, weil sie niemand anfasst. Das Haus ist sehr sauber, weil hier zu wenig gelebt wird, und gleichzeitig liegt eine feine Schicht Staub auf bestimmten Flächen.

Ich fahre mit der Hand über die Bücher. Es gibt jede Menge hier davon, viele Regale, doch ich will nicht schnüffeln, ich will auch nichts verstehen oder begreifen. Ich will nur lesen, während ich den Bäumen draußen zuhöre.

Ich greife nach irgendeinem Buch und gehe damit hinaus. Ich setze mich hin, der Kaffee ist immer noch warm. Vielleicht ist das das Geheimnis dieser Tasse oder vielleicht vergeht die Zeit in diesem Haus auch anders, sodass mir jede Minute fünfmal so lang vorkommt?

Dann schlage ich endlich das Buch auf, und von den ersten Sätzen an begreife ich, dass alles, was bisher geschehen ist, nur eine Ouvertüre sein kann. Von diesem Augenblick an bin ich eine Gefangene. Ich ergebe mich widerstandslos, knie mich hin, den Kopf voller Demut gesenkt, lasse mich knebeln ... nicht von einem Menschen, sondern von einem Buch. Ich lebe in dem Buch! Es greift auf mein Leben über, vermischt sich mit ihm, und jedes Kapitel entführt mich in meine eigene Welt.

Fragte ich mich bis jetzt, wie lange ich hier noch allein bleiben sollte, wünsche ich mir nun, dies für immer sein zu dürfen. Ich habe Angst, das Buch nicht zu Ende lesen zu können, schaue auf die Seite, verwundert, wie wenig ich, immer wieder von meinen eigenen Gedanken überwältigt, in diesen Minuten gelesen habe. Ich werde dieses Buch mitnehmen, und wird man mir es nicht geben, werde ich es stehlen.

Die Zeit hat hier eindeutig ihr eigenes Tempo, ich befinde mich nun seit Ewigkeiten in Gefangenschaft dieser Seiten, doch die Uhr zeigt erst drei Uhr nachmittags an und ich habe nicht mehr als siebzig Seiten gelesen. Ich habe Hunger, doch kann ich mir in einem fremden Haus einfach so etwas nehmen? Ich gehe in die Küche, es ist nun ziemlich dunkel hier. Eigentlich müsste ich das Licht anmachen, doch es kommt mir unpassend und dumm vor, also lasse ich es. Ich setze Wasser für Tee auf, finde Käse und Brot, der Joghurt ist abgelaufen.

Mir ist kalt, ich laufe noch mal ins Wohnzimmer und komme mit einer Steppdecke zurück. Nützt alles nichts, ich muss mir die Füße waschen, ich kann mir schlecht die Decke um die Schuhe schlagen.

So ein seltsames Bad habe ich noch nie gesehen, ein Sammelsurium aus allen möglichen Sachen, als wüsste der Besitzer nicht, was er eigentlich bräuchte. Hier liegt alles herum, was die Drogerieabteilung hergibt, ein Exemplar pro Artikel; wie bei Noah, der ein Pärchen jeder Tierart auf sein Schiff holte, damit sie die Flut überleben würden.

Das Bad gefällt mir nicht. Ich wasche mir schnell die Füße, dann sehe ich mein Gesicht im Spiegel, und was ich sehe, gefällt mir auch nicht sonderlich. Ich versuche, meine Haare einigermaßen in Ordnung zu bringen, wasche mir das Gesicht mit einem Männerwaschgel. Dann drücke ich etwas Zahnpasta auf die Fingerkuppe und putze mir die Zähne mit dem Finger, so gut es eben geht.

Warum sind hier so viele Zahnbürsten? Die meisten davon scheinen unbenutzt zu sein, doch ich traue mich nicht, eine davon zu nehmen.

Ich lege mich auf die Couch der Sitzecke in der Küche und vertiefe mich erneut in das Buch. Mein Buch. Ich weiß es jetzt schon, ich werde es mitnehmen. Ich stehe ab und zu auf, um mir etwas zu essen zu holen. Seltsamerweise werde ich immer hungriger, je mehr ich esse. Mein Körper scheint keine Sättigung zu finden. Bin ich zu aufgeregt? Vielleicht sollte ich das Buch wenigstens beim Essen weglegen, doch dazu bin ich nicht mehr in der Lage.

Ich bin besessen, ich werde beherrscht.

In einer Schublade finde ich Nudeln. Ich ziehe es in Erwägung, sie zuzubereiten, doch die Töpfe erscheinen mir so fremd, als ich sie anfasse, dass ich alles wieder zurückräume.

Was für ein Unsinn. Ich kann doch nicht hier bleiben und verhungern! Ich muss auch gar nicht hier bleiben, wie lange denn noch? Ich gehe zur Tür, doch als ich versuche, die Klinke herunterzudrücken, geschieht gar nichts ... es ist abgeschlossen. Und jetzt?

Ich gehe wieder zum Telefon in der Diele, bleibe davor stehen. Ich könnte jemanden anrufen. Und dann? Was soll ich sagen?

Das ist doch alles nicht wahr! Ich meine, das kann doch nicht geplant gewesen sein, verdammt, ich hätte auch ein anderes Buch aus dem Regal nehmen können, ich hätte auch früher aufwachen können ... früher als wann?

Das Buch. Irgendetwas stimmt da nicht. Ich laufe zurück in die Küche, nehme es in die Hand ... Anatolij Toss ... oh nein, es ist russisch! Deswegen war es mir unter all den Bücher aufgefallen, zunächst unbewusst; unter all den lateinischen Buchstaben habe ich mir das einzige Buch in kyrillischer Schrift gegriffen.

Ich laufe ins Wohnzimmer, gehe die Bücherregale noch einmal durch und tatsächlich ist es das einzige Buch in russischer Sprache.

Ich schleppe mich zur Couch, immer noch das Buch an mich drückend, als wolle es mir jemand entreißen.

Ich denke kurz daran, dass ich mir die Decke aus der Küche holen sollte, doch dann schlafe ich schon ein.

Ist die Terrassentür immer noch offen?

Als ich aufwache, ist das Wohnzimmer dunkel, und ich bin immer noch allein. Im Dunkeln sieht man den Staub nicht. Im Dunkeln können wir uns alle einbilden, wir werden geliebt und gebraucht, weil man uns unsere Sorgenfalten und das traurige Blinzeln der Augen nicht ansieht.

Ich fühle mich gar nicht kaputt, wie es nach einem Mittagsschlaf normalerweise der Fall ist; dieses Haus hat wahrlich seine eigenen Regeln.

Aber Hunger habe ich. Und ich werde jetzt auch die Töpfe benutzen!

Ich stehe auf, und das Buch fliegt auf den Boden. Ich gehe in die Küche. Als ich an der Haustür vorbeilaufe, rüttele ich noch einmal daran, und plötzlich springt sie auf ... sie war die ganze Zeit nicht verschlossen, klemmte anscheinend nur. Nun stehe ich im Türrahmen, in Unterhose und Shirt, und starre auf die Welt hinaus.

Ich könnte gehen, dann müsste ich keine fremden Töpfe benutzen, um mir Nudeln zu machen. Aber ich trete wieder in das Haus hinein und mache die Tür hinter mir zu ...

... Es ist nach elf, als die Tür aufgeht und einen lebendigen Geist hereinlässt.

Jetzt ist es kurz vor drei Uhr morgens, ich muss kurz nach sieben aufstehen, und doch kann ich keinen Schlaf finden, bevor ich alles aufgeschrieben habe. Die Finger wollen nicht mehr gehorchen, ich muss schlafen ...

Anmutig, geistig, arabeskenzart
Scheint unser Leben sich wie das von Feen
In sanften Tänzen um das Nichts zu drehen,
Dem wir geopfert Sein und Gegenwart.

HERMANN HESSE

27.05. – Ich habe verschlafen. Als der Wecker meine Träume zerriss, habe ich mich noch einmal umgedreht und die Augen wieder geschlossen, als hätte ich gespürt, dass meine Nacht so unvollendet nicht vorbei sein dürfe und etwas seltsam Wichtiges, Lebensechtes und doch so Fernes seine Geburt noch bestehen müsse. Die Geister meiner Wohnung hielten ihre fleischlosen Hände vor meine Lider, sodass ich Schlaf finden und in meine noch nicht verlassenen Träume wieder eintauchen konnte.

Ich lief barfuß im Wald, die Erde schien mit mir durch meine nackten Sohlen sprechen zu können, sie flüsterte mir ihre Wärme und Fürsorge zu, und zum ersten Mal begriff ich, warum man sie Mutter Erde nennt, denn ich kenne keine Stimme, die mütterlicher ist als ihre.

Die Bäume lichteten sich und ich stand vor dem Haus, das mich den Sonntag über gefangen gehalten hatte, doch es hatte sich verändert, es schien sich gänzlich von dem Menschen befreit zu haben, der dort wohnt.

Die braunen Holzdielen der Terrasse waren von Pflanzen durchbrochen worden, die sich ihren Weg nach draußen, zur Sonne hin bahnten und unerbittlich das Holz zersplitterten. Das Gras stand hoch, die Büsche wuchsen immer näher an das Haus heran, als könne sie keine Menschenhand mehr zurückhalten. Ich begriff, dass der Wald dabei war, das Haus zu verschlucken, in sich aufzunehmen und aufzulösen. Auch das Haus schien das zu spüren, doch statt Ängstlichkeit sah ich nur Freude in seinem Antlitz, Freude über die baldige Erlösung. Die Fenster waren blind, nicht von Staub, sondern von braunem Belag überzogen, der kein Licht hindurchließ.

Ich blieb am Eingang stehen und betrachtete fasziniert die sich windende Frau, deren glänzender bronzener Leib sich mir entgegenzustrecken schien; ich sah ihre nackten Brüste, ihre Augen waren geschlossen, ihr Gesicht schmerzverzerrt. Ich bemerkte zwei kräftige Hände mit langen Klauen, die sie unter den Rippen festhielten. Jemand schien sie an sich zu drücken, sodass sie nicht mehr stehen musste, ihre Oberschenkel umschlangen einen fremden Körper, und die Klauen bohrten sich in ihr Fleisch. Als ich hochsah, blickte mich eine Maske mit riesigen Hörnern an, kein Mensch, der Teufel. Er nahm die Frau, nahm sie sich und machte sie sein Eigen. Er hielt sie fest, sie war nun bis an ihr Lebensende, bis in alle Ewigkeit an ihn gebunden, bis der Wald, die Erde, die Natur sie beide verschlucken würde.

Eine gelbe Raupe kletterte den Körper der Frau hoch, ging dann auf den Teufel über. Ich bewunderte das Zusammenspiel des glänzend Braunen und samtig Gelben. Hier machte mir der Teufel keine Angst, so verletzlich schien auch er selbst zu sein in diesem Moment der Intimität.

Die Türen waren geöffnet, es wurde nun Zeit für mich, hineinzugehen. Es war das Haus und war es doch nicht. Es hatte sein Erscheinen verändert. Die Diele zog sich bis ins Unendliche dahin, kilometerweit, die ganze Welt schien nun aus dieser dunklen Diele und ihren tausend Türen zu bestehen. Hinter jeder spielte sich ein eigenes kleines Drama ab, und ich hätte schockiert sein müssen, als ich an Raum für Raum vorbeischritt und hineinspähte, und doch war ich es nicht; denn nichts war falsch oder fehl am Platze. All der Schmerz, die Besessenheit, die Eifersucht, die Mordslust, die Hingabe, die Unterdrückung, die Zärtlichkeit, die Dominanz – all das hatte seine Berechtigung, all das kam pur und ungefiltert in diesem Haus zustande, all die Gefühle bevölkerten es, der durchbohrte Boden gab bei jedem meiner Schritte diese Empfindungen an mich weiter und so war ich nun ein Teil dieses Treibens und empfand den Schmerz, die Liebe und die Befriedigung wie all diese Menschen. Mein Körper spürte die fremden Schmerzen, fremde Schwänze zerrissen mein Geschlecht, an mir klebte fremder Saft. Erschlagen und erschöpft durch die auf mich niederprasselnden Gefühle sank ich zu Boden, lehnte mich mit dem Rücken an die Wand und spürte ihre raue Härte, die meine Haut zerkratzte. Nun hockte ich dort, die Knie weit auseinandergezogen, atemlos und verschwitzt, und das Haus schien sich zu bewegen, von so vielen Leibern zu einem Takt gezwungen.

Ich fühlte ihn, bevor ich ihn in der milchigen Dunkelheit sehen konnte. Seine Präsenz richtete die Härchen auf meinen Armen auf, die augenblicklich von einer Gänsehaut überzogen wurden, die meinen ganzen Körper entlangkletterte wie die kleine gelbe Raupe vorhin.

Seine Schritte waren geräuschlos, und doch konnte ich jeden einzelnen davon spüren, weil der Boden der Diele sie an mich weitergab.

Er stellte sich vor mich, und ich traute mich nicht, meinen Kopf zu heben, bis er mich an den Haaren packte und ihn hochriss. Doch selbst dann vermied ich es, ihm ins Gesicht zu sehen. Ich wollte ihn nicht erkennen.

Er beugte sich hinunter und griff nach meinen Oberarmen, zerrte mich hoch und drückte mich gegen die Wand. Ich konnte jede noch so kleine Erhebung seines Körpers spüren, als wäre ich nackt und er auch, doch wir waren es beide nicht, und trotzdem war er schon in mir, auch wenn er es noch nicht war. Er war unter meiner Haut, hinter meinen zusammengepressten Lidern, hinter meinen geschlossenen Lippen, unter meinen Fingerkuppen, zwischen meinen Beinen, in meinem Herzen, in meinem Herzen, die einzig wahre Liebe ...

Lass mich nicht los, halt mich fest, halt mich am Leben, die Erde bebt, alles zittert, und wenn du mich loslässt, verliere ich den Halt und falle und werde augenblicklich verschluckt. Ich will für immer in deiner Welt bleiben, ich will nicht hinaus müssen, ich will das Licht nicht sehen, ich will den Wind nicht spüren. Ich will in dir leben, ich will für dich leben, ich will mich in dir auflösen, will nur noch von dir berührt werden ... du hast mich gemacht und nur für dich, und ohne dich kriege ich keine Luft zum Atmen.

Ich musste kein Wort sprechen, er fühlte meine Worte. Seine Hände wanderten meinen Körper hinunter, umschlossen meinen Po, hoben mich hoch, als wäre ich schwerelos ...

»Schönheit der Träume, holde Spielerei,
So hingehaucht, so reinlich abgestimmt,
Tief unter deiner heiteren Fläche glimmt
Sehnsucht nach Nacht, nach Blut, nach Barbarei.

Im Leeren dreht sich, ohne Zwang und Not,
Frei unser Leben, stets zum Spiel bereit,
Doch heimlich dürsten wir nach Wirklichkeit,
Nach Zeugung und Geburt, nach Leid und Tod.«
Hermann Hesse

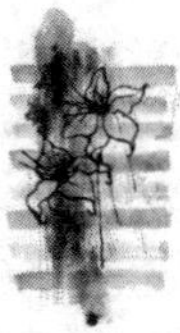

Ein weißer Schmetterling …

N.S.

01.06. – Ein weißer Schmetterling zerreißt die Schwärze der Nacht mit seinen weißen Flügeln. Hier am Meer bricht die Nacht besonders plötzlich über uns herein, und wir fühlen uns hilflos, bis die Laternen angehen und uns Licht spenden. Ich sitze auf einem weißen Sofa und trinke meinen … vierten Weißwein. Essen will ich nicht, egal wie oft sie mich darauf ansprechen.

Ich will hier weg. Dieser Small Talk liegt mir heute nicht, in meinem Kopf kreisen so viele Gedanken, der neue Job läuft nicht so, wie ich es mir vorgestellt habe, ich muss mich konzentrieren und einen Weg finden, dem Ganzen eine andere Richtung zu geben. Stattdessen werde ich ständig in meinen Gedanken unterbrochen, auch weil sie sich wesentlich besser mit Silberstein versteht als ich; nun vergraule ich sogar Silberstein …

Ich will aufstehen, als ich ihn sehe, seine weißen Flügel leuchten in der Nacht. Ich weiß genau, was er sucht, und die Unabwendbarkeit seines Todes erfüllt mich mit Neid. Er verbrennt sich an einer der Laternen, die den Strand beleuchten.

Am Ende gehe ich als eine der Letzten, Silberstein hat wieder einmal meinen Fall aufgehalten; sie hat die richtigen Worte gefunden. Seltsam, aber ein »Silberstein« ist ein Widerspruch in sich, so etwas gibts nicht und gab es auch noch nie und wird es nie geben … ein Stein kann nicht aus Silber sein, ein Stein sollte für die Beständigkeit der Welt stehen. Silber lässt sich formen …

Wenn ich allzu lange keine Möglichkeit finde, mich zurückzuziehen, körperlich oder emotional, und stattdessen zur ständigen Anwesenheit gezwungen bin, fange ich an, all meine Toleranz zu verlieren.

Ich hasse Menschen. Ihre Gerüche, ihre Stimmen, die mein Gehirn ansengen, ihr körperliches Eindringen in meine Sphäre, dieses Bedürfnis, viel zu nah beieinanderzusitzen, den Gestank des anderen ständig einatmend, ihre hässlichen triefenden Augen, ihre faulenden Zähne …

Meine Augen schmerzen, weil sie ständig viel zu nah an meinem Gesicht mit ihren Fingern herumfuchteln. Ich kann in ihrem Beisein nicht essen, vom Ekel übermannt, wenn ich ihre beim Kauen weit aufgerissenen Mäuler anstarren muss … all diese Schweißränder auf der Kleidung, Schuppen in den Haaren, Essensreste in den Mündern … das eklige Lachen, das feuchte Niesen, das schmatzende Kauen … und kein Entkommen für mich. Auf was habe ich mich nur eingelassen? Ich wusste doch von vornherein Bescheid, was auf mich zukommen würde. Nur der Karriere wegen? Einer Karriere, die mir aller Wahrscheinlichkeit nach gleichgültig ist?

Mein Koks ist fast alle, es war nicht geplant, dass ich so lange in Italien bleiben würde, und ich habe nicht genug mitgenommen.

Der Akku meines MP3-Players ist leer. Ich habe kein USB-Kabel mit, um ihn aufzuladen, sodass ich mich noch nicht mal in die Musik flüchten kann.

Ich stehe kurz vorm Ausrasten. Irgendwann höre ich auf zu sprechen, um nicht schreien zu müssen. Ich versuche, mein

Atmen zu beschränken, meine Bewegungen einzugrenzen. Ich will so wenig wie möglich wahrgenommen werden von diesen stinkenden Gestalten.

Sonntagabend habe ich im Flieger gesessen und weil ich keinen Laptop dabeihatte, habe ich diese Zeilen auf die Rückseite einer jener hundert Zeitschriften geschrieben, die ich mir bei jedem Stopp besorge.

Mein Sitznachbar schielte die ganze Zeit auf das hektische Zucken des Kugelschreibers in meiner Hand; meine Schrift, sonst so ordentlich und wohlgeformt, verwuchs sich zu einer unerkennbaren Krakellinie.

Und doch spürte ich, wie der Druck mit jedem Wort, das ich aufschrieb, nachließ. Menschen suchen Wege, um sich am Rand festzuhalten, wenn sie in Schmerz oder Wut unterzugehen drohen, und jeder tut es auf seine Weise. Ich benutze mehrere, und doch ist das Aufschreiben meiner Gefühle bislang das erfolgreichste und heilsamste Mittel, weswegen alle möglichen Blöcke, Zeitschriften und sogar Bücherseiten in meiner Umgebung vollgekritzelt sind.

Wenn du mich kennenlernen möchtest, brauchst du nur die Tür meiner Wohnung aufzustoßen und hineinzugehen; dort nimmst du dir das erstbeste Stück Papier in die Hand und fängst an zu lesen. Du wanderst meine Wohnung ab, Raum für Raum, du öffnest die Schubladen, das musst du, denn nicht alles ist sichtbar und manches allzu gut versteckt und manches wünscht sich, wieder hervorgeholt zu werden. Du entdeckst immer mehr von den auf Papier gefangenen Gefühlen und setzt Baustein um Baustein zusammen. Wie andere versuchen, anhand der Möblierung auf den Charakter der in diesem Haus Wohnenden zu schließen, liest du meine Kritzeleien.

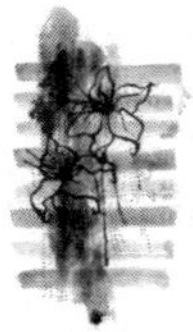

Hope there's someone
Who'll take care of me
When I die, will I go?
ANTONY AND THE JOHNSONS

03.06. – Okay, der Tag ist gerettet, ich kriege an diesem Samstag eine neue Tätowierung! M… hat mich ohne Termin drangenommen, ich bin überglücklich. Wenn alles im Treibsand versinkt, ist die körperliche Verzierung, gepaart mit ein wenig Schmerz, die beste Methode, um sich wieder ins Leben zurückzurufen. Diesmal wird mein Knöchel verziert. M… wird wie immer ein Motiv für mich aussuchen, da ist er ganz eigen, aber das mag ich gerade an ihm, er ist eben ein Künstler. Was interessieren ihn da schon meine Präferenzen?

Ich bin im Moment von der virtuellen Welt des Schmerzes fasziniert. Wenn ich nach Hause komme, schleudere ich als Erstes meine Klamotten in die Ecke, lege mich auf die Couch und versinke in körperlichen Qualen im Internet. Da kann das Handy noch so laut klingeln, es interessiert mich nicht, ich bin für die Welt nicht mehr erreichbar, sondern ganz körperlos.

Ich glaube daran, dass man sterben kann, wenn man im Traum gefangen umkommt. Ich glaube daran, dass unser Geist den Körper beherrscht. Ich glaube daran, dass die virtuellen Schmerzen einem mehr Qual bereiten können als die realen. Und ich teile meinen Schmerz mit anderen Suchenden, danach Bettelnden …

Ich stieß auf jemanden in dieser dunklen Höhle, der sein Leben von mir bestimmen lassen will. Ich habe Angst, dass ich in diesem gefährlichen Zustand die Erniedrigung anderer allzu sehr genießen und so jemandem bleibenden Schaden zufügen könnte, doch dieser Typ lässt sich nicht davon abbringen. Also gut ... also gut, ich werde es tun. Ich fühle mich krank, schmutzig, ich ergötze mich am Leid anderer, es erregt mich, es macht mich süchtig. Lass mich hineingleiten in die dunkelste aller Welten, in die Nacht durchbrochen vom Schrei ...

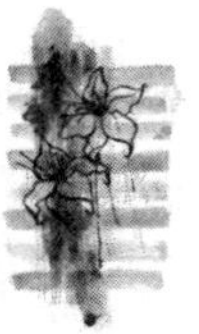

I climbed the tree to see the world …

THE CINEMATIC ORCHESTRA

07.06. – Stirbt ein Vogel, wenn er sich einen Flügel bricht? Ich meine keinen gezüchteten, sondern einen wilden, der allein überleben muss …

Gestern Abend auf dem Weg nach Hause, als ich an unserer Kirche vorbeiging, habe ich in ihrem Schatten eine Taube entdeckt, die sich langsam vorwärtsschleppte, als sie mich erblickte. Im ersten Augenblick verstand ich nicht, was mir derart ins Auge stach und mich verunsicherte; dann sah ich, dass ihr rechter Flügel weit ausgebreitet war und sie ihn nicht einknicken konnte, weil er offensichtlich gebrochen war.

Im Gegensatz zu meiner zweiten Hälfte empfinde ich weder Tauben noch anderen Tieren gegenüber Ekel … ich hatte ja auch nicht dieses Erlebnis in meiner Kindheit. Ich wusste nicht, was ich tun sollte, ob ich überhaupt etwas tun oder der Natur ihren Lauf lassen sollte …

Ich überlegte einen Augenblick, nach Hause zu rennen. Etwas Essbares wie Brot hatte ich gar nicht, aber sie hatte mal Weizenkleie besorgt, die in einer der Schubladen herumlag; die hätte ich dem Vogel hinstreuen können. Aber ich fragte mich, ob er so lange auf mich warten und nicht versuchen würde, irgendwo Schutz zu finden.

Ja, Schutz …

Hier könnte jeder, ob böser Mensch oder hungriges Tier, diese Taube anfallen. Auch andere Vögel, wenn sie dem Kranken mein hingestreutes Futter stehlen wollten. Ich drehte mich weg und entfernte mich von der Taube, wobei ich ihre Erleichterung spüren konnte.

Heute, als ich morgens in der Frühe nach Hause lief, habe ich die Winkel der Kirche abgesucht, konnte den Kadaver aber zum Glück nirgends finden. Vielleicht hat sie sich doch noch erholt.

M... hat wieder ganze Arbeit geleistet, die Tätowierung sieht super aus. Natürlich musste ich wie immer von meinen eigenen Vorstellungen ein Stück abrücken, aber das ist es, wie schon erwähnt, was ich so an ihm mag: Er macht nicht einfach, was man ihm sagt, er bringt eigene Ideen und seine Erfahrung mit ein, zumindest in meinem Fall. Und am Ende sieht es tausendmal besser aus als das, was ich mir vorgestellt hatte.

Habe meiner Freundin eine Nachricht geschickt, nur mal so zur Info, nicht, dass sie einen Schreck kriegt ... irgendwie klappts zwischen uns nicht im Moment.

Mein kleiner Diva-Kellner beim Japaner ist weg, verschwunden, vielleicht im Urlaub? Stattdessen bedient mich nun ein Japaner mit den vermutlich traurigsten Augen, die ich je bei einem Mann gesehen habe. Diese dunklen Augen streicheln mich, verweilen viel zu lange, als würden sie sich auf meinem Körper ausruhen wollen, nur um ruckartig die Flucht zu ergreifen, sobald ich den Kopf von meinem Buch hebe. Als würde ich seine Blicke nicht auch so bemerken, dafür brauche ich doch nicht aufzuschauen!

Ich gefalle ihm, das kann ich spüren, er kanns kaum verbergen. Genauso wenig wie die Tatsache, dass er mich nicht ansprechen wird. Und ich ihn auch nicht.

Vielleicht, wenn ich nicht die Melancholie der Welt in seinem Blick erkennen könnte, würde ich es tun, ja, dann vielleicht, denn er gefällt mir, er gefällt mir sogar sehr, ich verspüre eine unglaubliche Lust seinem Körper, seinen Händen, seiner dunklen Aura, seinen geschmeidigen, fast lautlosen Bewegungen, der leisen und doch so klaren Stimme gegenüber ...

Ich mag seine schlanken langen Finger mit den schmalen Knöcheln, seine hohen Wangenknochen, die man erst hinaufklettern muss, vorbei an dem fast kindlichen Mund, der so gar nicht zum dunklen und viel zu erwachsenen Rest passen will, um dann endlich zu seinen Augen zu gelangen, an denen mein Blick haften bleibt, sodass ich nicht weiterforschen kann. Doch ich unterwerfe mich keinem Befehl, eher einer Bitte; und ich gehorche nicht, weil ich besiegt werde, sondern weil ich Mitleid empfinde.

Aber er gefällt mir, ich ertappe mich dabei, wie ich ihn viel zu lange anstarre, das Buch sinnlos in den Händen haltend.

Ich male ihn in meinem Geist nach, zeichne seine Gesichtszüge und hoffe inständig, dass ich die richtigen Farben gewählt habe, um ihn detailgetreu wiederzugeben, ihn nicht zu verunreinigen.

Die Zeit ist abgelaufen, ich muss weiterziehen, dein Porträt ist in meinem Geist gemalt, jetzt verlasse ich dich ...

Adieu.

Hm, mal sehen ... ich habe viel über Drogen geschrieben, fast unentwegt geistert dieses Thema durch meine Aufzeichnungen und mischt sich ständig in alles ein. Dabei habe ich den Eindruck hinterlassen, dass mir Drogen stets willkommen sind, dass ich mich auf ihre Gegenwart freue und sie nicht als Belastung empfinde. Das entspricht natürlich nicht den Tatsachen, was ich nun klarstellen möchte.

Also, ich habe Herzrasen, besonders wenn ich gerade high bin; meine linke Brustseite zieht sich zusammen, als würden riesige Pfoten das Herz zerdrücken, und in den Ohren rauscht mir das Blut, stoßweise und unaufhörlich.

Ich habe das Gefühl, auszutrocknen, mein Gaumen klebt, und ich spüre einen Druck in der Nierengegend; ob er nun imaginär oder real ist, weiß ich nicht. Ich kann oft nachts nicht länger als eine Stunde am Stück schlafen, weil mich der Durst immer wieder aufweckt. Falls ich überhaupt einschlafe, denn Schlaf ist nicht lebensnotwendig, genauso wie Nahrung, die eh fast keinen Geschmack hinterlässt.

Ich kriege tausend Pickel, denn Koks verursacht unreine Haut, vielleicht nicht zwangsweise, aber bei mir schon.

Was noch? Ich kann meist nicht wirklich gut durch die Nase atmen, auch das Einziehen des Koks gestaltet sich immer schwieriger, weil immer mindestens ein Nasenloch verstopft ist; die Innenseite verkrustet sich, mittlerweile ist die Kruste auch in der Regel blutig …

Und dann höre ich einen Song, so wie jetzt gerade, während ich schreibe, und dann denke ich, wie schön es wäre, diese Melodie durch die Droge wahrzunehmen …

Ich fühle mich erst lebendig, wenn ich vom Sog erfasst und mitgezogen werde. Der Regen spült mich aus der Realität, und ich bin nicht ich und ich bin dankbar, nicht ich sein zu müssen …

Von Anbeginn an habe ich mich immer hinter einer Sucht verkrochen, ganz gleich, welches Mittel mir als Vehikel diente, ich habe mich hinter einer Mauer versteckt … vor der Welt, vor anderen Menschen und vor allem vor dem Ekel mir selbst gegenüber.

Nun habe ich langsam Angst – *sie* nicht, nur ich – und ein schlechtes Gewissen, und dies reißt mich aus meiner Sicherheit und Geborgenheit, die ich so bitter nötig und mir so schwer erarbeitet habe.

Als Kind trug mich der Gedanke durch meine Tage, ich könne jederzeit, falls es nicht »richtig« läuft, meinem Leben ein Ende setzen. Als Kind … nun ja, man sagt, die Kindheit höre dann auf, wenn man begreift, dass man irgendwann sterben muss. Die Todessehnsucht, die Sucht nach dem Tod, war mein Elixier, mein Lebensspender … Ich hatte keinerlei schlechtes Gewissen bei dem Gedanken an Freitod, wie fast jedes Kind war ich komplett in mir selbst gefangen, egoistisch, wie man nur als Kind sein kann.

Als dann meine Familie zerbrach und ich nach und nach die Verantwortung übernahm und mit 13 wegen der geringen Sprachkenntnisse meiner Mutter all die Verhandlungen bezüglich unseres Visums und Aufenthaltes in Deutschland mit den Ämtern führte, mit Anwälten redete, und alles Weitere regelte … oder mit 17, als meine Mutter und meine Schwester nach jedem Krach mit meinem Stiefvater Zuflucht in meiner Wohnung suchten … da begriff ich, dass ich gebraucht werde und Verantwortung trage.

Ich bin zu keinerlei Beziehung imstande, sei es eine Liebesbeziehung oder Freundschaft. Ich werde nie eine Familie gründen oder Kinder in die Welt setzen, denn dies würde die Verlängerung meines Aufenthaltes hier nach sich ziehen.

Ich sehe aus wie du, aber ich bin nicht wie du, Vater, ich halse mir nicht vorsätzlich Verantwortung auf, die ich nicht tragen kann. Ich bleibe lieber allein.

Es ist ein Wunder geschehen. Wunder sind für mich nicht nur absolut unerklärbare Dinge, sondern auch Entwicklungen, deren Ursprünge sich herleiten lassen, mit denen ich aber nie gerechnet hätte …

Eine Pflanze starb bei mir in der Wohnung. Aber ich wollte den Pflanzentopf nicht einfach wegwerfen. Irgendwie erschien es mir unpassend, also stellte ich den Topf auf den Dachvorsprung vor meinem Fenster. Dort stand er nun bestimmt zwei Jahre, wurde vom Regen gegossen und von der Sonne beschienen. Als ich heute Morgen nach Hause kam, um mich zu duschen und umzuziehen, schaute ich nichts ahnend aus dem Fenster und auf den Topf und sah plötzlich einen zarten grünen Stängel aus der nur scheinbar toten Erde ragen.

Wie gesagt, es ist durchaus erklärbar: Ein Samen wurde vom Wind hineingeweht. So etwas passiert doch in der Natur sekündlich, aber für mich war es trotzdem ein kleines Wunder, das mich mit Kraft erfüllte. Mein Elixier für den Tag.

Ich habe mir auf YouTube unentwegt das Video zu Marilyn Mansons »Heart-Shaped Glasses« angesehen, ich liebe seine hypnotisierende, vor Leidenschaft fast brechende Stimme. Ich sah, wie sie beide unzensiert mit dem Messer spielten, sich beim Sex die Luft abdrückten und im Blut fickten.

Und nun habe ich endlich meinen Zufluchtsort gefunden: einen dunklen Raum voll glühender Hitze, schwanger vom roten Nebel, in den sich mein kaputtes Gehirn zurückzieht und wo es sich versteckt, wie die andere es in der Dunkelheit des väterlichen Kleiderschrankes oder des verlassenen Badezimmers getan hat ... ja, ich habe es mir von dir abgeschaut, deine Überlebensstrategie kopiert, deinen kurzen Tod, den man durchlebt, indem man alles, was Leben ist, aus dem Umfeld vertreibt ...

Ein Rausch vollkommen, jenseits dieser Welt, so wie ich es mir gewünscht habe: Ich habe mich selbst dabei verlassen und stand neben diesem leblosen Körper mit Augen, die komplett schwarz waren.

Ich habe meinen Körper verlassen, bin die Himmelsleiter emporgeklettert und habe mich zwischen den Wolken vor euch versteckt ... war so weit weg, dass ihr mich nicht erreichen konntet, bis der Rausch nachließ und ich wieder zu euch auf die Erde zurückkehren musste.

Als ich wieder da war, ließ der Rausch nicht allmählich nach wie beim Koks, sondern auf einmal ... nachdem jede einzelne Stunde einen Tag gedauert hatte und der Tag so lang wie ein ganzes Leben gewesen war, und doch hatte ich nach dem »Erwachen« das Gefühl, der Rausch habe nur ein paar Minuten in Anspruch genommen, und ich wunderte mich über die Dunkelheit hinter meinen Fenstern ... ja, da hatte ich Angst.

Ich kann mich nicht mehr kontrollieren.

Und einmal hinter den Wolken gewesen, wünsche ich mir von ganzem Herzen, für immer dort bleiben zu können.

Ich hatte ganz vergessen, wie dünn meine Haut ist … wie ein hundertjähriges Pergament lässt sie sich durch die Klinge aufschneiden. Die Ufer reißen auseinander, und das Blut tritt heraus …

Ich habe nie Respekt verlangt, und jetzt, auf dem Boden kniend, schaue ich meine zerschnittene Haut an und bin so würdelos wie ein Tier, das nach Schmerz bettelt, um zu erwachen, nach Blut, um zu leben.

Der so herbeigesehnte Schmerz taucht erst viel später auf, er lässt mich so lange allein, bis ich die Nichtigkeit meines Seins in all seiner Pracht begriffen habe … erst, als ich bereit bin, den letzten Schritt zu machen, erlöst er mich endlich.

Ich weiß, warum sie sich so lange geweigert hat, die Rasierklingen zu kaufen und stattdessen immer die Kanten der Kreditkarten benutzt hat, auch wenn es so viel schwieriger war, die Körner zu zerdrücken und die Linien zu ziehen. Ich weiß, warum sie so lange im Drogeriemarkt gestanden und die Packung hin und her gedreht hat, unschlüssig, ob sie es verantworten könne, diese mit nach Hause zu nehmen und damit dem Schmerz eine weitere Tür zu öffnen. Ich weiß, woran sie gedacht hat – an die eine Klinge, die Rasierklinge des Vaters, die zu meinem kindlichen Schatz gehörte, die mir in meinen Albträumen Schutz spendete, der Trostgutschein, der in der Lage gewesen wäre, alles zu beenden, bevor das Leben unerträglich geworden wäre … auch wenn ich Jahre später eine einfachere Methode wählte, die mir weniger Handeln abverlangte, feige, wie ich nun mal bin. Nun bin ich selig; durch rissige Haut zusammengehalten, werde ich mich erheben und weiterleben.

Ich kann nicht schlafen. Sobald ich mich im Schlaf drehe und die verletzte Haut streife oder mich gar auf den Arm lege, wache ich sofort auf …

Nine Inch Nails, *A Warm Place,* die Version mit Stella Soleil … so viel Schmerz und Wärme, wie dieser Song zu geben hat, werde ich niemals aufnehmen können. Meine Finger zittern unaufhörlich, und die Tränen laufen für alle Ewigkeit meine Wangen hinunter. Ich löse mich auf, ein Mädchen aus Schnee, das nicht erschaffen wurde, um zu verweilen.

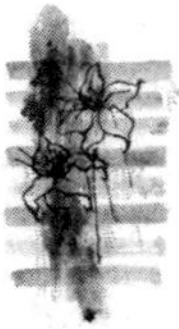

Quotienscumque peccator vult factorem suum placere …
(Sooft der Sünder dem Schöpfer gefallen will …)
LATEINISCHES GEBET

18.06. – Es ist schon auffällig, wie selten ich in letzter Zeit schreibe. Doch es gibt nichts, was ich offenbaren könnte, nichts, was von Nutzen wäre oder irgendeine tiefere Bedeutung besäße.

Es gibt Genies, die Dinge verrichten, zu denen keiner außer ihnen imstande ist: Ihr Geist hinterlässt eine echte, unverkennbare Spur. Sie schreien sich in die Welt hinaus, und der Widerhall hat seinen eigenen, unverwechselbaren Klang.

Als ich bei meiner Schwester war, drückte sie mir ein paar ausgedruckte Internet-Seiten in die Hand. Sie sagte, ich solle sie lesen, sie brächten mich bestimmt zum Lachen, auch wenn der Text vielleicht nicht lustig gemeint sei. Ich kletterte also auf »meinen« Sessel und fing an zu lesen.

Und sie hatte recht, ich lachte zu Beginn, und sie lachte mit mir, da ich ihr ständig Passagen vorlesen wollte. Man entwickelt ein unheimliches Bedürfnis, sich seiner Umwelt zu offenbaren, wenn einen etwas richtig bewegt.

Aber all der packende Witz, all die böswilligen und zielsicheren Bemerkungen über die Menschen im Einzelnen und die Menschheit im Allgemeinen konnten nicht über den Schmerz, die Einsamkeit und Orientierungslosigkeit des

Jungen hinwegtäuschen, der mit jeder Seite zusehends den Boden unter den Füßen verlor.

Er wollte, dass man über ihn lacht, er verpackte seine Schreie in einen Kokon aus böswilliger Ironie, er sprühte nur so vor giftigem Witz, doch irgendwann konnte ich dieser Zerstreuungssucht nicht mehr nachkommen. Ich sah deutlich, dass es eine verborgene Bedeutung gab, und las weiter, denn sein Schmerz fesselte mich und ließ mich nicht mehr los.

Ich war so gerührt von der Kraft seiner Aussagen, die kompromisslos und sicherlich einseitig, aber auch gerade deswegen so ehrlich waren, wie sie nur sein konnten, dass ich plötzlich spürte, wie ich aufgab und alles sinken ließ, in Einsicht meiner Unfähigkeit, jemals etwas so Aufrichtiges schreiben zu können. Ich fühlte mich wie eine Lügnerin und mein Tagebuch kam mir wie eine einzige Lüge vor …

Ich habe mich mit meiner Familie zerstritten, mein Stiefvater hat mich des Hauses verwiesen, ausgerechnet jetzt, wo ich ihn und sie alle am meisten brauche. Und bis auf die seltenen Anstandsanrufe meiner Mutter habe ich keinerlei Kontakt mehr zu ihnen, bin aus ihrem Kreis ausgeschlossen.

Meine Freunde, die nie welche waren, haben einer nach dem anderen aufgegeben. Ich gehe nicht ran, wenn es klingelt, und antworte nicht auf ihre Mails. Ich gebe mir noch nicht einmal mehr die Mühe, der Höflichkeit halber abzusagen, wenn sie mich einladen. Silberstein versucht als Einzige, die Fassade der Freundschaft aufrechtzuerhalten, doch die stoische Kraft, mit der sie mich in all meiner momentanen Böswilligkeit erträgt, ist der wichtigste Beweis meines miserablen Zustandes. Wenn ich in ihre Augen blicke, sehe ich den Tod über mir schweben, denn sie weiß, wie sehr meine Existenz am seidenen Faden hängt, ohne dass ich ihr dies offenbaren müsste.

Ich kann keinen einzigen, keinen halben und keinen viertel Tag mehr ohne mein Rettungspulver aushalten, obwohl ich versuche, den absoluten Rausch zumindest wochentags von mir fernzuhalten. Bei allen körperlichen Beschwerden bedröhne ich mich, als ob ich mich schon mit der Tatsache abgefunden hätte, meinen Körper nicht mehr allzu lange gebrauchen zu müssen. Das ständige Herzrasen macht mir keine Angst mehr, ich verschenke mein Herz bald, die Uhr tickt, und es bleibt nur noch kurz in meinem Besitz. Und sollte es aufhören zu schlagen, habe ich weitere Herzen, viele davon, und sie sind blau, sie liegen in meiner Küchenschublade und warten auf ihren Einsatz.

Ich kann nicht kommen, selbst diese Ruhepause bleibt mir versagt. Wenn ich versuche, mich zu befriedigen, gebe ich nach endlosen Versuchen entkräftet auf. Ich lege mich mit brennender Klitoris und schmerzen Handgelenken hin, verwirrt und verloren und so unendlich müde ...

Die Bücher werden gekauft und nicht zu Ende gelesen, sie häufen sich und blicken mich vollgestaubt und vorwurfsvoll an ... und nun gebe ich meinen letzten Halt, das Schreiben, auf. Es gibt noch so vieles, das ich erzählen wollte ... so vieles, das in meinem Inneren herumrast und mich nicht loslässt ... Es gibt so vieles ...

Ich kletterte als Kind auf einen Baum, ich wünschte mir, für immer dort bleiben zu können, um höher zu sein als der Rest. Ich ahnte nicht, dass meine Lasten viel zu schwer waren, und so fiel ich auf den Boden, dahin, wo mein Platz ist und wo ich seitdem ohne ein Ziel krieche, meinen Bauch an den Steinen aufkratzend ... was gibt es da noch für einen Sinn?

Doch eine verlorene Kreatur fragt nicht nach dem Sinn, sie existiert, solange die Uhr tickt, und sie bestimmt nichts, auch nicht die Zeit, noch nicht mal ihre eigene. Ich werde meine

Jahre abkriechen und niemals meinen Kopf heben. Es tut mir leid, ich habe zu viel hinterfragt, ich wollte zu viel sehen und zu viel verstehen, es tut mir leid, es tut mir leid, es tut mir leid ... Lass mich in meinen Dreck zurückkriechen.

Da, wo ich mich jetzt befinde, gibt es nichts, was ich erzählen könnte. Meine lebendige Seele habe ich gegen Gleichgültigkeit und Ruhe eingetauscht. Ich habe meinen Deal mit Gott gemacht. Ich habe den geforderten Preis, Blindheit und Taubheit, gezahlt.

Und somit gebe ich dich auch auf, mein Tagebuch, du bist ein Teil des Preises, ich gebe dich der Dunkelheit hin, auf dass du deine Ruhe und den ewigen Schlaf der Gerechten findest. Ich entlasse dich in die Freiheit, so wie damals mein Blut, und ich schenke dir Frieden in der Hoffnung, diesen auch bald zu finden ...

Nichts …

23.08. – Er ist tot. Mein Vater ist tot. Seit drei Tagen, doch heute ist er *für mich* gestorben, drei Tage lang, und ich habe nichts gespürt, drei Tage lang des nicht mehr existierenden Glücks, drei Tage der vermeintlichen Stille, drei Tage lang konzentrierte ich mich darauf, mich von meiner Sucht zu befreien, um zu ihm zu kommen als eine, die ich nicht mehr bin. Wozu?

Er sagte, ich sei sein Abbild, er sagte, ich sei ein zerbrochenes Stück seiner zerbrochenen Seele. Er schenkte mir seine Augen, seinen Mund, sein Muttermal über der Lippe, seine Stirn. Er schenkte mir seine Todessehnsucht, seinen Schmerz, seine Leere, seine Furcht …

Er erhängte sich, selbst in seinen letzten Minuten wollte er leiden, sein Tod sollte schmerzvoll sein, wie sein Leben es immer gewesen ist.

Ich wünschte, ich könnte schlafen, um wenigstens für kurze Zeit dem Brennen in meinem Körper zu entgehen, aber ich kann es nicht.

Immer, ich denke immer und immer nur an ihn, jede Sekunde des Tages, jeden Augenblick der Nacht … mit meinen Gedanken zwinge ich ihn weiterzuleben, ich lasse ihn nicht los, ich rede und rede, ich flüstere ewig seinen Namen. In meiner Welt ist er der Einzige, der einen Namen besitzt, Tristan, Tristan, Tristan, ich lasse dich nicht gehen, ich werde dich in meinem Herzen einsperren und dich durch mein Pulsieren, meine Wärme am Leben erhalten …

Meine Hände sind rot gefärbt, ich bin befleckt und voller Blut, weil ich seinen Körper mit den aufgerissenen Wunden durch meine Tage trage, bis ich nun endlich ein Zuhause für uns beide finde.

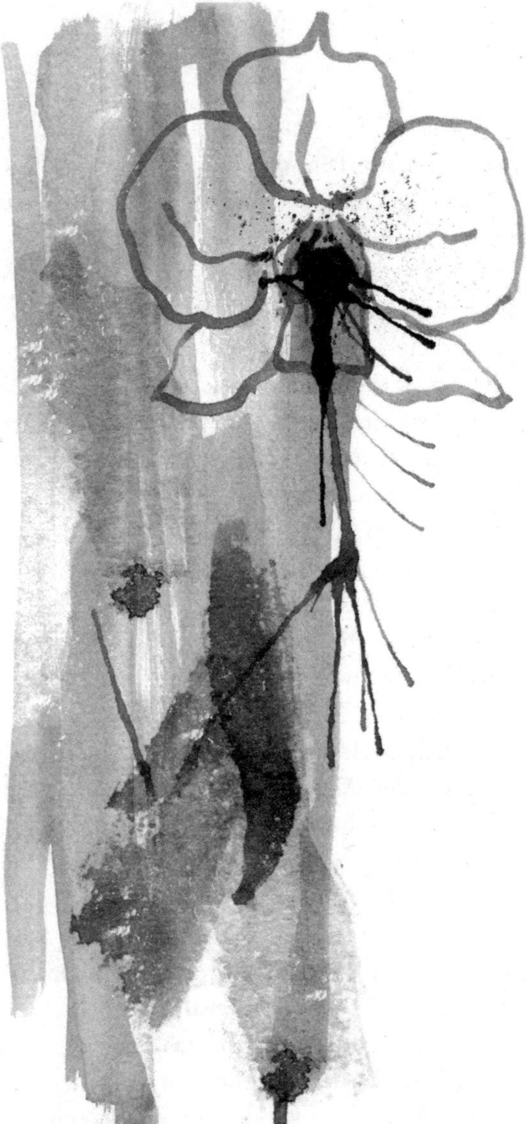

Der Tag

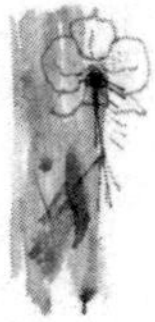

Every day is exactly the same.

NINE INCH NAILS

27.08. – Die Sonne scheint. Es ist utopisch, es ist grotesk, doch sie scheint immer noch draußen.

Sie scheint und scheint und scheint. Ich muss mich kurz an die Hausfassade lehnen, ich bin schwach und geblendet, ich benutze meine Augen, meine Füße und Arme, meinen Körper wie zum ersten Mal.

Vier Tage, und ich bin immer noch da.

Ich habe mir mein Leben immer nur bis zu seinem Tod vorgestellt und nun weiß ich schon seit vier Tagen von seinem Tod und lebe immer noch.

Vier Tage lang ein Rausch, vier Tage lang ohne Tiefschlaf, vier Tage lang die Sehnsucht nach Ruhe und Vergessen, nach Frieden…

Vier Tage lang in meiner Wohnung eingeschlossen, mit niemandem gesprochen … Fernseher aus, Musik aus, PC aus, Telefone aus, kein Laut, kein Luftzug, nur mein Atmen.

Sobald ich zu mir gekommen war, hatte der Schmerz mich tonnenweise niedergedrückt. Ich wusste, dass ich es nicht länger aushalten konnte. Für alles und jeden gibt es eine Grenze, und meine befand sich offensichtlich direkt vor mir. Obwohl ich schon Wochen vor seinem Tod festgestellt hatte, dass meine Sucht mich umzubringen drohte, und ich sie daher bekämpfen wollte, musste ich nun einsehen, dass ich nicht imstande war, dieses neue Unglück, das wichtigste und größte Unglück meines Lebens, ohne Betäubung zu überstehen.

Vier Tage lang, über sechsundneunzig Stunden, und ich atme immer noch.

Seine Frau hatte mich angerufen und als ich aufgelegt hatte, war die Stille in meinen Ohren explodiert, und ich hatte angefangen zu schreien. Ich rief alle an, weinte und schrie. Sie hatten Angst um mich, sie wollten bei mir sein oder mich zu ihnen holen, doch das ging nicht. Ich konnte die Stille nicht ertragen, doch noch weniger wollte ich einen anderen Körper neben mir haben.

Ich wollte sterben, doch ich rief meine Mutter an, meine Mutter, die ausschließlich um mich und nicht um meinen Vater weinte.

Ich rief sie an und merkte, dass sie hechelte, weil sie so schnell zum Hörer geeilt war, und dann sagte ich ihr, dass ich sie liebe und sie sich keine Sorgen machen müsse. Ich wolle jetzt allein sein, doch ich würde mich an mein Versprechen halten, mein Versprechen, dass sie nie das Leid meines Todes miterleben müsse.

– Es tut mir leid, Mama, aber wenn wir zu Ende gesprochen haben, werde ich etwas nehmen, aber ich mache es diesmal nicht meinetwegen. Ich nehme etwas, um mein Versprechen zu halten. Ich verspreche dir, ich passe auf, aber das muss jetzt sein. Ich brauche Zeit, doch ich verspreche dir, dich einmal am Tag anzurufen. Ich weiß nicht, wie lange es dauert, aber du vertraust mir, okay? Ich liebe dich sehr, und auch H… und I…, ich liebe euch, ihr seid meine Familie, und ich werde kämpfen, für euch, ich weiß nun, wie schlimm der Tod ist, er hat nichts Schönes an sich, also werde ich kämpfen. Aber jetzt muss ich es tun.

Ich legte auf und ging ich in die Küche. Dort lagen immer noch die schrecklichen Sachen, die mir so viel Schmerz bereitet hatten. Sie lagen in der Küchenschublade, ich hatte nichts weggeschmissen, als hätte ich geahnt, dass der Kampf noch nicht vorüber ist.

Über eine Woche hatte ich nach einer Überdosis durchgehalten, über eine Woche, jeder Tag ein kleiner Sieg, ich hatte sie alle mit meiner Familie und meinen Freunden gefeiert, doch eigentlich hatte ich es nur für ihn getan … und jetzt begriff ich, warum ich noch nicht geheilt war: Solange ich es für jemand anders tat, würde ich mich nie befreien können. Nun war der Sockel fortgerissen und ich hatte nichts, worauf ich meine Säule errichten konnte. Nun ging es ohnehin nicht mehr darum zu siegen. Ich musste erst überleben, um siegen zu können.

Und so schloss ich mich ein, in der Dunkelheit, im Kokon meiner Betäubung, in der Stille, und alles war gleich, jeder Tag, jede Tageszeit, alle Farben, alle Gefühle, nichts.

Ich habe das Nichts erlebt, ich habe darin gelebt.

Als ich meinen Kopf hob, sah ich meinen Stiefvater im Nebel, er weinte, und ich schloss die Augen, dann war er fort, und dann wieder da …

Ich war mir nicht sicher, ob ich halluzinierte, und es war auch unwichtig, denn ich hätte eh nichts sagen können, also schloss ich die Augen wieder.

Müsste ich doch nie erwachen, wäre es so schön, so warm, so gleichgültig. Ich könnte alles ertragen, solange ich nichts fühlen müsste.

Doch heute wachte ich auf, und es war ein sehr langsames und schreckliches Erwachen. Der Schmerz hatte nichts an Heftigkeit eingebüßt, aber ich wusste, dass ich mich ihm stellen musste.

Mein Wohnzimmerfenster hat keine Vorhänge, der Ausblick auf die Dächer ist schier unendlich und so befreiend, dass ich nie gewagt habe, ihn einzugrenzen. Als sich meine Augen langsam an die drehende Welt gewöhnt hatten, als ich anfing, diese in ihrem Dreh zu verlangsamen und letztendlich zu stoppen, da sah ich es: das Grün der Bäume, das Gelb der Sonne, das Blau des Himmels. Diese einfache und pure Schönheit des an sich so Alltäglichen raubte mir den Atem, und zum ersten Mal seit vier Tagen weinte ich, aber es waren schöne Tränen, und sie taten nicht weh.

Ich hatte Hunger. Es kam mir fast wie ein Sakrileg vor, doch ich hatte Hunger. Und Durst.

Als ich in die Küche kam, sah ich einen vollen Kasten Wasser dort stehen. Also war mein Stiefvater doch in der Wohnung gewesen, keine Einbildung ... vielleicht hatte ich nicht angerufen, und sie hatten sich Sorgen gemacht. Schuldgefühle überfielen mich, zu viel habe ich meinen Liebsten zugemutet. Noch während ich das Wasser gierig trank, das nach Metall schmeckte, wählte ich ihre Nummer. Es gehe mir besser, ich werde morgen zur Arbeit gehen, habe ich gesagt.

Die Arbeit interessierte mich nicht im Geringsten, so trivial und nutzlos kam sie mir nun vor, doch war sie der erste Schritt, um einen Rahmen, eine Ordnung zu schaffen. Also rief ich auch meine Chefin an.

Danach zog ich mich an und ging hinaus. Die Treppe wand sich unter meinen Füßen, die mir nicht richtig gehorchten, die Eingangstür war schwerer als erwartet, doch endlich gelangte ich nach draußen.

Da stand ich nun, von der Sonne geblendet, und schaute mir die Welt an. Ich sah Menschen, sie redeten und lachten, Autos fuhren vorbei, aus einigen ertönte Musik, Kinder jagten einem Ball hinterher. Warum habe ich nie dazugehört? Warum war ich ausgeschlossen, warum mussten immer Schatten um mich herum sein, warum habe ich Gespenster gesehen, aber nie die Menschen?

Ich lief vorerst planlos umher, ich hatte Hunger, wusste jedoch nicht worauf. Dann sah ich eine Eisdiele, ging hinein und bestellte acht Kugeln Eis, weil ich die verschiedenen Geschmacksrichtungen probieren wollte; an viele konnte ich mich nicht mehr erinnern.

Als ich nach Hause zurückkehrte, mit acht Kugeln Eis im Magen, gefror mein Inneres, doch das war gut. Ich spürte Müdigkeit, eine angenehme Schwere in den Knochen, dennoch war es zu hell.

Ich saß da, bis die untergehende Sonne den Himmel erst orange, dann purpurn und schließlich violett färbte. Ich schaute aus dem Fenster wie eine Katze und sah dem Wind beim Spielen zu, den Vögeln beim Singen, ich lauschte den Alltagsgeräuschen der Menschen um mich herum …

Heute ist es anders als gestern, anders als es in all den Jahren zuvor war, anders in mir.

Meine Liebe galt dem Tod, nun habe ich erkannt, dass ich ihn nicht will. Er hat mich verletzt, hat mir geschadet, so weh getan. Ich habe aufgehört, ihn zu lieben.

Meine Aufmerksamkeit galt meinen Sehnsüchten, meinen Süchten; mein soziales Gewissen überging ich dabei, ich wollte keines besitzen.

Ich lebte und handelte wie ein Kind, und bis vor vier Tagen war ich es noch. Wie ein bockiges Kind weigerte ich mich, die Konsequenzen meiner Selbstzerstörung zu sehen und umzukehren. Ich ignorierte den Schmerz der Menschen, die die Abwärtsspirale meines Lebens miterlebten.

Doch heute ist anders als gestern.

Heute will ich gesund werden, heute will ich lange leben, heute will ich, dass meine Liebsten glücklich sind.

Ich hoffe, ich schaffe es.

Ich weinte, weil ich keine Schuhe hatte,
bis ich jemanden traf, der keine Füße hatte.

IRANISCHES SPRICHWORT

30.08. – Heute bin ich blond. Wie eine Heuschrecke bin ich gestern über den Friseursalon hergefallen und habe die Friseurin vor eine praktisch unlösbare Aufgabe gestellt: von Natur aus rote Haare, als dunkelbraune getarnt, in blonde zu verwandeln. Wir blieben bis fast elf Uhr nachts dort; sie gab nicht auf, ich gab nicht auf, also bin ich heute blond.

Ich will dein Gesicht nicht mehr auf meinem tragen, verstehst du das? Ich will nicht ständig dich sehen, sobald ich in einen Spiegel blicke, verstehst du das? Ich sehe aus wie du, ich habe deine Augen und deine Stirn, ich habe deinen Mund und deine Wangen, ich habe das Muttermal an der gleichen Stelle wie du, meine Haare sind kurz und dunkelbraun … wie deine. Jetzt nicht mehr.

Kurzes blondes Haar, weiße Haut, blutrote Lippen. Eine einzige Provokation. Nichts ist gewöhnlich, nichts normal.

– Bist du high?

– Jaaaa, sorry.

Silberstein.

Es tut mir wirklich leid. Ich nehme es, weil ich feige und allein bin; in mir drin bin ich ganz allein. Sie ist weg, sie war entsetzt, sie hat mich verlassen, er hat mich verlassen. Wenn die Drogen meine Seele umspülen, fluten sie die Einsamkeit, mein Innerstes wird voller, sie wärmen mich ... und ich schäme mich für meine Schwäche entsetzlich, ich meine, dass ich nicht mit meinen Gedanken allein sein kann. Ich hasse mich dafür, der Trost ist zu kurz, um den Hass zu verdrängen.

Heute ist Samstag.

Seitdem ich am Donnerstag meine Höhle verlassen habe und in die Welt hinausgeglitten bin, habe ich mich nicht mehr zu Hause aufgehalten. Nicht eine einzige Minute. Ich trage Silbersteins Kleid, das Parfum eines Freundes und ich benutze die Zahnbürste eines Bekannten. Ich bin ohne Gepäck ausgegangen und habe vorerst auch nicht vor, zurückzukehren.

Meine blonden Haare haben Silberstein heute Morgen zum Fotografieren inspiriert, sie schoss und schoss, dann zog ich mich aus, und sie schoss weiter; sie verband mir die Hände mit dem Lederband, das ich immer noch an meinem rechten Handgelenk trage, und sie schoss abermals.

Ich liebe ihre Wohnung, hier fühle ich mich wohl und geborgen, doch bevor wir hinausgingen, verzog ich mich auf die Toilette und versetzte mich in einen Rausch. Abends habe ich meiner Freundin die Bilder von Silbersteins PC aus geschickt. Sie fand sie sehr schön.

Verachtung des Lebens ist leicht in harter Bedrängnis. Tapfer allein ist der Mann, welcher das Unglück erträgt.

MARTIAL

10.09. – Ich sollte nicht allein sein und doch habe ich keine andere Wahl. Gestern Abend bin ich nach Zürich geflogen und ich habe die Nacht allein im Hotel verbracht, weil ich allzu spät ankam und niemandem Umstände machen wollte. Heute fahre ich mit dem Zug nach Chur und von dort nach St. Moritz.

Ich bin traurig und übersehe zunächst die Schönheit der verschneiten Berge, die Vollkommenheit der Natur, die Ruhe der uralten Bäume, die an mir vorüberziehen. Seit über einer Woche bin ich clean, und ich versuche, die Biester in mir mit Valium zurückzuhalten.

Ich will mich mit mir versöhnen, will zu mir stehen und ich sein; mich lieben werde ich vielleicht nie können, aber mich zu akzeptieren und mir gegenüber ehrlich zu sein, ist bereits ein großer Schritt.

Ich will meinen Charakter, meine Persönlichkeit nicht mehr brechen oder mich hinter mächtigen Substanzen verkriechen. Ich bin ich.

Jetzt weiß ich auch, warum sie sich verzogen hat. Es ist keine vorübergehende Abwesenheit. Ich spüre deutlich, dass sie nicht mehr da ist und nie wieder zurückkommen wird. Es gibt keinen Platz mehr für sie, keine Aufgabe, nichts, wovor sie mich beschützen müsste.

Meine Beschützerin.

Ich blicke nun direkt ins Licht, und es schmerzt und ich verspüre pausenlos den Impuls, mich in den Schatten zurückzuziehen, doch werde ich es nicht tun. Ich werde den Schmerz ertragen, denn durch den Schmerz werde ich geboren, durch den Schmerz werde ich entstehen … meine Mutter hat mir erzählt, dass ich nach meiner Geburt ein seltsames Glucksen von mir gegeben hätte, das von allen Anwesenden als Lachen ausgelegt worden sei, bis der Arzt mir einen Klaps auf den Po gegeben habe, damit ich weinen und meine Lungen sich öffnen würden. Das einzige Kind, das nach den durchstandenen Schmerzen der Geburt zu lachen vermag!

Und es ist schön. Ich bin schläfrig und darf nicht einschlafen, denn ich muss doch rechtzeitig aussteigen, damit ich nicht mitten im Nirgendwo lande. Das Valium breitet sich in meinem Gehirn aus und brennt leicht an den Rändern.

Der achte Tag ohne Drogen. Ich bin dabei, mich aus ihren Fängen zu befreien, und sollte nun wirklich nicht allein sein, doch ist diese Reise geschäftlicher Natur. Sie ließ sich nicht verschieben.

Gestern Nacht war es schwer. Nächte sind immer schwerer, denn die Dunkelheit, meine einstige Verbündete, hat sich nun gegen mich verschworen.

Nachts ist es still, und sobald die Augen und Ohren frei und unbeschäftigt sind, stürzen sich die Geister der Vergangenheit auf mich. Aber ich kämpfe. Und ich schlucke Valium, sobald es unerträglich wird.

Und langsam wandelt sich mein Kampf. Habe ich am Anfang noch jede Erinnerung unterdrückt, erlebe ich nun immer längere Sequenzen intensiven Nachdenkens. Ich denke, ich denke über alles nach, auch über das allzu lang Verborgene.

Alles hole ich aus meiner Seele ans Tageslicht, in dem ich nun lebe, und betrachte es dort intensiv und unzensiert.

Und es ist schön. Ich kann mich nicht mit Telefonieren ablenken, denn der Zug taucht alle paar Minuten in die Dunkelheit eines Tunnels ein, und die Verbindung bricht ab. Ich schaue aus dem Fenster, die Tabletten machen es meinem brennenden Gehirn unmöglich zu lesen.

Wir sind von Bergen umgeben, weiß vom Schnee. Das Weiße wird durch die schwarzen Stämme der nackten, starken Bäume durchbrochen. Dieser Kontrast ist majestätisch, erhaben; kein Mensch vermag so etwas Schönes zu erschaffen.

Die untergehende Sonne gibt dem Weiß einen orangefarbenen Schimmer, und alles um uns herum, sogar die Luft, verändert sich, unterwirft sich dem Spiel der Farben ... sie spielen, spielen wie Kinder miteinander, Orange wechselt Weiß ab, Rosa Orange, Pink Lila, Erdbeerrot übernimmt und ich möchte auch mitspielen, dann wacht Purpurn auf: »Wartet, wartet auf mich, ich will mich auch kurz auf den Schnee legen«, da kommt schon Violett. Keine Sorge, wir kommen wieder, morgen, jeden Tag, wir kommen zurück.

Ich schaue hinab in die Schlucht, deren Tiefe ich erst jetzt, als wir über eine der unzähligen Brücken donnern und ich das reißende Wasser unten mit den Steinen kämpfen sehe, zu erfassen vermag. Ich lächle. Tiefen haben mich bisher immer in meinem Todeswunsch bestärkt, wollten mich hinabziehen. Ich dachte, ich wollte stürzen, fallen, ich glaubte erst da unten meinen Frieden finden zu können ...

Heute will ich nicht mehr sterben. Ich will leben, ich will gesund werden, will Farben im Schnee spielen sehen. Ich will die Luft riechen, ich will die Süße des Karamelleises schmecken, die Zärtlichkeit liebevoller Hände spüren ...

Die Schlucht bedeutet Leben, weil ich immer noch oben bin, am Abgrund balanciere, aber nicht hinunterstürze.

Meine Mutter hat vorgeschlagen, mich in eine Entzugsanstalt zu bringen, doch ich kämpfe lieber allein. Die ersten Tage waren nicht leicht. Ich versuchte, mich so wenig wie möglich daheim aufzuhalten, wo meine Träume und mein Begehren in einer Küchenschublade auf mich warteten. Ich habe das Zeug nicht weggeschmissen, aus Angst, dieser Akt könne mich auf direktem Weg in die blumenumfriedete Straße meines Dealers treiben.

Ich will doch immer das besitzen, was sich meinem Besitz entzieht. Wenn ich mir das Essen verweigere, muss ich unentwegt daran denken; also fülle ich erst recht meinen Kühlschrank auf, wenn ich eine Diät machen will, denn dann ist das Essen in all seiner Pracht vor mir ausgebreitet, und ich verliere das Interesse daran.

So floh ich und blieb, und wie ich es auch machte, war das Verlangen stark. Doch ich habe diese Phase überstanden, ich bin meiner Sucht jeden Tag und jede Minute entkommen.

Und jetzt sehe ich die Schönheit der Welt, so wie sie ist.

Stockholm, je t'aime.

N.S.

15.10. – Ich liebe, liebe, liebe diese Stadt, Wasser überall, Schiffe, der Königspalast, schöne Straßen, schöne Gebäude, schöne Menschen.

– Oh, you changed your look?

– Yeah, you inspired me!

Was nicht der Wahrheit entspricht, aber ich kann ja wohl schlecht bei diesem lockeren Austausch unter Kollegen, der offensichtlich als Small Talk gedacht war, mit der Tür ins Haus fallen und zugeben, weswegen ich mir die Haare blond gefärbt habe.

Das letzte Mal, als ich hier war, waren sie dunkelbraun.

Das letzte Mal, als ich hier war, war es der 19. August, die Nacht vor dem Tag, der mein Leben umwerfen würde.

Ich lag auf meinem Hotelbett und hatte den Schwanz eines blonden Jungen in meinem Mund, den ich an diesem Tag in der Frühe kennenlernt hatte. Ich war angezogen, er nackt, ich handelte, er ließ es mit sich geschehen, ich verbot ihm auf dem Weg vom Restaurant ins Hotel zu sprechen, er fügte sich. Ich nenne mich ich, ich sage nicht mehr sie, ich bin es, und ich war es, und sie war nur eine Form von mir und handelte mein Handeln und sprach meine Worte und träumte meine Träume.

Um halb drei Uhr nachts verließ er damals mein Zimmer, der 20. August brach herein, am 20. August erhängte sich mein Vater und ich wusste nichts davon.

Ich hatte stattdessen meinen Liebhaber, den letzten, mit dem ich sexuellen Kontakt gehabt habe, und der es in einer einzigen Nacht natürlich niemals schaffen konnte, mich zu befriedigen, dafür war er nicht der Richtige. Er war der letzte, der meinen Mund benetzte, während mein Vater die Details seines Ablebens plante. Halb drei Uhr nachts in Schweden, halb fünf in Moskau. Mein Vater hatte nur noch etwas über vier Stunden zu leben, doch das wusste ich nicht.

Und so blieb ich einsam und verlassen in meinem Körper und die Befriedigung blieb aus. Sein Schwanz war groß, sehr groß sogar, und dieser Junge wird für immer in meiner Erinnerung bleiben, aber nicht deswegen.

Über einen Monat drogenfrei, ich nehme nicht mal mehr Valium. Nichts. Ich brauche es einfach nicht. Ich lebe absolut zölibatär, Gedanken an körperliche Nähe will ich nicht zu Ende denken, denn sie befremden mich, sind mir unerträglich.

Ich sage nicht, dass ich nie traurig bin. Ich bin es und zwar oft, aber es ist meine Traurigkeit, und sie gehört zu mir, nicht weniger als mein Körper oder mein Herz.

Alle Gefühle sind nun meine, sie werden nicht künstlich durch chemische Reaktionen verursacht, sie sind ehrlich, und es ist schön, sie zu fühlen. Ich leide nicht unter Ängsten, Abhängigkeiten und Kontrollverlust. Wenn man mich fragt, wer ich sei, kann ich mich beschreiben, ich kenne mich.

***I have seen the beauty of immortal eyes,
And heard the passion of the lover's flute,
And known a deathless ecstasy's surprise
And sorrow in my heart for ever mute.***

SRI AUROBINDO

23.10. – Nun kann ich sprechen, schreiben, meine Gedanken in Worte fassen, die mir einmal mehr zu gehorchen scheinen. Mein Kampf, meine Furcht, meine Befreiung.

Damals, als alles zusammenbrach, als das Liebste meines Lebens starb, als ich begriff, dass ich süchtig bin, flog ich kurzerhand zu einem Freund in den Norden, ans Meer, um mich dort zu verstecken.

Zwei Tage war ich durch meine Wohnung gewandelt, hatte nicht sitzen und nicht schlafen, nichts außer Metall in meiner Kehle spüren können. Im Flugzeug weinte ich, die Reihe, in der ich saß, war leer, ich weinte den ganzen Flug über. Ich hatte nichts mitgenommen; nicht, dass es auf einer Nordseeinsel unmöglich gewesen wäre, an Stoff heranzukommen, aber dies war das kleinste Versprechen, auf das ich mich einlassen konnte.

Als er mich am Flughafen abholte, sah ich es in seinem Gesicht. Er sagte nichts, er wusste alles. Jemanden an meiner Seite zu haben, nach den Tagen der Einsamkeit, war beruhigend. Doch mein Herz hämmerte weiterhin ohne seinen Kraftstoff, wollte sich einfach nicht beruhigen, egal was ich zu ihm sagte, also sagte ich auch nichts mehr.

Als wir in der Wohnung ankamen, sagte er, er müsse zur Arbeit.

– Geh doch an den Strand, setz dich ans Meer, das wird dir guttun …

– Kann nicht, ich schaffe es nicht, es sind fast zwanzig Minuten zu laufen …

Dabei konnte ich keine Minute stillsitzen. Ich lief ununterbrochen durch die kleine Wohnung, von Müdigkeit zermürbt.

– Das ist nur, weil du immer nach rechts gegangen bist, dort ist auch der schönere Weg. Wenn du aber an der Straße links abbiegst, bist du ruck, zuck da, fünf Minuten nicht mehr. Na los, geh schon, sonst bist du nur allein in der Wohnung.

Mein Liebster … ich glaube, dass er ahnte, was passieren würde, und umso dankbarer bin ich, dass die Welt mir solche Menschen mit auf den Weg gegeben hat.

Ich war tatsächlich in etwas mehr als fünf Minuten am Strand, doch anstatt mich in einem Strandkorb ausruhen zu können, stand ich oben auf einer der Klippen und sah Eltern unten mit ihren Kindern im Sand vor der kalten abendlichen Brandung spielen.

Ich sehnte mich danach, mitten in diesem wunderbaren Leben zu sein, dessen Geräusche mein Herzpochen übertönten; den Geruch des Glücks zu erhaschen … nichts wünschte ich mir sehnlicher.

Doch ich war oben, und das Oben war viel zu weit entfernt, ich war schwach und vom kurzen Spaziergang bereits komplett durchgeschwitzt, obwohl es draußen sehr kalt war. Doch als ich mir vorstellte, in die einsame Wohnung zurückkehren zu müssen und dort Minute um Minute verfließen zu sehen, da übermannte mich solch eine Angst, dass meine Beine von allein weiterliefen. Ich ging den Pfad entlang, immer weiter, auf der Suche nach einer Holztreppe; ich kroch durch die Dünen, hechelte wie ein Hund, ich gab auf und legte mich hin, vergrub mein Gesicht im kalten Strandhafer, nur um Minuten später wieder aufzustehen und weiterzuirren.

Der Weg schien nirgendwohin zu führen, und doch war ich zu weit gegangen, als dass ich noch hätte umkehren können. Ich war gefangen in einer Welt aus Sand. Wie in meinen Albträumen wurde diese vom Wind aufgetürmt und wieder fortgeweht, sinnlos und stumm, sodass nun bald auch keine Geräusche mehr zu mir drangen, blasse Stille, Einsamkeit und alles abtötende Müdigkeit.

Ich schwitzte, ich schwitzte mein Leben heraus, ich konnte nicht genug Luft einatmen, um meine Lungen zu füllen, ich verlor mich ...

Und als es nichts mehr gab, kam das Ende des Weges, und ich stand am Geländer und sah Menschen unter mir laufen und lachen. So plötzlich. Und so selbstverständlich.

Den ebenen Boden zu spüren war seltsam, ich hielt mich mit meiner nassen Hand am Geländer fest, als ich hinabstieg. Ein kurzer Weg nur noch durch den Sand, dann erreichte ich den ersten Strandkorb und kletterte entkräftet hinein.

Und als ich dasaß, der Abendsonne zugewandt, und das Meer erschnupperte, die spielenden Kinder sah, den Himmel so unendlich ... da fielen meine Augen zu, und ich schlief ein. Zum ersten Mal seit über zwei Tagen.

Lange konnte ich nicht geschlafen haben, denn als ich aufwachte, war es noch nicht dunkel. Doch ich fühlte mich stärker und kräftiger, als ich es für möglich gehalten hätte.

Ich will nicht behaupten, dass es von da an ohne Rückschläge aufwärts ging. Ich will nicht erzählen, wie ich als Raupe einschlief und als Schmetterling aufwachte ... so war es nicht. Es gab mehr als einen Kampf, mehr als eine Träne, mehr als ein Verzweifeln. Das Leben ist nicht leicht und war es nie, doch da, am nun fast leeren Strand, spürte ich tief in meinem Inneren, dass ich etwas zu lieben begonnen, was ich bis dahin nur zu ertragen gewusst hatte. Ich liebte das Leben.

Ich liebe diese Welt, ihre Schönheit, ihre Vielfalt, das Glück so vollkommen, die Trauer so reinigend, die Menschen so unterschiedlich, die Natur so einzigartig, die Gerüche, die Musik, das Streicheln eines Hundekopfes, das Schmecken eines Apfels, das Singen mit den Vögeln, das Fühlen eines anderen Körpers ...

Ich muss dieses Geschenk würdigen! Ich werde von nun an der Welt danken, welche die Sanddünen unter meinen Füßen auftürmt, damit ich meine Kraft spüren kann.

Als ich zurückkehrte, warteten eine warme Wohnung, ein warmes Essen und eine warme Seele auf mich.

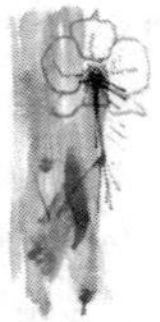

Ich drehte meinen Kopf nach rechts, doch war da keiner an meiner Seite. Ich schaute nach links und immer noch keiner. Also hob ich meinen Kopf. Und da war Gott.

N.S.

07.11. – Ich habe ihn getroffen, ihren Engel. Habe ihn gesehen, als er erneut auf der Erde weilte, immer noch so schön, immer noch so gütig, freundlich lächelnd, als wäre nie etwas gewesen. Nun, zwischen uns ist auch nie etwas gewesen, also hatte ich keinen Grund, mich zu verstecken, und tat es trotzdem. Ich versteckte mich im Raum, verkroch mich hinter Wörtern, klammerte mich an anderen Menschen fest, verweilte hinter Möbelstücken. Wich ihm aus. Erfolglos.

Sein Lächeln folgte mir durch den Raum und blieb an meinen Lippen kleben, seine Augen folgten mir und bauten eine unsichtbare Mauer um meinen Körper herum auf, so wie um ihren damals. Und dann, nach einer Weile, wurden aus Unsicherheit Sicherheit und aus Sorge Zufriedenheit, und die Mauern waren nicht aus Stein und sie schlossen mich nicht von der Welt aus, sondern waren weich und warm und hielten das Böse von mir fern. Er begleitete mich mit all seiner Sanftheit durch den Raum, bis ich nicht mehr konnte. Ich war es, die zu ihm ging, sich neben ihn setzte und sich in seinem Licht sonnte.

Er nahm wie selbstverständlich meine Hand, seine war eiskalt, nun ja, Engel brauchen kein Blut, und er hatte sie ja schon vor der Kälte seiner Haut gewarnt. So unnatürlich, unmenschlich kalt, so überirdisch schön, so strahlend weiß, so rein ... rein sein Blick, rein das Blau seiner Augen, blendend seine Locken, weich. Ich kann nicht widerstehen, ich fahre mit der Hand durch diese weiche Pracht. Er lächelt immer noch unbekümmert, zu weit weg von allem Sterblichen, zu sehr in sich gefangen. Und ich will ihn küssen.

Ich will es fühlen, das fühlen, was sie damals gefühlt hat, ich will es so sehr, dass ich mit Augen an seinen Lippen klebe, vergesse zu blinzeln, vergesse zu atmen. Würde ich jetzt sterben, würde ich es nicht merken.

Er beugt sich zu mir, und ich spüre nur die Kälte. Sein Körper hat keinerlei Geruch, kein Gewicht, nur Frische entströmt ihm ... wenn er sich auf mich legen und in mich eindringen würde, erfröre ich vermutlich, doch ich habe keine Angst.

Nicht mehr.

Ich weiß nun, was Liebe ist. Wahre, keine zerstörerische, Leid bringende, dunkle ... nein, so müssen die Gefühle nicht sein, so dürfen sie nicht sein. Was ich fühle, ist wunderschön. Was ich fühle, macht mich vollkommener.

Ich schaue in diese klaren Augen und will lachen und weinen zugleich, diese Nähe ist überwältigend, und ich frage mich doch, wie ich all diese Jahre ohne sie leben konnte. Sofort erfasst mich die Angst, es könne etwas geschehen, das mich ihrer wieder beraubt.

Wenn ich aufwache, lebt als Erstes die Liebe in mir und erst dann der Verstand. Während des Tages spüre ich sie jede Sekunde durch meine Adern fließen, und sobald ich diesen Menschen erblicke, fließt mein Blut eben schneller und das Herz hämmert mit aller Wucht wie bei einem Tier. Ich sehne mich danach, dass er mich zähmt.

Ja, nun weiß auch ich, was Liebe ist.

Ich trage dein Herz, trage es in meinen Händen, trage es durchs Leben.

N.S.

15.11. – Da ist er über mir, dieser wunderschöne Monet-Himmel, in Farbstrichen gemalt.

– Unbeschreiblich schön …

– Was hast du gesagt?

– Ich sagte: »Unbeschreiblich schön.«

– Danke.

Ich laufe ihr voraus, der Schnee animiert mich zu allerlei Kindereien.

– Nicht du, du eingebildete Kuh, der Himmel!

Eingebildete Kuh, eingebildete Kuh …

– Aber ich dachte, ich sei schön.

Ich bleibe stehen und drehe mich um. Das fallende Weiß und die anbrechende Dunkelheit lassen mich blinzeln und trotzdem erkenne ich dein Gesicht, das Gesicht meiner Freundin. Ich kehre zu ihr zurück, ich streichle ihr die Schneeflocken aus den Wimpern …

– Du bist schön!

Du bist schön, alle sind schön, alles ist schön!

Meine Schwester hatte mich auf einen umgefallenen Baum aufmerksam gemacht, dessen Zweige bis an die Gleise heranreichten, auf denen wir im Zug entlangfuhren; der Stamm war wahrscheinlich bei einem Sturm beschädigt worden. Ein kaputter Baum, ein toter ... doch im Frühling hatte der Baum unbeirrt seine saftig grünen Blätter hervorgebracht.

Damals habe ich meiner Schwester nicht zugehört, damals war es mir schlichtweg egal. Jetzt starre ich aus dem Fenster, als wir an der Stelle vorbeifahren, doch es ist Winter, und der Stamm ist schwarz und kahl. Trotzdem bin ich mir sicher, dass er im Frühjahr zum Leben erwachen wird.

– Mit den richtigen Gerüchen kann man jede Umgebung verwandeln.

– Und welche magst du am liebsten? Warte, Zimt bestimmt, aber welche noch?

– Ja, Zimt. Dann mag ich Kaffee ...

– War ja klar!

– Und Äpfel. Brauner Rohrzucker, Himbeeren, Orchideen, aber nicht am Bett, nicht beim Schlafen, davon kriege ich Kopfschmerzen ...

– Und Rosen?

– Nein, nicht wirklich, vielleicht gabs zu viele Rosen in unserer Kindheit ...

– Das stimmt.

– Und schwarzer Tee, weißt du noch in Moskau? Diese Metalldosen mit Ceylontee, da habe ich immer meine Nase reingesteckt.

– Du hast mit elf auch mit teedurchtränkten Wattepads dein Gesicht gereinigt, weil du irgendwo gelesen hattest, dass das Pickel verhindert, weißt du noch?

Unseren Tee haben wir früher nicht mit Aufgussbeuteln gemacht. Wir hatten immer diese großen Metalldosen mit losem Tee aus Indien. Jeden Morgen wurde etwas Tee in eine kleine Keramikkanne gegeben, mit kochendem Wasser aufgegossen und stehen gelassen, Zawarka hieß dieses Gemisch.

Wenn wir Tee trinken wollten, gaben wir eine kleinere Menge des Zawarkas in eine Tasse und füllten sie mit kochendem Wasser auf. Es gab verschiedene Arten »unseres« Tees: in Keramiktassen mit Milch; in hohen Gläsern, die in Metallhaltern steckten, mit Zitrone und Zucker …

– Sehr witzig. Im Gegensatz zu dir hatte ich auch eine Menge Pickel! Und dann noch unser Schwarzbrot …

– Oh ja!

In meiner Kindheit gab es Schwarz- oder Weißbrot, das wars. Schwarz-Weiß-Ja-Nein.

Aber das Schwarzbrot war mit nichts zu vergleichen, schwarz und kastenförmig, von der Konsistenz eher wie Graubrot, unglaublich geschmacksintensiv, mit einer kross gebackenen pechschwarzen Kuppel … wie habe ich dieses Brot geliebt!

– Ich will nicht, dass jemand denkt … dass du denkst, er habe mich, unser Vater habe uns … missbraucht. Das hat er nicht!

Meine Schwester, der großartigste Mensch, den ich kenne, hebt die Augen von meinem Laptop. Sie liest Passagen aus meinem Tagebuch, ihre Finger huschen über die Tastatur und ein bläuliches Licht fällt auf ihr Gesicht.

– Du musst das nicht erklären!

– Doch, muss ich. Er war auch dein Vater. Aber er hat nie etwas getan, nie. Er hat mir nur nie die Chance gegeben, ihn zu lieben, dabei wollte ich nichts anderes. Und als ich größer wurde, vermischte sich alles in meinem Kopf: all die Ängste und Albträume, all die Wünsche und die Bewunderung für ihn.

– Er ist tot.

– Ja, aber er hat es nicht verdient, einer Sache beschuldigt zu werden, die er nie getan hat.

– Nein, das hat niemand.
– Verstehst du, ich *bin* anders. Ich sehe anders, ich habe da eine ganz eigene Welt in meinem Kopf. Wenn alle ein altes Haus sehen, sehe ich gleichzeitig ein Schloss ... und ich habe mir Sachen vorgestellt, die nicht richtig waren, aber er kann ... er konnte nichts dafür.

Ein Opfer zu sein ist leicht, insbesondere wenn man in Wirklichkeit keines ist. Ich will nicht auf einem hohen Ross sitzen und der Welt großmütig vergeben. Das kann ich gar nicht, denn die Welt hat mir nie etwas getan, das ich ihr vergeben könnte. Ich war nur ein Kind, das sich ungeliebt fühlte, ein eigenartiges Kind, das keine Wörter fand, um sich seinen Mitmenschen zu erklären. Eines, dessen Gefühle um einen einzigen Menschen kreisten und alle anderen ausschlossen. Aber es gab jene, die mir beistanden, die gab es schon immer, ich habe bloß an ihnen vorbeigeschaut.

Mit diesem Kind wusste man nichts anzufangen, diesem Kind strich man gedankenverloren übers Köpfchen und murmelte dabei: »Armes Mädchen!« Armes Mädchen, das hörte sich gar nicht so schlecht an. Schließlich wurde ich zu einem »armen Mädchen«, weil es so leichter war. Ich hatte nun einen Grund, weswegen ich anders sein konnte, und ich trug immer eine Portion Selbstmitleid bei mir. Das war zwar auch keine Liebe, aber besser als gar nichts. Ich habe diese fixe Idee perfekt ausgespielt. Niemand hätte mich von einem Opfer unterscheiden können. Ich war auch ein Opfer, mein eigenes Opfer.

Für den Menschen gibt es nur eine Wahrheit, das ist die, die aus ihm einen Menschen macht.

ANTOINE DE SAINT-EXUPÉRY

26.11. – Meine Vorgesetzte aus Mailand rief mich an, um mir zu sagen, dass sie die Firma verlässt. Seltsam, wir haben uns nie wirklich gut verstanden, jedoch sprachen wir diesmal fast zwei Stunden miteinander.

Ich verkroch mich in das leerstehende Büro meiner Chefin – mein Handy gab zwischendurch seinen Geist auf und auch sie musste kurz unterbrechen, um ein anderes Telefonat entgegenzunehmen –, und doch sprachen wir und sprachen und sprachen …

Sie stellte mir Fragen, die mir vorher nie jemand zu stellen gewagt hatte, und ich antwortete auf alle, obwohl ich hätte ausweichen können. Meine Hand schwitzte, ich zerdrückte beinahe den Hörer, so fest umkrallte ich ihn; nachdem ich aufgelegt hatte, saß ich noch eine Weile da und schaute durch die halb heruntergelassenen Rollladen.

Was sie am Ende gesagt hatte, war nicht neu und doch zum ersten Mal in Worte gefasst worden und somit nicht mehr verdrängbar.

– Das, was ich dir jetzt sagen werde, N…, sage ich dir, weil ich es kann. Ich bin nicht deine Freundin, und ich habe keine Angst, dich mit dieser Aussage zu verscheuchen. Seitdem er tot ist, dein Vater, meine ich, hast du angefangen zu leben. Du verschwendest keinen Gedanken mehr an sein Wollen. Jetzt lebst du als eigenständiger Mensch, der du früher offenbar nicht warst, denn deine Gedanken waren nie komplett deine eigenen.

– Aber …

– Gehts dir jetzt besser? Du kannst es nicht verleugnen. Du hast mir gerade selbst erzählt, dass du keine Drogen mehr nimmst und dich nicht mehr verletzt.

– Ja.

– Dann wird es Zeit für dich, dir einzugestehen, dass sein Tod dich frei gemacht hat. Und das ist keine Schmähung seiner Person. Es ist die Wahrheit.

I feel like I am walking on air.

KERLI

29.11. – Das Haus hat heute keine Türen und Fenster, die Welt lebt heute nur drinnen, das Draußen hat für einen Tag lang aufgehört zu existieren.

Ich wache auf, weil du aufgewacht bist. Ich spüre durch den Schlaf deinen Blick auf mir ruhen und öffne sofort meine Augen. Ich will sehen, wie du mich ansiehst, ich will jeden Moment auskosten, ich will dich jeden Augenblick lieben.

Wir schlafen zusammen, doch wir schlafen nicht miteinander. Du berührst mich auf so viele Arten, wie ich noch nie berührt worden bin, und trotzdem würde keiner von uns auf den Gedanken kommen, die Grenze zu überschreiten. Wir teilen das Leben miteinander, aber nicht unsere Geschlechter.

Heute bin ich albern. Heute bin ich kindisch.

Ich spritze dich im Bad mit Wasser voll, schmiere dir Zahnpaste in den Nacken. Wir veranstalten eine Handtuchschlacht, bei der ich jedoch klar im Vorteil bin, weil du immer darauf achten musst, mir nicht wehzutun. Ja, so etwas könntest du nicht. Mich schlagen, mich vergewaltigen, mir die Luft abdrücken. Ich will es auch nicht, ich könnte es nie von dir verlangen. Ich lasse mich auf den Balanceakt ein, mit einem Engel zusammen zu sein, nur muss ich immer darauf achten, den Engel nicht zu beschwärzen, sein Dasein nicht mit Lasten zu belasten, die er nie tragen könnte. Dafür liebe ich dich zu sehr, und ich würde es nicht ertragen, dich deines hellen Lichts zu berauben.

Du kochst, ich lungere in dicken Socken und einem Pyjama, den du mir gekauft hast, in der Küche herum. Es ist so schön warm hier; obwohl du immer noch so kalt bist und es stets sein wirst, ist mir immer warm in deiner Nähe … vielleicht, weil mein Herz so schnell schlägt, vielleicht, weil mein Blut so schnell fließt.

Ich habe Hunger, nicht unbedingt aufs Essen, aufs Leben allgemein, aber meine Gefühle brodeln dermaßen, dass ich dir dauernd die Zutaten unter den Fingern wegschnappe und dich beim Kochen störe, bis du mich hochhebst und ins Wohnzimmer trägst.

Dort legst du mich auf die Couch und drückst mir die Fernbedienung in die Hand. Deine Augen lächeln, als du versuchst, streng mit mir zu sein. Du entkommst nur knapp dem fliegenden Kissen und verschwindest wieder in der Küche.

Ich versuche, mich abzulenken, aber es geht nicht. Wir sind nur durch eine Wand getrennt, wie soll ich da ruhig fernsehen? Ich zappe hin und her, ohne etwas wahrzunehmen, ohne hinzusehen oder zuzuhören …

Dann springe ich auf und renne in die Küche, und als ich hereinkomme, drehst du den Kopf nach mir um, und ich nähere mich dir von hinten und schmiege mein Gesicht an deinen Rücken, umschlinge deine Taille mit den Armen und atme und atme und atme …

Und du schickst mich nicht mehr weg, es wäre sinnlos. Die Fenster sind beschlagen, draußen ist es kalt, aber das ist gut so; die Fenster sind blind, und wir sind ganz allein auf der Welt.

Wir essen im Wohnzimmer und diskutieren mit vollen Mündern. Ich verschlucke mich beinahe beim Lachen. Das

Sitzen ist mir zu anstrengend, viel zu anstrengend, also liegen wir irgendwann auf deiner breiten kaffeebraunen Couch, du auf die Arme gestützt, ich zwischen deinen Beinen, mein Kopf auf deinem Herzen, und wir schauen *Hautnah*.

Es ist so schön, die Finger unter dein Shirt zu schieben, deinen Bauch und deine Brust entlangzufahren, die Haut so kalt und so eben wie bei einer Statue; du bist meine Statue, mein Außerirdischer, mein Geschenk, das ich nicht verdient habe …

Meine Mutter ruft an, um zu fragen, ob ich heute bei ihnen vorbeischauen wolle, es sei Samstag. Aber ich sage, wir seien bei dir, wir würden uns verstecken, und sie ist froh und erleichtert. Es ist das einzige Eindringen der Außenwelt heute, ich erlaube es nur meiner Familie, sonst niemandem.

Du musst kurz aufstehen, ich bin schon halb eingeschlafen. Mit der gewohnten Leichtigkeit hebst du mich hoch, mein starker sanfter Engel, um dich unter mich zu schieben, und ich schlafe ein. Als ob ich den ganzen verpassten Schlaf der Jahre nachholen müsste, schlafe ich in letzter Zeit so viel wie nie zuvor, aber alles ist gut. Ich träume schöne Träume und es macht mir Spaß zu schlafen …

Zu kurz sind die Tage, viel zu schnell sind sie vorbei. Ich habe immer das Gefühl, mein Leben renne mir davon. Ein ganzes Leben würde nicht reichen, eine Ewigkeit nicht, um dich zu trinken, zu fühlen, zu lieben.

Draußen ist es dunkel. Ich trinke Kaffee mit Zimt. (Das habe ich von meiner kleinen Schwester gelernt.) Du werkelst schon wieder in der Küche, und ich sitze auf dem Barhocker vor der Kochinsel und rede Quatsch, der dich sehr zu interessieren scheint. Dich scheint alles zu interessieren, was ich zu erzählen habe. Noch nie hat mir jemand so zugehört.

Komme ich auf etwas zurück, was ich vor zwei Wochen gesagt habe, kannst du das Gespräch fast wortwörtlich wiedergeben.

Als wir schlafen gehen, schneit es draußen. Es ist ein Wintermärchen ... und morgen ist Sonntag, also haben wir noch einen Tag, einen ganzen wunderschönen Tag!

Bis wir Tag und Nacht und Heut und Gestern
Wunschlos grüßen als geliebte Schwestern,
Bis wir über allem Tun und Handeln
Als Verklärte ganz im Frieden wandeln.

POSTKARTENAUFDRUCK

Dezember – Bald beginnt ein neues Jahr. Die Welt da draußen ist versteckt, die Welt wurde vom Schnee umarmt und zugedeckt, wunderschöne Stille. Meine Welt, deine Welt, ab jetzt teilen wir sie. Meine Haut kribbelt vor Kälte, aber ich will nicht umkehren, es ist so friedlich hier. Du frierst nicht, du frierst nie, nichts ist kälter als du, und nichts ist schöner.

Bald ist Weihnachten, und du fliegst weg. Bald ist Weihnachten, aber wir feiern dieses Fest nicht in unserer kunterbunten Sippe, zu der Moslems, Juden und orthodoxe Christen gehören. Jedoch hat meine kleine Schwester am 25. Dezember Geburtstag und den feiern wir. Den und noch vieles andere. Das schöne Leben eben.

Ich habe wieder dunkle Haare. Ich muss mich nicht mehr verstecken. Wenn ich in einen Spiegel blicke, ist dort nur noch mein Gesicht, hörst du, Papa? Dich gibt es nicht mehr, du bist gegangen, freiwillig, hast den Platz für mich geräumt, und nun ist der Mund meiner, die Stirn ist meine, die Augen sind meine.

Ich war ziemlich krank, hatte eine verschleppte Nasennebenhöhlenentzündung und bin trotzdem immer wieder geflogen, was für die Genesung sicherlich nicht förderlich war, aber wir hatten viel zu tun – keine Zeit für Krankheiten.

Ich habe in den letzten Wochen aus dem Vollen geschöpft, viel gearbeitet, bin viel ausgegangen, habe in dünnen Kleidern draußen Zigaretten geraucht und war oft betrunken, habe ohne Mantel und Schal, verschwitzt in der frostigen Nacht vor Clubs herumgelungert, gelacht, so viel gelacht … die Zeit vergessen, die Tage viel zu kurz, die Nächte noch viel kürzer.

Dann, Anfang Dezember, als ich an einem Event in Zürich teilnehmen sollte, musste ich den Abend stattdessen im Hotelbett verbringen. Zum Glück hatte ich es wenigstens geschafft, meine Arbeit so weit zu erledigen. Am nächsten Morgen flog ich nach Hause, fuhr direkt zu meinen Eltern, ließ meinen Koffer dort und ging schnurstracks zum Arzt.

– Sie wissen aber, dass man einen Arzt aufsuchen sollte, wenn man krank ist und hohes Fieber hat?
– Hm, ja schon, aber es gab immer etwas, was noch schnell erledigt werden musste …

Wie sollte ich auch erklären, dass ich gerade dabei war, so vieles in meinem Leben nachzuholen, und dass ich nicht einen einzigen Tag verschwenden konnte?

Ich blieb bei meinen Eltern, schlief in meinem ehemaligen Kinderzimmer, ließ mich von meiner Mama bekochen, erbrach leider das meiste, weil ich das Antibiotikum nicht vertrug … ich genoss die Zeit trotzdem, schaute mit meinem Stiefpapa Boxen im Fernsehen und mit meiner Mama alte russische Filme auf DVD, wir lachten viel. Wenn meine Schwester vorbeikam, war unsere kleine, glückliche Familie komplett.

Silvester rückt immer näher, im Januar dieses Jahres habe ich mit dem Tagebuchschreiben begonnen …

Wie stark hat sich meine Wahrnehmung in dieser kurzen Zeit verändert, wie viele Wendungen hat mein Leben genommen. Was auch kommen mag, dieses Jahr wird für immer eines der wichtigsten meines Lebens bleiben.

Silvester fliege ich nach Mallorca, um mit ein paar Leuten auf das neue Jahr anzustoßen und heimlich dabei auch auf mein neues Leben.

Mit dir.

Mit mir. Mit mir, wie ich wirklich bin. Ich bin keine Marionette mehr, die von oben gelenkt wird. Fort sind die Drähte, und ich lerne langsam, allein zu laufen. Ich bin ein Kind, das lernen muss, erwachsen zu sein.

Und wenn du, mein Engel, mich ein Stück begleitest, wäre ich sehr glücklich.

DIE AUTORIN

Nana Schweitzer wurde 1981 in Moskau geboren. Als 15-Jährige kam sie nach Deutschland und verliebte sich in die deutsche Sprache. Heute wohnt sie in Düsseldorf, wo sie für eine Modefirma arbeitet. »Schmetterlingspuppe« ist ihr autobiografisches Romandebüt.

Nana Schweitzer
SCHMETTERLINGSPUPPE
Autobiografischer Roman

ANAIS Band 17
ISBN 978-3-86265-146-7
Taschenbuchausgabe, Berlin 2012

ANAIS ist ein Label des Berliner Schwarzkopf & Schwarzkopf Verlages.

Lektorat: Ulrike Fischer
Titelbild: © Nico Klein-Allermann

Schwarzkopf & Schwarzkopf Verlag GmbH | Leserservice ANAIS
Kastanienallee 32 | 10435 Berlin
Telefon: 030 – 44 33 63 00 | Fax: 030 – 44 33 63 044

INTERNET | E-MAIL
www.anais.de | info@anais.de